散文，别太像散文

刘江滨 著

陕西师范大学出版总社 西安

图书代号　WX25N1115

图书在版编目（CIP）数据

散文，别太像散文 / 刘江滨著. -- 西安：陕西师范大学出版总社有限公司，2025.8. -- ISBN 978-7-5695-5550-9

Ⅰ.I267

中国国家版本馆CIP数据核字第2025PJ9154号

散文，别太像散文

SANWEN, BIE TAI XIANG SANWEN

刘江滨　著

出版统筹	刘东风
责任编辑	舒　敏
责任校对	王丽敏
装帧设计	张潇伊
出版发行	陕西师范大学出版总社
	（西安市长安南路199号　邮编710062）
网　　址	http://www.snupg.com
印　　刷	陕西龙山海天艺术印务有限公司
开　　本	880 mm×1230 mm　1/32
印　　张	9.5
插　　页	2
字　　数	189千
版　　次	2025年8月第1版
印　　次	2025年8月第1次印刷
书　　号	ISBN 978-7-5695-5550-9
定　　价	59.00元

读者购书、书店添货或发现印刷装订问题，请与本公司营销部联系、调换。
电话：（029）85307864　85303629　传真：（029）85303879

目录

第一辑　乱弹

003　热脸别急着贴

007　夸夸，其谈

011　散文，别太像散文

016　人商

019　我鄙视你对女人的鄙视

024　说高矮

028　说胡子

032　说头发

037　我们该怎样说话？

041　尴尬的"提名奖"

044　给黄鼠狼拜年

047　精俗

051　关于家园

055　关于序的闲话

062　不要把别人的泪当盐

066　矢气

071　"鸡汤文"，不靠谱

第二辑　杂识

077　你能认识多少字？

081　沧海一声笑

087　五音盈耳

094　五色炫乾坤

101　大地的滋味

108　偶然与命运

112　人这一辈子

117　如意是落在手掌的雪花

121　聪明的两面

125　磨刀石

129　我是我

133　一只奇特的驴

138　让"我"消失一会儿

142　孩童的力量

145　一只哲学蝉

第三辑　探幽

151　男人孟轲

155　司马迁是宦官吗？

159　"凤雏"的暗疾

162　狂傲背面是卑微

167　碑铭的悲鸣

171　"元白"的友谊小船

175　李白们的样貌

179　欧阳修遭谤

183　先生之风

188　苏轼六题

210　顾炎武的商才

214　康有为之"伪"

218　凡·高的向日葵

222　扼住命运的咽喉

227　林黛玉"芙蓉"解

第四辑　散记

233　月亮挂在北面的天空
237　家乡话
241　刹那
244　喧闹与幽静
248　满窗明月
252　情到深处父亦慈
257　一把土
261　语文课
265　在高处
269　慢慢走，欣赏啊
273　灰尘中披拣金粒
277　中国红
281　惊艳
285　驾驭
289　镜中人

295　后记

第一辑 乱弹

热脸别急着贴

一位朋友新近升职，自是一件喜事，按说我应该打个电话或发个短（微）信表示一下祝贺，踌躇再三，决定还是算了吧。或曰：你这样做是否太不近人情了？锦上添花的事谁都乐意干，轻松简单，顺水推舟。但是这顺水人情也能让人伤不起。

那年，也是一朋友升职，我为他感到高兴，发去短信祝贺，结果热脸贴了个冷屁股，人家压根没有理我，弄得我郁闷了好几天。好像我是个趋炎附势的小人。又一次更狠，有一个关系很好的朋友还不是升职，而是从一边缘部门平移到一炙手可热的权力部门，我闻讯即打了个电话欲表祝贺，没接，想他可能太忙，就发了一条短信，没回。我百思不得其解，何以至此？莫非我哪些地方开罪于他了？"三省吾身"，又实在想不出。某日去一宾馆开会，与这朋友不期而遇，我跟他打了个招呼，好家伙，人家趾高气扬，眼高过顶，只冲我面无表情微微点了点头，仿佛路人一般，我顿时石化了！

对此，我想到了鲁迅先生说过的一句话："一阔脸就变"。

这样的事情从古洎今不乏其例。

陈胜，秦末起义领袖，年轻的时候，和人一起做"佣耕"，说出了"苟富贵，毋相忘""燕雀焉知鸿鹄之志"这两句名言。但是，一旦燕雀真成了鸿鹄，当年的誓言被选择性遗忘。一天，一个曾一起耕地的老朋友找上门来，见了他直呼其名，进了屋，又大喊，这屋子太奢华了，接着跟陈王叙起了旧情，当年那些泥腿子的糗事兜个底掉。陈王脸上挂不住了，啥老朋友啊，哥们啊，杀了！旧相识老朋友倒也罢了，连老丈人都受到他的慢待，老头儿生气地说："怙强而傲长者，不能久焉！"不辞而别，撒开老腿跑路。

唐代那个写过名诗《悯农》的诗人李绅，发迹前后判若两人。他有个叔叔辈的同宗叫李元，古代中国是一个宗法社会，这个辈分是一点都不能乱的，比如刘备虽然当初只是一介织席贩屦的草民，没名没分，皇帝依然还得尊之为皇叔。但李绅当了大官之后，这个李元也不要脸，居然自降一辈称自己为其弟，李绅也是蛇鼠一窝，居然就没答应，不是觉得不妥没答应，而是认为李元的辈儿降得不够，李元就再降为侄子，还是不行，最后降成孙子才过关。荒唐不？这真是：谁知廉耻心，粒粒皆粪土。

民国奸雄袁世凯更是人一阔脸就变的"典范"。他年轻时曾在淮军大将吴长庆帐下被晚清状元张謇（字季直）指导功课，因他无心读书，还是在张謇的帮助下投笔从戎，虽然张謇年龄上只长袁世凯六岁，却属地道的老师辈。袁对张起初也是恭敬有加，书信往来必称张"夫子大人函丈"，后袁当了山东巡抚，对张的称呼也变成了"季直先生阁下"，待袁摇身一变升为直隶总督，对张的称呼再变为"季直我兄"。袁的官职每升一级对张的敬重就减一分。对袁世凯这种频频变脸的小人行为，张謇十分恼火，愤然写信作答："'大人'尊称，不敢；'先生'之称，不必；'我兄'之称，不像。"据说，袁世凯收到此信，深感羞愧，连忙致函道歉，谎称信是手下代笔之误。

  人一阔脸就变，是人性劣根性的典型体现。恶的种子早就在他心里植下，遇到合适的气候必膨胀发芽。这样的人就像尺蠖，没有骨头，伸直如枝，蜷曲如拱，变态自如。阔的时候能变脸，落拓的时候也能变脸，袁世凯的自我升级和李元的自我降辈，都是这种人无耻嘴脸的真实写照。能当奴才的人，必将也能把别人当奴才，反之亦然。在我们现实生活中，有些人身居官位，牛气哄哄，鼻孔朝天，凡人不理，你跟他说话，他只鼻孔哼一声，待挂冠之后，俨然做了脸部手术，见人就笑，逢人即语。这样的人也不在少数。

  人一阔脸就变，人人切齿痛恨。可是，往深处想一想，人一阔何以脸就变？这就是事情的另外一方面，是不是大众普遍性的趋炎附势惯出来的毛病？人一旦发迹，立时掌声阵阵，鲜花簇簇，众人环绕，阿谀之，巴结之，赞美之，将其抬上高处，于是乎感觉良好，脚底踩云，腋生双翼，能不自我膨胀、自我迷失吗？如果说，恶的种子早就在他心里植下，那我们众人就是那个土壤，给了他发芽成活的条件。其实，人们趋炎附势的潜在动因是大树底下好乘凉，熟人好办事，说到底也是为了自己。因此，在怒斥那些人一阔脸就变之时，大家更需要反思，我们的人性是否经得起检验。

所以，我想，但凡以后遇到朋友升迁类似的好事，先别急着将热脸贴上去，晾一晾再说，让时间来检验友谊的纯度。如果就因为你没有及时表示祝贺，朋友就与你掰了，那恰恰证明此人不可交，反倒省去了热脸贴个冷屁股的羞辱。

夸夸，其谈

孙子不到三周岁，却对大人的言语、表情有悉心的领悟和揣摩，一旦表扬他、夸他真棒时，他完全是一副怡然自得的神情。有时做对了一件事，他会跑到你面前，眼睛亮晶晶地看着你，一副求表扬的样子，让人乐不可支。喜欢被夸赞，打小如此，这就是人的天性吧。

现在网络上有一个"夸夸群"挺红火，这样宣称："现在无论各行各业，大家都处于焦虑、烦恼、郁闷的边缘，在工作和生活中面对各种各样的问题，因此，……希望大家在群里都能互相赞美，加油鼓劲！"他们的口号是："人生艰难，多来夸夸。"这个"夸夸"的特点是，无论什么样的问题，网友都能给予眼花缭乱的赞美。譬如："一觉睡到早上十二点，求夸。"——"宝宝太棒了，这种睡眠质量简直是羡慕哭唐玄宗，比得过李太白。""睡觉长身体！而且节省了早饭的钱。""良好的睡眠是好身体的保障，你一定身体倍棒，吃嘛嘛香。"再如:"三月底要交初稿,全班估计就差我一个人论文没怎么写,感觉要无法毕业了,求夸(安慰)。"——"头太铁了,全班最铁的头。""三月底交稿到现在都没写,可以看得出你真的是很胸有成竹有勇有谋。""压轴出场的论文,一定可以让导师和同学大吃一惊。"总之,无论是好是坏,甚至生病了,都能给你夸出花儿来。网友称这种夸夸为"彩虹屁",意思是连放屁都能被出口成章面不改色地夸成是彩虹。

应该说,这个"夸夸群"的存在和火爆,证明它满足了大量人的心理和情感需求,有的甚至是收费也要"求夸"。这些赞美,变着法儿让"求夸"者开心,语言诙谐幽默,智力因素十足,网络色彩浓郁,即使夸张离谱,也毫无违和感,像一把熨斗熨一熨人们心里的皱褶,大家可以毫无心肝地哈哈一乐,释放了压力,缓解了郁闷。明知这些夸赞都是纯粹逗人开心的,当不得真,但依然很受用,谁不喜欢让人夸呢?

今人如此,古人亦如此。《古今笑》里有一篇《诙语》:"桓玄篡位,床忽陷,殷仲文曰:'圣德深厚,地不能载。'"桓玄是东晋大臣,逼迫皇帝逊位,自己称帝。殷仲文是桓玄的姐夫,助纣为虐。桓玄篡位后,他的床忽然塌陷,这本是不祥之兆,殷仲文却来"夸夸"了,哎呀,这是圣上功德太深厚了,地都不能承载得起啊。这是不是典型的"彩虹屁"?又一则:"北齐武成,生齼牙,诸医以实对,帝怒。徐之才曰:'此是智牙,主聪明长寿。'帝大悦。"北朝齐武成帝高湛长出了齺牙，多位医生都据实相告，皇帝很生气。善医术、懂天文的弄臣徐之才说，这是智牙，是聪明长寿的象征。皇帝听了十分高兴。其实，只不过换了一个说法而已，徐之才深谙帝王心理，用了"夸夸"之法，博得皇帝欢心。如今"智齿"的说法不知是否源自徐之才的"智牙"？古代把这种"夸夸"称为"谀语"，即阿谀奉承之意。当然，这种"谀语"多是以下对上，是溜须拍马的行为。

《唐语林》也讲了一个故事。唐太宗有一天走到一棵树下休息，称赞这棵树不错，随从的大臣宇文士及跟着大加赞美，不容别人插嘴。唐太宗很不高兴，说，魏公魏徵一直劝我远离谄媚阿谀的小人，我弄不明白是谁，但怀疑是你，果然！宇文士及急忙叩头说道，在朝廷上大臣们和圣上直面相争，您都无法举手制止，今我有幸跟随您左右，若不稍微顺从，您贵为天子还有什么乐趣呢？唐太宗一听，很有道理，这才高兴起来。唐太宗是历代帝王中善于纳谏的人，称诤臣魏徵为镜子，讨厌只会谄媚的小人，可是面对宇文士及的一番"夸夸"，他还是很开心地"笑纳"了。

今天的"夸夸"是网上陌生人之间的戏谑逗乐，自然与阿谀逢迎、溜须拍马不能画等号，但喜欢听赞美顺耳之言的心理是一样的，也有需要我们警醒的地方。毫无疑问，这个"夸夸"完全是一个浅层次的游戏，不可能从根本上解决问题，就像"鸡汤文"是有营养的，但沉湎于此，反而有一种麻醉麻痹的负面作用。这个"夸"(誇)字,里边有"大"和"亏",词意大致是"说大话,自吹。夸口。夸张。夸耀。夸嘴。浮夸。夸夸其谈。"你看,都不是什么好意思。如果对一个人或一种行为毫无原则地"夸夸",可一时解颐,破颜一笑,终归是没有意义的。在人生真正遇到事情的时候,一百声赞美不如一声当头棒喝,该批评的时候却依然采取赞美的方式,只能将人引入歧途。

从小孩子到成年人乃至帝王,都喜欢听夸,这是人之常情,谁都不能免俗。但面对"夸夸",切不可全然当真,有时候成全你人生的,可能恰恰是批评过你的那个人,所谓良药苦口是也。甜言蜜语有时就是迷魂汤,听上瘾了会成为一味麻痹心灵的鸦片,这才是最值得我们忧虑的。

散文，别太像散文

给一个省级散文奖当评委，看了许多入选作品，其中有一篇散文给我的印象极深，那就是太像"散文"了，可谓典型的散文范式。才气、感情、思想，一样都不缺，但读起来却让人昏昏欲睡。仔细一琢磨，有些明白了，其才气，体现为文字华丽；其感情，是大众的体验；其思想，是别人现成的。这样的散文，中规中矩，刻板教条，虽说老实厚道，但如何能吸引人、打动人？像吃人家嚼过的馍馍，还有啥滋味？

一位小说家说，马尔克斯《百年孤独》的经典句式"许多年之后……"在中国泛滥成灾，以至他一看到这个句式出现，就不免生厌。实际上，小说进行模仿或者写作风格相近，大体还可以形成流派，但散文不行，散文大多篇幅都不长，一模仿，啥都没有了。初学者尚可，想真正成为大家，门儿都没有。记得上学的时候，课本上有碧野的《天山景物记》、朱自清的《荷塘月色》，崇拜得不得了，写作文拼命模仿。现在看来，这两篇散文都是使劲堆砌华丽的辞藻，极言其美。老子说："天下皆知美之为美，斯恶已。"可见，极尽华美对中学生也是为害不浅。

一次我给《散文选刊》主编葛一敏发短信，说现在的散文太有散文的腔调了，写出来都范文式的，不是装腔作势，就是千人一腔。散文，能不能写得别太像散文了？闲下来总结一番，散文的范式有如下几种：杨朔式，先写生活，写人，最后拔高升华；朱自清式，又，一种是"荷塘月色"式，美词丽句浓得化不开，一种是"背影"式，写爹娘亲情，打"催泪瓦斯"；秦牧式，写知识小品，抄抄书；余秋雨式，文化散文，游记加掉书袋。……这些散文家的作品都被选入课本和各种选本，影响极大，以致许多人潜意识中将其作为散文的圭臬绳墨，认为散文就应该是这个样子。鲁迅、周作人、钱锺书、张爱玲等人的散文影响也大，但形不成范式，为什么？太高，够不着，学不成，学不来。

散文有范式吗？有。应该有范式吗？不应该有。鲁迅早就说过，散文的体裁，其实是大可以随便的。铁凝也曾说过，散文河里没规矩。你不敢"随便"，你要给散文定"规矩"，那散文就死翘翘了。啥叫散文？在古代非韵文即散文，序、跋、笔记、碑记、书信、日记、游记、演讲等等，都可归为散文。区别于小说、戏剧、诗歌的现代"散文"概念是五四之后才有的。苏联文学理论家什克洛夫斯基的《散文理论》，说是谈散文，打开一看，小说也包括在内，看来俄语的"散文"跟中国古代的散文概念一样。20世纪90年代，史铁生的《我与地坛》在《上海文学》发表，当时并没有标明体裁，结果，小说刊物当小说转载，散文刊物当散文转载。一位评论家评价说，不管《我与地坛》是小说还是散文，这一年的文坛有这一篇作品就是丰年。你看，文学体裁的边界被模糊了，被消解了，读着好就行，管它是什么体，或者说体裁真的那么重要吗？退一步想，如果刊物的编辑觉得这篇不太像小说，让史铁生再按小说的要求改改；或者不太像散文，按散文的要求再改改。《我与地坛》也许是规范了，却也可能就此被扼杀了。梁简文帝说过，立身先须谨重，文章且须放荡。循规蹈矩，中规中矩，没有胆识，没有创新，只能炮制看似美丽的垃圾，既如此不如不写，还可给文学环保事业做点贡献。

我们给文学规定各种体裁，给作家戴上不同的帽子，其实只是为了方便，你要过于较真就有些无趣了。如果你被人称作散文家，那可能就有些不妙了，说明你很纯粹，很单薄，可能不会写别的。世界上有单纯的散文家吗？当今文坛一些优秀的散文作品，不少都是出自小说家、诗人、学者甚至是画家之手，庶几已成共识。他们给散文掺入了"杂质"，掺入了各种艺术元素，却使得散文内容更加丰富，艺术更加完美，生命力更加强健。文学没有边界，没有鸿沟，没有谁可以规定散文只能由"散文家"来写。只写散文的散文家，是孱弱的、贫血的、苍白的、无力的。前边所讲的几位作家，如鲁迅、周作人、钱锺书、张爱玲等都是散文大家,但他们绝不仅仅是散文家。

一个女作家十分佩服周晓枫的散文,以为其作品可以步入当今顶级范畴。一天,她很八卦地问我,周晓枫有篇散文写"我"很私人的感情生活,那么,会是真的吗?如果是真的,那她岂不是暴露了自己的隐私?如果不是真的,那散文岂能虚构?可能周晓枫的散文颠覆了她以往的文学观念,觉得不太像散文,就产生了一丝困惑。像大多数人一样,脑子里有一个框框,见了作品就习惯性地先框一框,框不住,就疑惑,就怀疑。周晓枫曾获冯牧文学奖,授奖词说:"周晓枫的写作承续了散文的人文传统,将沉静、深微的生命体验溶于广博的知识背景,在自然、文化和人生之间,发现复杂的、常常是富于智慧的意义联系。她对散文艺术的丰富可能性,怀有活跃的探索精神。她的作品文体精致、繁复,别出心裁,语言丰赡华美,充分展示书面语言的考究、绵密和纯粹。她的体验和思考表现了一个现代青年知识分子为探寻和建构充盈、完整的意义世界所作的努力和面临的难度。她的视野也许可以更为广阔,更为关注当下的、具体的生存疑难,当然,她的艺术和语言将因此迎来更大的挑战。"这样的作品怎能框得住呢?真正优秀的散文作品往往是突破拘囿,打破框框的。

我说给葛一敏的话,不是看了《散文选刊》的感受,而恰恰是逆向的体会,是这个刊物在打破"散文太像散文"这个问题上所作出的努力。我对她说,我有机会要表扬表扬贵刊,不光是文章选得好,更主要的是编选者有理论上的自觉,对当代散文写作起到了引领的作用,使散文的多样性、丰富性、探索性得到了多重展示,让大家看到了散文写作无穷的可能性。让大家明白,散文没有先验的路数,既可以这样写,也可以那样写。比如,这家刊物选发的武靖雅的作品《我的抑郁症:精神病院、电击及失忆》,从内容上可以看出,作者是一名大学生,并非成熟的作家,虽然有些稚嫩,但像新鲜的还带着毛刺露水的黄瓜,真实可爱,作者不是在写散文,而是以自己生命体验的实录,给读者以刻骨铭心的感受。再比如凸凹的作品《救赎》,凸凹是一位成熟的作家,他有着文学的自觉,知晓过于藻饰的文学化会伤害作品的纹路肌理,于是这篇作品便采取了"反文学"的写法,将自己的生命情态、心路历程、灵魂煎熬的外饰一一剥落,坦然呈现,让我们与他的情感一起起伏升沉,一起歌哭忧思,他"救赎"了自己,也让读者参与了"救赎"。这样的散文比小说更有力量。

彭程提倡散文"有难度的写作",我认为这意见极好。如果散文范式化,就太轻易了,像工业化的流水线生产,出来的"产品"都一个模样,这正是文学创作的大忌。什克洛夫斯基在《作为技巧的艺术》一文中说:"艺术的技巧就是使对象陌生,使形式变得困难,增加感觉的难度和时间长度。""陌生"和"难度"都是对散文的拯救,仿佛一泓顺畅的水流,放上一块石头,遇到阻遏,激溅出水花,才是更美丽的风景。

人　商

"人商"这个词不是我的发明。

一个朋友跟我诉说他们领导的种种恶行劣迹。我说,这人情商有问题啊。朋友说,不是情商有问题,是人商有问题。

"人商"?这个词很新鲜,初次闻听,却觉得脑洞大开,眼睛一亮,以此来形容朋友的领导,简直恰如其分,严丝合缝,可丁可卯!

从百度上搜索"人商",倒是有这个词,云:"人之九商,心商、德商、志商、智商、情商、逆商、悟商、财商、健商。"又云:"人商,人的生意、人的买卖、人的经济圈等,好好经营自己就是最好的人商。"

商数,是一个数学术语,在这里成为社会学术语,表示水平和能力。现在流行的"智商"即是说智力水平,"情商"即是说情感水平、处理人际关系的能力。人有两大属性,生物属性和社会属性。马克思给"人"下了个定义:在其现实性上,人是一切社会关系的总和。更强调人的社会属性，这也是人的根本属性，是人跟动物的根本区别。智商，是天生的，主要体现了人的生物属性；情商，是后天的，主要体现了人的社会属性。所以，人们都承认，一个人的成功，情商比智商更重要。

那么，"人商"呢？从百度搜出来的说法，只强调了人的经济关系，"生意""买卖""经营"什么的，显然过于潦草和狭窄，与智商、情商的表述不在一个频道上。可以说，原来"人商"的概念是模糊的颠顶的，甚至干脆说是不存在的。

但是，我朋友所说的"人商"之意和智商、情商却鲜亮地属于一个语义系统，我觉得是一个可以叫得响、流行开来的好词！我试着给"人商"下一个简单的定义：人商即做人的水平和能力，是除却智力水平、情感水平的一个综合考量。如果说，智商低，叫"笨"，情商低，叫"傻"，那么人商低，可以叫"劣"，前两者关乎能力，后者则关乎品行，关乎道德。

举个大家熟悉的例子。三国时期，曹操的几个儿子争嫡。老弟曹植智商极高，有天纵之才，绝顶聪明，出口成吟，"本是同根生，相煎何太急"是千古流传的名句。然而他情商不高，恃才傲物，自命不凡，不招人待见，不能"和革命群众打成一片"。但此人单纯简单，没有机心，人商没有问题。老兄曹丕智商、情商都很高，他的诗文水平在古代帝王中绝对是顶级的，"盖文章，经国之大业，不朽之盛事"即出自他之口；在和老爹曹操及大臣们关系的处理上，也左右逢源，游刃有余,深得众人拥戴,所以能顺利接班。但是,他的人商有问题:一、曹操死后,曹丕将他父亲宠幸的姬妾们悉数收在身边,他的母亲骂他"狗鼠不食汝余",狗鼠不如了,是为不孝;二、为争夺帝位,逼同胞弟弟曹植七步成诗,险些将其杀害,是为不悌。这些都为他的历史形象涂抹了不堪的颜色。

  我们把智商、情商、人商放在一个话语系统来考量,人商无疑是最高级别的。智商是先天的,情商主要是后天修炼来的,人商则是先天与修炼兼而有之的复杂综合体。说白了,人商就是做人的商数,即配不配做一个人的问题。如果人商低,智商、情商皆高,那此人一定是大奸大恶,如秦桧;如果人商高,智商、情商皆高,那此人一定是圣人大德,如孔子。我们普通人,可能智商有参差,情商有高下,但人商一定不能低下,要守住底线,遵循绳墨,做一个堂堂正正一撇一捺的人!

我鄙视你对女人的鄙视

"作为艺术家，你也许是伟大的，可是作为人，你在道德上一钱不值。"

这是说谁呢？没错，是毕加索，这是他的情人朵拉对他的怒斥。

读了《毕加索传》，一分钟犹豫都没有，得出一个结论：毕加索就是一个"渣男"。不管你是多么伟大的艺术家，你依然是"渣男"。

毕加索一生情人无数，作为一个情欲旺盛的男人，一个情感丰富的艺术家，这一点似乎并不为人们所苛责。英国作家毛姆在他的名作《月亮与六便士》中表达过一个意思，一个人可以有很多爱情，至少在和一个人相爱时是绝对真挚的。爱了便爱，不爱了便结束，了结一个再开始下一个，即使频繁也不乏真爱。我们大家所熟知的文怀沙先生即是如此。每一段都是真爱，段是多了些，那又怎样？那是他的自由。有了爱，一切都有了理由，即使逾矩也能为世人所宽容。如果没有爱，那即是兽性发作，动物本能了。毕加索先生的字典里似乎只有"情欲"，而没有"爱情"，不管眼下和哪个女人正相处，一看见又一个漂亮女人出现，肾上腺上升，荷尔蒙膨胀，像个发情的公牛，猛扑上去。常常是几个女人不分时段，同时空进行，一个尚未了结，另一个已在怀抱。一次，两个情人玛丽和朵拉在毕加索寓所相遇，发生了激烈的冲突，因玛丽为毕加索生了一个女儿，占有制高点，她让朵拉滚出去，朵拉大哭。这时，毕加索走到玛丽身边，搂住她的脖子对朵拉说："朵拉，你十分清楚，我唯一所爱的，就是玛丽。"朵拉遭到无情地羞辱，哭着跑了出去。谁知，以为自己获得胜利的玛丽，拼命拼凑出来的幻想立即被毕加索打破了，他对玛丽说，"你应该知道我的爱情的限度"，掉头而去，留给玛丽一个冰冷的背影。毕加索对别人说："我每换一个妻子，就把前面那个烧掉。"说白了，毕加索对这些女人没有爱情，就是占有，玩够了，腻烦了，就甩掉，他说："你想象不出，我是多么不断地想要解脱自己。"

中国宫廷中有一个"药渣"的传说，一个假冒的太监被妃子们轮番享用，妃子们得到生命的滋润，个个容光焕发，艳丽无比，而这个假太监就像被多次烹煮的中药，榨取了风华，成为"药渣"。在毕加索这里，他那些情人也是"药渣"，被他无情榨取，成为他艺坛的祭品，然后，一朵一朵曾经美丽妖娆的花枯萎凋零。他毫不遮掩地说："跟年轻的妻子在一起，有助于永葆青春。"所以，他不断更换情人，永远和年轻的女人在一起，保持了自己旺盛的生命力和创造力。有的女人为他自杀了，有的疯掉了，那是她们的事，谁让她们如此痴情呢？

如果仅仅这些，也就算了，艺术家的私生活也不值得说三道四，说他是"渣男"，是因为他对女人的鄙视让人鄙视，对女人的态度让人忍无可忍。周作人曾说过，看一个人的品行，主要看他对佛和女人的态度（大意）。不管这话是否失之偏颇，至少是一个尺度，尤其是对女人的态度，能够看出这人是否具有平等的现代意识。在佛看来，生而平等，一切生命都是平等的，包括动物，何况是人类呢？但是，在毕加索看来，他的情人就是匍匐在他脚下的奴仆，没有尊严，没有人格，他就是绝对的霸主、君王，可以对情人们呼来唤去，任意驱使。玛丽说："我总是在毕加索面前低着头，对他哭。"毕加索在和妻子奥尔加的离婚官司中，对一个朋友说："牛的眼睛，有上千条理由保持缄默，对那喝多了咖啡而撒尿如雨的跳蚤，尽可熟视无睹。"在这里，毕加索把奥尔加比作"跳蚤"，还"撒尿如雨"，够阴损的吧。他对痴情的随时等待他召唤的朵拉说："我的短处别的男人也有，我的长处任何人也没有，我不知道为何要你来，去逛妓院要更开心。"听听，这是人说的话吗？不爱便不爱，为何要羞辱苦苦爱你的人呢？为何要这般残忍？朵拉受不了这般刺激，住进了精神病院，最终开枪自杀。

021

还有，毕加索曾对另一个正在哭泣的情人弗朗索瓦丝说："我希望你知道，你现在并不那么让我感兴趣。别的女人生孩子之后总会有所改善，而你却不然。你看上去像一只扫帚，你以为扫帚会招人喜欢吗？"不仅如此，他每次厌弃一个女人之后，还会在绘画中侮辱她们，丑化她们，比如，有一次，他居然把朵拉画成了一个囚犯。

我看过毕加索几个女人的照片，费尔南德、奥尔加、艾娃、朵拉、玛丽、弗朗索瓦丝，几乎每个都是绝色女子，美丽非凡。她们是天生尤物，本可凭自己的美貌和聪明，找到宠爱自己的男人，过上幸福的生活。不幸的是，遇见了毕加索这个魔王，盛放的鲜花被冰霜冷风无情摧残踩躏，零落成泥碾作尘。"原来姹紫嫣红开遍，似这般都付与断井颓垣。"可惜可叹！

毕加索为何如此残酷、无情、扭曲？著名心理学家荣格的分析可能点中了他的死穴。一次，毕加索在苏黎世举办画展，荣格是参观者之一，他惊奇地发现，毕加索的作品与他的精神分裂症患者所画的画很相似，由此他得出结论，毕加索是一个精神分裂症患者。他在《新苏黎世报》发表文章说："严格地说，毕加索身上的主导因素是精神分裂症，这使他把自己表现为割裂的线条，这是一种透过形象心理上的裂隙。它是丑陋、病态、怪诞和不可理解的。"事实上，毕加索是一个性虐狂，比如，他经常殴打朵拉，甚至打得不省人事，神经正常的人能做出这样的事吗？其实，说毕加索是精神分裂症患者也并不奇怪，世界上一些著名的哲学家、作家、艺术家都是精神病人，如尼采、凡·高等，或许应了那句话，不平常的人才能做出不平常的事。在谵妄、狂悖、臆想等非正常的状态下创造出艺术的异端，达到一种极致。

但这些并不能成为我们理解并原谅毕加索的理由。任何人都没有对别人人格和尊严肆意践踏和侮辱的权利，否则，都应该受到道德的谴责，即使取得卓越成就的名士也没有豁免权。在这个世界上，人人平等，是现代人类必须遵循的底线。许多年来，人们对成功人士的人格缺陷和道德瑕疵抱有宽容的态度，主要看其历史的贡献，避免陷入唯道德评价的陷阱，这也符合马克思在道德评价和历史评价问题上坚持历史优先的立场。但是，历史评价优先，并不是不要道德评价。道德是除法律外在社会层面对人的行为规范的最基本的限制，每个人都不会完美履行，但应该恪守一些基本律条，这不仅是文明的要求，也是人作为人的起码准绳。

毕加索在艺术上可能是伟大的，但在道德上，我有权利鄙视他。

说　高　矮

　　人的高矮，与肤色的黑白一样，主要是由地域和父母的遗传形成的，比如北方人多身材高大，南方人多个子矮小，而西方人又普遍比东方人高。这是上苍造就的事，人自个无可奈何，而且老子说过"长短相形，高下相倾"，事物相比较而存在，与人的智慧、能力、品德毫无关系。但是，高矮里边却内涵着与审美纠结的文化心理。

　　中国人都喜欢高个子，对矮却有些鄙视，比如"高大"与"矮小"两个词，这一"大"一"小"，不光是视觉上的差异，还是审美的心理在作怪。人们大多把好词妙称都大把奉送给高个子，诸如"伟岸""魁梧""身大力不亏""挺拔""威武"等等，而矮子却备受冷落。元代有一曲，忘记原词了，是论戏的，却拿矮子说事，大意是：矮子看戏，妄随别人说短长，也够气人的。在常人看来高就是美，矮就是丑，甚至性情、气度、胸怀都与此有关。《水浒传》中有一典型的例子，武松是个顶天立地的大英雄，"身高八尺，相貌堂堂"，敢作敢为，疾恶如仇，是一条硬铮铮的男子汉，景阳冈打虎、醉打蒋门神、血溅鸳鸯楼，威风八面，杀人不眨眼。而他的同胞哥哥武大郎"三寸丁谷树皮"，又矮又丑，且性情懦弱，形貌猥琐，人人瞧不起，屡遭欺侮。漫画家方成画过一幅《武大郎开店》，使矮子武大郎又成了嫉贤妒能的人物象征，被世人永久耻笑。还是《水浒传》，里边有个矮脚虎王英，别的好汉都不近女色，钢打铁熬一般，这个家伙却是一个见了女人就走不动的好色之徒，面目可憎，武艺也稀松平常，是一百单八将中的流氓角色。还有梁山领袖宋江，又黑又矮，虽仗义疏财，济困扶危，人称及时雨，不失为一条好汉，但他奉行的招安政策，投降主义，终于葬送了水泊梁山的大好前程，按一位伟人说的，到底是个奴才。看《水浒传》，有许多愚笨如我的读者，常常弄不明白，这样一个文不如吴用、武不如林冲的人，凭啥就坐了忠义堂头把交椅。

虽然有人认为矮是一种缺陷，是一种丑，但如果矮子智慧超众、胆略过人、举止不凡，照样能生发出美的神采。相传汉相曹操某次接见匈奴使者，因虑自己身材矮，不够威武，让匈奴人小觑，便从军士中挑选出一名高大英俊者代行其事，而他自己则手持斧钺混迹于大帐两旁的列兵之中。事后曹操派人询问使者对汉相的印象，使者回答说，不过平平，倒是军士之中那手持斧钺身材矮胖者颇有英武之气。曹操雄才大略，文武兼具,堪称一代枭雄,谁敢藐视他的矮?历史上有一个比曹操似乎更矮的人,以他睿智的大脑和如簧的巧舌为普天之下的矮子挣足了面子,成就了一个彪炳青史的佳话,这人也是位相爷,春秋战国时期的齐相晏子。有一次晏子出使楚国,楚人因其矮小,有意羞辱他一番,就在城门一侧开了个小门让其出入。晏子傲岸地讥问楚人:难道楚国是狗国吗?怎么狗的洞子让人进出?楚人只好敞开大门迎客。楚王见了晏子,也瞧不起这个矮子,就傲慢地说,齐国没人了吗?怎么派你这样的人来!晏子不卑不亢,反唇相讥:齐国的出使原则是,什么样的人去什么样的国家!弄得楚王张口结舌,哑口无言,不得不以礼相待。晏子以智慧和口才征服了对手,也维护了自身和国家的尊严。

高和矮在日常生活中的确是一对矛盾,高人站在矮人面前,潜意识中会滋生一种优越感,难免采取"高人一等"、居高临下的俯视态度。矮子与高人在一起,自觉"矮人一头",说话也须得"仰视",有一种压迫感,甚至会生出自卑心理。矮子常自嘲为"二等残废""次品",且自我调侃有许多好处:穿衣省布,走路轻快,少占空间,多长寿,打起仗来便于隐蔽,即使天塌下来也有高个顶着!自嘲是一种自我宽慰,时间久了,倒培养生发了矮人的聪明智慧、诙谐机智,这世界有趣的人倒多是矮子。当然矮子对高人也憋闷了一肚子的精神反抗,故意对高人的"高"大加嘲笑,如"豆芽再高也是菜""大洋马""电线杆子""傻大个"等等。其实,这世界就是由高人、矮人和不高不矮的人共同组成，身材如何跟精神存在毫不相干，所谓高贵、高雅、高人、高手、高尚、高妙并不一定就属于高个子，所谓低劣、低级、低等、低贱、低俗也与矮子完全扯不上。邓小平被西方媒体称为"打不倒的小个子"，是因为他真理在手，胸怀广宇，精神强大；鲁迅也是一个小个子，但他却是人类思想的一座高峰，永远令后人高山仰止；列宁、孙中山、拿破仑都是举世闻名的矮子，但谁又能否认他们是影响历史进程的巨人。一个人的身材高矮无关宏旨，要紧的是精神不能"矮"！

说　胡　子

俗语有云："巾帼不让须眉。"《红楼梦》有云："何我堂堂须眉，诚不若彼裙钗哉？"这里，"须眉"是男子的代称，"须"即胡须，"眉"即眉毛，女人虽然也有眉毛，但"淡扫蛾眉"，不若男人以粗重为美。胡子是男人的第二性征，是男是女，首先看脸看胡子，即使今人不留胡子，脸部剃得精光，那铁青的皮肤也散发出雄性的气息。

想当年，我的青春期来临，伴随着嗓音变粗，身体的一些部位包括上唇、下巴开始"冒芽"。对于长胡子这件事，一开始是抵触的，有羞耻感。抵触的办法就是对着镜子拔，冒出一根拔一根，不敢用剃刀剃，据说越剃长得越猛。但后来不是一根一根冒了，而是像雨后的青草簇簇生长，也不敢拔了，且不说疼，还有可能得毛囊炎。于是，用小剪刀剪，尽量贴近皮肤，让露出的胡子茬短些。成年后，开始使用剃须刀，电动那种，对着镜子滋滋啦啦溜一圈完事。曾经用过剃刀，给脸上打上香皂沫，一丝不苟地刮，但每次总是割破皮肤，渗出血来，于是与剃刀彻底告别。

我的人生经历中，有两次留了数日的胡子，任其飞毛炸翅。分别是父母去世居丧期间，没再每日刮胡子。也不是信奉"身体发肤，受之父母"的古训，而是没有心情。父母的遗体停放在堂屋，天人永隔，哀哀戚戚，很难想象还能够在一旁悠闲地揽镜剃须修面。父母离世，也带走了魂魄的一部分，留在世上的这具躯壳失魂落魄，胡子拉碴与披麻戴孝一样不觉其丑，反而觉得这个样子最合适最匹配。直到过了"头七"，要回单位上班了，再不剃须就是矫情了，没有必要向全世界展示你的哀痛。

我国男人不留胡子大抵是从民国肇始的吧，尽管南朝时期男人也"熏衣剃面，傅粉施朱"，毕竟是异端。民国时期，西风东渐，割辫子，剃胡须，身着西装革履，成为社会风尚，革命先驱孙文就树立了典型的新形象。可以想见，穿着西装，留着山羊胡，总是不搭，如鲁迅，既然留着"一"字胡须，就得与长袍马褂相配。18世纪俄罗斯彼得大帝全面学习西方，实行改革，其中一项措施就是勒令国人剃须，拒不从命者征收蓄须税。改变国民形象，先从脸面开始，所谓"洗心革面"是也。

而中国古代男人"美须髯"，以拥有一部蓬勃的胡须为美。东汉刘熙云："髭，姿也，为姿容之美也。"髭，是上唇的胡子，古人喜欢留八字胡，尾端或下垂或上扬。北洋军阀时期的军阀多将髭尾上翘，透着一股飞扬跋扈的劲儿，而且喜欢边说话边捋巴，牛气哄哄，不可一世。下巴上的胡子叫须，多数人比较短，名之山羊胡，也有人很长，如明朝首辅张居正"须长至腹"，其子张敬修"髯皆过膝"，南朝诗人谢灵运更长，"须垂至地"，天爷，这不成了妖怪？《三国演义》中称关羽为"美髯公"，有一段详细的记述："操问曰：'云长髯有数乎？'公曰：'约数百根。每秋月约退三五根。冬月多以皂纱囊裹之，恐其断也。'操以纱锦作囊，与关公护髯。次日，早朝见帝。帝见关公一纱锦囊垂于胸次，帝问之。关公奏曰：'臣髯颇长，丞相赐囊贮之。'帝令当殿披拂，过于其腹。帝曰：'真美髯公也！'因此人皆呼为'美髯公'。"关羽乃盖世英雄，赳赳武夫，对胡须竟如此悉心呵护，百般珍爱，仿佛女人珍视其头发，让人觉得有一股柔肠婉约而出。大英雄也并非都是粗汉莽夫，内心也藏有一片旖旎的风景。

西方旧时男人也以胡须为雄性之美的象征。中国人最熟悉的革命导师马克思、恩格斯，还有大文豪列夫·托尔斯泰、雨果等人都是大胡子。而英法之间曾因胡子引发了长达三百年的战争，被称为"胡子之战"。法国路易七世娶了公爵的女儿艾丽诺，陪嫁是两个省的土地，后来路易七世将胡须剃掉，艾丽诺嫌难看，因此与路易七世离婚，改嫁英国国王亨利二世，并将两个省同时转嫁。路易七世不答应，亨利二世因此向法国宣战，双方拉锯扯锯打了三百年没有结果方和解。这也算是人类战争史上的奇葩吧,可见,一把胡须,不仅男人自珍,也是女人的心头之爱。

当今的男人,除了那些特立独行、标新立异的艺术家、导演、画家、诗人等,大多已不留胡子,一般人如果胡子拉碴,会被视为不修边幅、邋遢不洁,甚至是神经不正常、落拓不堪。一个男人的美,已与胡子无关,牵引女人目光的是精神气质、言谈举止,还有磊落的男人襟怀。

说　头　发

幼年懵懂之时，对头发一个最直接的认知，是长头发的是女人，短头发的是男人，女人头发长遮住了耳朵，便认为女人是不长耳朵的。还有一个深刻的记忆是，母亲将她和姐姐们梳头后落下的头发拢起来，打成卷，塞到墙缝儿里，积攒多了，便卖给走街串巷的货郎，换些针头线脑，所以，那时家中的墙缝儿里常可见到一卷卷头发。头发是有价值的，虽然只是涓埃之微。

而古代，头发的事可谓天大的事。

《孝经》云："身体发肤，受之父母，不敢毁伤，孝之始也。"剃去某人的头发是一种刑罚，故古代有"髡刑"之谓，虽然较之肉体损害不太严重，却是带有侮辱性质。《晋书·陈寿传》载："寿父为马谡参军，谡为诸葛亮所诛，寿父亦坐被髡。"寿，即《三国志》作者陈寿，云其父受马谡株连，马谡被诸葛亮杀了之后，他被处以髡刑，实际上就是羞辱。"文革"期间,许多"黑五类"被批斗,不管男女,都被剃了"阴阳头",即剃光一半留一半。还有很长时间,罪犯都是被剃成光头,游街示众。这些应该是古代髡刑的余绪遗韵,"谬种流传"。

《三国演义》中描写曹操在麦收季节引兵过麦田,下令践踏麦田者一律诛杀,谁知,偏偏他的马被突然飞出的一只鸟惊吓,踏坏了麦田。曹操便欲抽剑自刎,被属下苦苦劝止,于是他"割发代首",完成了军纪处置。或有人说,曹阿瞒太爱作秀,削一绺头发算得什么?这不是糊弄老百姓嘛。我们明白了髡刑的道理,对于老曹同志"割发代首"的行为,在那个时代实属难得,不仅不应指责,还应点个赞。

头发的事在明清易代之际,成为滔天大事,事关种族的尊严,关乎人的性命。满人入主中原,强力推行"剃发易服",所谓"留头不留发,留发不留头",遭到汉人的激烈抵抗。在汉人看来,异族统治或许是可以接受的,清之前也有过金、元的先例,但"剃发易服"改变了几千年的传统和祖制,是对先人和祖宗的大不敬,是一种对道统的亵渎和人格的侮辱,因此抵抗的烈度前所未有。清廷曾经在政权未稳的情况下将"剃发令"一度从宽,"剃武不剃文,剃兵不剃民",但很快就又霸王硬上弓,一律剃发,惨绝人寰的"嘉定三屠"便这样发生了,血流漂杵,尸塞河道,两万余人成为冤魂。嘉定人民为捍卫尊严,宁可抛掉大好头颅,绝不苟且,绝不妥协,唱响一曲人类历史上罕有的慷慨悲歌。然而，历史的吊诡之处让人无语，这些为了"护发"而拼死抗争的先人，他们的后代在清廷灭亡之后，却为不肯剪掉辫子而拼死抗争，同样为了头发，后人与祖宗的行为弄得拧成了麻花，真不知让我们说什么好。

头发如此宝贝，人们自然是绝不肯随便剃削的，但佛教徒僧尼除外，皈依佛门的第一道程序就是剃度，不管和尚尼姑都是光头。这个仪轨来自佛教发源地印度，由佛陀释迦牟尼所定，据说有三个含义：一是印度和中国一样，头发如同生命般神圣，精心护发就难免生骄矜之心，有所牵挂，故剃之；二是头发被称作三千烦恼丝，无发则心净，故剃之；三是僧尼俱光头，在人群中好辨识，是一种与众不同身份的证明。如果说剃发是一种羞辱，中印皆然，尤其是比丘尼，难免被尘世俗人指指点点，侧目而视，那么佛教教义中的"六度"之一就是忍辱，这也是必修的课程，守得云开见月明，如此方能"究竟涅槃"，修得正果。

其实，头发不仅是生命中的一部分，更是上天赐予人类之美的一种形式，如同禽兽中鸡之冠、鸟之羽、虎之斑纹、马之鬃毛。人体上各个部位的毛发都很短，唯有头发可以长得很长，我有时非常惊奇，人的头部怎么能生出如此茂密如此纤细如此飘逸的长发，据说人的头发一般有十万根，天！头发于女人来说尤为重要，如果一个女人披头散发，或者状如鸡窝，那肯定被人耻笑。女人每天的梳洗打扮，整头发占据重要环节。在古代，女人的发型五花八门，富丽多姿，这些都是爱美的女人变着法发明的。唐代段成式在《髻鬟品》中写道："高祖宫中有半翻髻、反绾髻、乐游髻。明皇帝宫中，双环望仙髻、回鹘髻、贵妃作愁来髻。贞元中有归顺髻，又有闹扫妆髻。长安城中有盘桓髻、惊鹄髻，又抛家髻及倭堕髻。"唐代各式发型据说有百余种。宫中女人闲着没事，便捯饬着头发玩。即使百姓人家的女孩也要"当窗理云鬓，对镜贴花黄"，爱美之心人皆有之。古诗中描写女人头发之美的句子俯拾皆是，如"鬓发如云"（《诗经》），"一编香丝云撒地，玉钗落处无声腻"（李贺），"香雾云鬟湿，清辉玉臂寒"（杜甫），等等。头发还被称作"青丝"，谐音"情思"，常常和美丽的爱情有关。据说，杨贵妃和唐明皇闹别扭，被皇上逐回娘家，杨贵妃就剪下一缕青丝，托太监高力士转给皇上。皇上见到青丝，果然撩起情思，把贵妃接回，两人重归于好，"在天愿作比翼鸟，在地愿为连理枝"了，缱绻缠绵，旖旎情欢，直到杨贵妃香陨马嵬坡。一缕青丝，一块香帕，常常是爱情的证物。

母亲八十岁时在石家庄我的家里住过两个月，每天早晨起床第一件事，是坐在客厅茶几旁边的小凳上梳头。有一天我起得早，看见母亲正坐在那里，一条胳膊弯起来仔细梳头，安详端庄，娴静温婉，我突然明白，母亲也是一个女人啊，年轻的时候一定很美。母亲生我时,已过了四十岁,所以在我眼里,母亲从四十到八十似乎从来就是一个样子,没有变过。而今,母亲去世已经八年了,她弯起胳膊梳头的样子,永远定格在我的脑海。

我们该怎样说话？

国家乒乓球队年轻队员王曼昱在一次比赛中战胜了丁宁，记者采访时问："战胜了大满贯选手，很高兴吧？"王曼昱这样回答："也不怎么高兴，经常赢。"这个回答没毛病，只不过陈述了一个事实，如果你经常赢一个对手，即使她是大满贯，哪还有兴奋可言？平常事罢了。然而，王曼昱的回答却激起了一片热议，批评者说这孩子情商太低，不会说话。

无独有偶。稍前几年，国家滑冰队员周洋在获得世界冠军后，记者问她获奖感言，她表示特别感谢父母的养育和付出，家境不好，这次获得的奖金将报答父母，改善家里条件（大意）。依我看，这个"获奖感言"应该获奖，因为它真实、朴素，发自内心，让人感动。令人想不到的是，这个"获奖感言"却捅了马蜂窝，弄成一个"感谢门"事件。核心问题也是批评她不会说话：呵，你获得了冠军，只感谢你父母，那教练呢？领导呢？乃至国家呢？未免太狭隘、自私了吧！

这两件事都是说话惹的事，看来会不会说话非同小可。

早年间看样板戏《沙家浜》，印象很深的是，茶馆老板娘阿庆嫂很会说话。她自己说"来的都是客，全凭嘴一张"，刁德一称她"不愧是开茶馆的，说起话来滴水不漏"。《红楼梦》中的凤姐更是巧嘴八哥，伶牙俐齿，尤其把"老祖宗"贾母哄得团团转，视其为"开心果"。历史上的晏子、苏秦、张仪等人都是凭着"三寸不烂之舌"扬名立万的"说客"。宋朝宰相吕夷简是一个屹立政坛二十年的老相，经验丰富，老谋深算，自然出言圆融周到。一次，皇帝病愈，诏令上朝，臣工们闻讯十分高兴，恨不得两步并作一步到达宫殿。但吕夷简是宰相，须得在宫门等候他，偏偏吕夷简不急，慢慢腾腾。皇帝病了这么久，也着急见大家啊，就问吕夷简为何如此"缓"。只听吕夷简说道，人们都知道皇上这段时间生病了，今天初次上朝，如果大家奔趋入内，会令外界产生不必要的猜想，徐徐入内方为正常。老相这一番话真让人膜拜啊，说得皇帝和大臣们频频点头称是。

鲁迅在小品文《立论》中讲道：一家人家生了一个男孩，合家高兴透顶了。满月的时候，抱出来给大家看。一个人说，这孩子将来要发财的，于是得到一番感谢；一个人说，这孩子将来要死的，于是得到一顿合力的痛打。这两人就是会不会说话的典型例子，尽管后者过于极端。在我们现实生活中，一般来讲，会说话讨人喜，不会说话讨人厌。说得不中听，呸呸呸，乌鸦嘴！叫人嫌弃怒斥还是便宜的事，弄不好挨一顿"痛打"也是可能的。能说，是一种天分，有人天生话痨，口若悬河，口齿伶俐；而会说，是一种能力，舌灿莲花，能言善辩，体现了一个人的智商和情商。譬如，京剧《红灯记》中铁梅家和邻居一墙之隔，李奶奶对邻居说，拆了墙咱们就是一家子啊，铁梅却说，不拆墙咱们也是一家子。李奶奶的话是物质层面的，铁梅的话是精神层面的，更体现了艺术性，也更胜一筹。所以，说话不仅是人的基本能力，还是一门社交艺术。那些演讲比赛、辩论比赛，以及"外交辞令"、商业谈判等都是说话的比拼。即使日常生活、人际交往，不会说话的人还真是不太好混。

然而，我们的"至圣先师"孔子却是一位对会说话没有好感的人。他说："巧言令色，鲜矣仁。"认为满口花言巧语，故作和颜悦色的人，是很少有仁德的。为什么呢？因为不是出自内心，是用心机和技巧做出来的，这就有了炫惑的味道。他继续说："巧言、令色、足恭，左丘明耻之，丘亦耻之。"意思是，巧言令色取媚于人，左丘明认为可耻，我也认为可耻。他还说："君子欲讷于言而敏于行。"讷，就是笨嘴拙舌，不善言谈，真正的君子不用说什么干就是了。孔子把交友分为"益者三友"和"损者三友"，"友直，友谅，友多闻，益矣。友便辟，友善柔，友便佞，损矣"。这里，直，可以说是正直，也可以说是直率；便佞，即花言巧语。有人可能会说，

"亚圣"孟子可是一位口若悬河、能言善辩之人啊，但请注意，孟子是一个直率的人，即使和君王说话也毫不留情，常常弄得"王顾左右而言他"，他老人家从不说佞语。

在我们现实生活中，对特别能说会道的人也并非全然赞许。什么花言巧语、天花乱坠、油嘴滑舌、巧舌如簧，什么耍嘴皮子、鸭子煮熟了——只剩下嘴了，等等，都是些负面评价。反而不如不善言辞、笨嘴拙腮让人感觉实在、厚道、踏实、靠谱。再回到周洋，在遭到一顿乱批之后，小姑娘学乖了，学会说话了，果然在又一次获奖之后，感谢个溜够，周到是周到了，可最大的代价是真实的内心被遮蔽了，可贵的率真被扭曲了。

我们该怎样说话？一言以蔽之，说真话，不说假话。会说话诚然是一种语言技能，是情商高、人情练达的表现，但耿直、忠直、直率更是一种可贵的品格。大家别忘了，童话《皇帝的新装》里人人世故圆滑，最不会说话的是那个小孩子，但真理却掌握在他手里。

尴尬的"提名奖"

我的一个朋友获得了一个大奖的"提名奖",祝贺不祝贺倒让我犯了难。按说,能杀出重围获得提名奖,已是相当不易,值得庆贺;但是,毕竟是"只差一步到罗马",好不容易到了城外,硬是没能进的城门,真是叫人扼腕叹息,深感遗憾。到了这个地步,恐怕遗憾多于欢喜,能高兴得起来吗?这个时候祝贺他,不是给他添堵吗?

如果是这样,"提名奖"设立的效果与初衷恐怕事与愿违。本是想给没能获奖的人以安慰和鼓励,可结果,可能更让人难堪。

那么,"提名奖"是个什么奖呢?一般来讲,参与某项大赛或大奖评选,先报名,经过有关组织或机构筛选初评,最后形成数量不多的候选名单进入终评,这个候选名单就叫"提名",从中产生获奖人。如果落选了,就给予"提名奖"使落选的人获得额外"补偿"。实际上说白了,"提名奖"就是没获奖。

如此说来,"提名奖"就是一个怪胎,明明落选了,没评上,还给个奖,这不很可笑吗?既然是大赛或者评选,那就肯定有胜出和落选,这是常识,参赛者肯定也会"一颗红心两手准备",获奖了得意,落选了失意,也是常情。为了安抚失意者,把"提名"变成"提名奖",虽然我们并不否认组织者的善意和仁慈,但显得拖泥带水,对规则缺乏必要的敬畏。任何事情,一搞变通就变了味道。而且,获得"提名奖"的人显然对这个奖不会产生兴致,也就难以领这个情。那么,组织者的善意和仁慈岂不是放空了吗?

其实,组织者不要低估了落选者的素质和承受能力。没有获奖就是没有获奖,失败就是失败,这世界上每天都在发生许多事情,不以人的意志为转移,每个人都需要面对。记得当年央视有一档《挑战主持人》的栏目,我很欣赏主持人马东对失败者说的一句话:"你可能委屈,也可能不服,但是你被淘汰了!"干净利落,清清爽爽。

和"提名奖"类似,许多大赛或大奖还有一个"优秀奖"。"优秀奖"大多是在等次之外的一个奖项。一、二、三等奖名额有限,优秀奖可"若干",一般媒体在发布消息时,会列出一、二、三等奖获奖名单,而优秀奖常加个"(略)"。和"提名奖"比起来,"优秀奖"更能体现安慰和鼓励。但是,也有一个特别大的问题。什么叫"优秀"?词典上的解释是"品行、学问、质量、成绩等非常好"。我们上小学的时候，作文成绩老师分成优、良、可、差四等，优秀从来就是最好的、顶级的，"优秀奖"却分明成了不够好的，这岂不颠覆了"优秀"一词的本来含义？还有，有的大奖不设等次，获奖的就叫优秀作品奖，这原本符合"优秀"的本意，但又与"优秀奖"的意思产生混淆，大家会认为你的作品不够好。

之所以出现这样的问题，与现在评奖太多、太滥有关。获奖尤其是获得重量级的大奖，是一种实力的社会肯定，其鼓舞的作用是巨大的，自然也跟名气、待遇、升迁等现实的利益密切相关，当然人人看重，人人争取。一些跑奖、拉票的负面新闻时有所闻，败坏了社会风气，亵渎了奖杯的神圣。"提名奖""优秀奖"虽然与负面无涉，但体现了在僧多粥少的情况下，让更多的人蹭蹭亮、沾沾光，利益均沾的思维，实际上，这种做法漾出了规则的边界，淡化或消解了评奖的严肃性和庄重性。

今年中国作协评选鲁迅文学奖，每一种体裁都有上百部作品参与评选，最后分别有十部作品获得提名，从中评出各五部获奖作品。这个评选办法就很规范，是获得"提名"，即候选作品进入最终角逐，落选之后也并没有颁个"提名奖"，以示安慰。其实，"获得提名"而不是"获得提名奖"，才是国际通用的做法，奥斯卡奖即如此。所以，遵守规则，正本清源，让评奖规范化，别再设什么"提名奖"这种多余而可笑的奖项了。

给黄鼠狼拜年

除夕夜十一点多,接到作家韩小蕙大姐拜年短信,有句是这样的:"为了不当黄鼠狼,赶紧提前来拜年。"阅后不禁莞尔,因为零点之后就是鸡年了。马上想到一句歇后语"黄鼠狼给鸡拜年——没安好心",恐怕这是黄鼠狼给人留下的最深刻的文化符号了,上至名宿硕儒,下到黄口小儿,没人不知,无人不晓。

鸡年便想到黄鼠狼,想到黄鼠狼便想到吃鸡。其实这是一大冤案。

黄鼠狼,学名黄鼬,是体型较小的食肉动物,以啮齿类动物特别是以老鼠为主要食物,是捕鼠能手,每年能从老鼠嘴里给人类夺下不少粮食,所以它属于益兽。它几乎不吃鸡,只有饿极了才这么干。有科学家从国内十一省市五千只黄鼠狼解剖中发现,仅仅两只胃里有鸡的残骸,两千五百分之一,可以忽略不计啊。可能先人碰巧发现黄鼠狼吃了鸡,于是以偏概全,给黄鼠狼扣了顶大帽子,从而让"黄鼠狼给鸡拜年——没安好心"这句歇后语在民间代代流传。文化和科学有时是错位的,由此可见一斑。

黄鼠狼是许多上了些年纪的人的童年记忆。20世纪六七十年代,在平原农村,黄鼠狼是寻常动物,与狐狸、刺猬、獾等都时常可见。它一身皮毛呈土黄色或橙黄色,和小狗一般大小,尾巴又粗又长,能占体长的一半,脑袋不大,眼睛却贼亮,十分机警,稍有风吹草动,便逃之夭夭。它一般在黑夜出没,以树洞、土堆、柴火垛为巢。家里有小儿啼哭,大人会吓唬道:"别哭啊,再哭让黄鼠狼把你叼走。"在人们眼里,黄鼠狼不仅吃鸡,还是一种凶猛的兽类。我清楚地记得,有一天夜里,我们在睡梦中被惊醒,院子里的鸡凄厉惨叫,加上扑棱棱的挣扎声,母亲说,坏了,招黄鼠狼了!我和姐姐穿上衣服,随母亲举着灯走到院里,只见鸡窝门大开,散落着一地鸡毛,还有星星点点的血迹,鸡缩在那里瑟瑟发抖,黄鼠狼已无影踪。而今想来却疑惑,是黄鼠狼干的吗?

乡人对黄鼠狼的忌惮,不是因为它的凶猛,而是它的灵异。和称狐狸为"狐仙"一样,大家称黄鼠狼为"黄仙""黄二大爷"。它们和蛇、龟都属于灵性的动物,不敢轻易伤害它们。"黄仙"比"狐仙"的灵异程度要稍差一些,后者在《聊斋志异》里能变幻为人,尤其是美女,而前者最擅长的本领是让人们"中邪"。"中邪"的事早年间在农村时有所闻,一些体弱多病的妇女突然被"灵魂附体",言语混乱,举止乖张,大家普遍认为是黄鼠狼在作祟,于是赶紧拜"黄仙",或在附近寻找黄鼠狼加以驱赶,让病人脱离困厄。作家荆永鸣新近发表的小说《远去的喧嚣》讲述了类似的故事。以往人们认为这是迷信,现在据科学的解释是,黄鼠狼和狐狸一样身体上长有臊腺,能释放出极为强烈的臊味,干扰麻痹人们的大脑神经,体弱多病的人容易中招,出现幻觉,神经错乱,说话、做事都匪夷所思,令人难以理喻,等气味消散,人也就恢复正常了。民间关于"黄仙"的传说有许多,至今还在流传。

黄鼠狼为中国文化最大的贡献是毛笔。以前知道毛笔分兔毫、狼毫、羊毫等种,一直以为"狼毫"是狼的毛,后来才知道是黄鼠狼的尾毛。想想看,黄鼠狼先生奉献了多少毛发,挥洒了中华文明,绵延不绝,功莫大焉。而用狼毫写出来的字坚挺峻峭,洒脱硬朗,含有一份隐隐的骨气。

从这一点上说,鸡年来了,我们应该给黄鼠狼拜年。只可惜,如今在乡野农村已很少能看得到它了。

精　　俗

在我家小区附近，曾一度经常碰见一个女人，穿衣打扮相当地精致，估计不在镜子前消磨一个小时绝对出不了门。一身名牌就不用说了，散发的香气在擦身而过之后，走出五十米还与鼻腔恋恋不舍。尤其吸睛的是，她的上衣是大红色的，下着紫色的呢子裙，大红大紫，路人的眸子里像起了两簇火苗。

这个女人在街上仿佛一个流动的风景，她的衣服换得很勤，但鲜艳炫目是最亮的招牌，用"花枝招展"来形容毫厘不爽。这女人中人之姿，不俊也不丑，大抵是想以精致的装扮来提升颜值吧。俗话说，穿衣戴帽，各有所好，人家咋打扮"干卿底事"？可我总觉得怪怪的，有一个词在我心里溜达着但也混沌着，一时不着边际。直到有一天和朋友们聊天，其中一位女士嘴里蹦出了一个词：精俗，我忽然觉得就像盘古抡斧子一劈，咔嚓一声，天地清明，"精俗"和那个女人对上了卯榫。

对一个人的情趣气质，人们常用雅和俗来评价。一般来讲，雅是文明的高级的，俗是粗蛮的低级的，从"高雅""优雅"和"低俗""粗俗"词语的形成即可看出高下之分。雅应该是讲究的、精致的，而俗常常是随意的、粗劣的。然而在那个女人身上却出现了背反，精致之花结出了酸涩的俗果，越讲究越俗气。比如说，她的上衣是红色，下衣是紫色，殊不知这两种颜色搭配是犯了审美大忌的，鲁迅曾告诉萧红红的不能配咖啡色的，因为给人的感觉很"混浊"。另外，她也不懂"淡雅"的含义，香水用得太过浓烈，未能香人，只能呛人了。

这类"精俗"之人在生活中并不少见，其精在表，其俗在骨。

我想起了曹禺话剧《日出》中的顾八奶奶，这个女人也是一个典型的精俗者。作者这般描述她："一个俗不可耐的肥胖女人。穿一件花旗袍，镶着灿烂的金边，颜色鲜艳夺目，紧紧地箍在她的身上。走起路来，小鲸鱼似的，肥硕的臀峰，一起一伏，惹得人眼花缭乱，叫人想起这一层衣服所包裹的除了肉和粗恶以外，不知还有些什么。"顾八奶奶是个中年寡妇，家境富裕，故能穿金戴银，衣帽华贵，但这个女人却做作、矫情、愚蠢，无病呻吟，其俗到了令人作呕的地步。

我生活中所遇见的那个女人和话剧中的顾八奶奶，属于精俗的一种类型，是活在物质世界中的女人，尚未进入精神的畛域。还有一种精俗者具有极大的迷惑性，因其素以雅人著称，因其是活在精神世界的人，譬如《红楼梦》中的妙玉。

《红楼梦》第四十一回写妙玉在栊翠庵以茶待客,可谓雅到极致。且不说她的茶盘、茶盅都属于"古玩奇珍",泡茶的水也是极为讲究,旧年存下的雨水倒也罢了,令人惊艳的是,收梅花上的雪,用花瓮储存,埋在地下五年方启用。你看,这一切够雅到十二分了吧。黛玉饮后不明就里,问道:"这也是旧年的雨水?"妙玉冷笑道:"你这么个人,竟是大俗人,连水也尝不出来。"乖乖,黛玉在我们眼中可谓天仙般的纯雅之人,竟然被妙玉怼为"大俗人",真是雅到无以复加了。至于烹茶的水,茶圣陆羽说:"山水上,江水中,井水下。"并没有说到雨水、雪水,陆龟蒙、白居易、苏东坡等虽然也喜欢雪水茶,但我认为,这只是文人的风雅而已,与陆羽之说并不吻合。试想,将刚降下的雪融化烹茶倒也说得过去,而将雪水存在瓮里五年,还能保持新鲜吗?这倒也罢了,妙玉这个大雅之人在一处细节上将其大俗暴露无遗。刘姥姥随贾母至栊翠庵用茶,妙玉吩咐让把刘姥姥用过的茶杯扔了,自然是嫌脏了。宝玉说:"那茶杯虽然脏了,白撂了岂不可惜?依我说,不如就给那贫婆子罢,他卖了也可以度日。你道可使得?"而妙玉却说:"幸而那杯子是我没吃过的,若我使过,我就砸碎了也不能给他。"这期间宝玉说了句"常言'世法平等'",这话是从《金刚经》"是法平等,无有高下"而来。宝玉作为一个世俗之人,尚知平等待人,有一颗悲悯之心、爱人之心,而妙玉作为一个佛门中人却全无众生平等之念,毫无慈悲之怀,嫌贫爱富，自私利己，脂砚斋评曰："妙玉尼之怪，图名。"貌似精致高雅，其实远未超凡脱俗，心灵栖满了尘埃，和赵姨娘那些人有甚区别？所以，正如她的判词"欲洁何曾洁，云空未必空"，剥去精致的雅皮，里瓤终归还是个俗，只不过不是"粗俗"，是"精俗"。

书法家沈尹默年轻的时候，曾被陈独秀当面讥刺他的字"其俗在骨"。意思是看起来好看，但缺乏内在的清雅之气、俊逸之气，骨子里是俗气的。"其俗在骨"四字太犀利，一刀封喉。书与人同理。精俗之俗，透着一种"装"和"假"，倒不如粗头乱服、浑朴自然的真俗为好。人人都有向雅之心，由精而雅，是谐和，由精而俗，是乖违。之所以有精俗这种气质、趣味出现，说白了就是喂饱了肚子没喂饱脑子，重外表而轻内涵，重物质而轻精神，灵魂被浊气充塞了。如果能像沈尹默那样以"其俗在骨"的棒喝为一剂猛药，或许还有救。

关 于 家 园

一个时期有一个时期的流行话语，当某个词被高频率广泛使用时，它所承载的隐秘的意蕴就在这种无数次累加中被涨大了、凸显了，成了一个种族或时代集体心态的表征。比如，"家园"一词，近些年几乎每一位写文章的人都不约而同地为它造句，频频闪现在各种书籍报刊中。家园，精神家园，心灵家园，灵魂家园……家园牵住了当下所有文人的目光。

家园是一个温情款款、意象撩人的词，一提起它，就立即唤起一种温馨、温暖、温润的情愫，写下这两个汉字，眼前就幻化出一幅美丽的场景：古朴的庭院，有几株芭蕉或几株梧桐；青藤爬满的老屋，有燕子飞来飞去，篱笆墙开满了野花。显然，这种古意森然又充满乡野气息的家园意象蒙烙上了深刻的文化印记。

毫无疑问，现在人们使用"家园"一词是一种借代或隐喻，指心灵的归宿和精神的居所，但它的情感渊源却依然是那口永远泛着青波汲之不竭的古井，依然表达的是一种扯不断理还乱的乡愁——理念的乡愁，文化的乡愁。诺瓦利斯说："哲学原就是怀着一种乡愁的冲动去寻觅家园。"作为本体意义上的乡愁，一缕乡思，满怀愁绪，缠绵悱恻，意味深长，老磨、古树、深巷、炊烟，在记忆中萦回不已，沉积成了一道不老的文化风景，构成了永不褪色的人文主题之一。然而，90年代的人们何以对家园如此深情？为何如此殚精竭虑四下里寻找、营建家园？这一切都源于现代人家园感的失落。社会的转型，文学的边缘化，审美低俗化的泛滥，商业大潮的汹涌，金钱的压迫，人文理想的逼仄，时代万花筒般急遽的变化，令文人们茫然失措，浮躁不安，有一种无枝可依、无巢可栖的失重感和灵魂支离破碎感，负累的心灵上也便滋生了几许焦灼、痛苦和困惑。风雨飘摇，世事纷披，何处是家园？

寻找家园，其实是在寻找一种安宁，一种温情，一种依托，在那里或阳光明媚，或细雨霏霏，紧张焦躁的心可以得到松弛和潮润，得到休憩和调整。家园是炎夏的一树绿荫，是寒冬的一杯暖茶。"柴门闻犬吠，风雪夜归人。"家园是一处多么美丽动人的居处啊！然而，对家园的痴迷，实际上是一种归巢的姿态，是一种退却抑或逃避，是对小农时代士大夫情调的一种潜意识认同，家园在这里已和故乡含义睽异，非指精神意义上的还乡，而很有些可居可栖的田园味道了。这让人想起前些年禅宗的流行，文必谈禅，人人一副大隐隐于市的飘然出尘之态，其精神意脉该和近年的家园意识总有些暗合相通之处吧。又想起周作人、林语堂、梁实秋、汪曾祺闲适小品文的走俏，机杼亦同一。家园实际上是在物欲横流、浊浪翻滚、十丈红尘中用篱笆隔离开来的一处精神乌托邦。

因此，当大家如倦飞的鸟在虚拟的温馨的家园安享心灵的慰藉时，听到外面有几个孤行者像受了伤的狼在空旷中嗥叫，便有些骇怪和惊诧。瞿秋白当年即称鲁迅是吃了狼的乳汁长大了的莱漠斯。伟大如鲁迅终其一生都是一位在路上行走"息不下"的"过客"，屈子的名句"路漫漫其修远兮，吾将上下而求索"写在他的小说集《彷徨》的扉页，他的《故乡》表达的不是乡愁，而是对路的瞩望——"世上本没有路，走的人多了，也便成了路。"鲁迅永远在路上！对家园的渴望，也往往只有人在旅途、风雨漂泊中才会深切体验得到。列维·斯特劳斯说："人是把家园带在自己身边流浪的。"庄子说："乘物以游心。"张承志说："放浪于幻路。"艺术的本质、精神的本质是心灵的放逐，天马行空，是浪子的姿态、行者的姿态，而不是树起篱笆当一名家园的主人。艺术与精神的特质是自由的、不羁的，家园却是一种樊篱，在温情脉脉中消解了人们前行的勇气。或许浪迹天涯的游子过客也莫不像向日葵般心向家园，然而他们最嘹亮生动的歌却留在漫漫长路。

有一个时期的流行话语大抵是"自我"，在经历了一段不堪回首的梦魇岁月之后，人们都在追问：我是谁？我从哪里来？到哪里去？对自我的寻找、发现、确认，探索"人"的生命与存在的本质与意义，成为一个时期的中心命题。之后，"我"想有个"家"，工业文明时代紧张忙碌的心灵渴望一片安然的居所，"诗意的栖居"，精神荒漠上的家园成了一处遥想中丰茂的绿地。

在亚当、夏娃偷吃禁果被逐出伊甸园之后，上帝就把拥有智慧的人类赶到了路上，永失乐园。于是，人类就开始了智慧而痛苦的漫漫精神长旅，或许心存一个无法抵达的梦想，但对真理的追求，对存在的探索，对生命的究诘，人们"息不下"地行走奔波在迢迢路途中，人，便会愈来愈成为一个人，人生便会如大地一样实在。

关于序的闲话

我新出了一本散文集，前无序，后无跋（后记），光溜溜的只有正文。有朋友对我说，你这书出得倒挺别致，有个性；不过还是觉得有个序跋才好，这么着好像少点什么似的。

一本书前有序后有跋，似乎已成标配。序有自序和他序之分，跋则多由作者自己写。其实，在要不要有序跋这一问题上，我也有过考虑，但终归觉得麻烦，索性一概省去——赤条条无牵挂，妍媸美丑，一任读者评说。

一本书有无序跋，是作者的自由。但稍加琢磨，还是发现了一个潜在的"江湖规矩"：自序也就罢了，如果是他序，作序者在成就、名气上大都高于至少不低于作者，很少见到出书者找一个名不见经传的人写序。同样，也鲜见哪个大作家找人写序的，譬如王蒙、莫言、贾平凹等等，他们的著作，或者自序，或者只有后记，交代一下写作缘起、过程、想法或写法等。找名家写序，自然有火借风威、以壮声色的意思。若是朋辈，谈人论艺，唱和揄扬，倒不失为一件雅事；若是前辈，在序中指点迷津，春风化雨，对晚生是一种鼓励，甚至会对对方的创作方向或人生走向产生重大影响。但也不能否认，有些人的动机是不好摆到桌面上的，找名家写序不过是为了给不够亮眼的金属外表镀上一层金，涨涨行市，添添价码，获取炫耀嘚瑟的资本，满足一下虚荣心。

这样的事并不少见，还有更过分的。记得一位作家跟我说起过一件给人作序的烦心事。

以这位作家当年在文坛的影响力，自然求序者众；但她一贯为人低调、做事严谨，一般不轻易给人写序。一次实在碍于情面，就给一个青年作者的新书写了序，其中自然包含给年轻人鼓劲打气的意思在里边。她认真读了书稿，又认真写了序，一点都没有敷衍应付，对作品的优劣做了分析，既有鼓励，也指出了存在的不足。没有想到的是，书出版后，着实令她吃了一惊！那序已不是自己的原文，作者擅自做了改动，增加了溢美之词，删去了批评之语。对这般偷梁换柱的行为，她很是失望，也很痛心，一番明月无奈照了沟渠。从此，她给自己定下规矩，"慎序"，或者不写。这事过去多少年了，而今她的名气更大，估计求序者更多，但我还真没有见到过她给别人写的序。

序，作为一种文体，古已有之，有书序、赠序、宴集序等。所谓赠序，是诗友之间的离别赠言，表达惜别、劝勉、祝愿、鼓励等依依深情，如我们熟知的明代宋濂的《送东阳马生序》等。宴集序，是文人雅士宴会雅集，一同赋诗，公推一人作序，如王羲之的《兰亭集序》、王勃的《滕王阁序》、李白的《春夜宴桃李园序》等。而今所谓序，即指书序，也叫叙、引、前言、导言等，是关于著作的"说明书"，交代有关情况、过程、背景，或者提出理念、评价等。不管是自序还是他序，应该说对读者阅读作品、了解作者有很大的帮助。序文或在书前，或在书后，后来一般称书前为序、书后为跋。文学史上也产生了序跋的经典篇章，如司马迁的《太史公自序》、文天祥的《指南录后序》、李清照的《金石录后序》等等。

现代文坛"盟主"鲁迅先生是写序的高手。他几乎每一部作品都有自序，称作"题记""小引""序言""导语"不等。他的许多序文成为不朽的名篇，如《〈呐喊〉自序》，是阅读这部小说集的金钥匙，是研究鲁迅极为重要的资料；如《〈野草〉题辞》，起首就是金句："当我沉默着的时候，我觉得充实；我将开口，同时感到空虚。"通篇语言奇崛，哲思迸发，为人激赏。鲁迅的自序不只是书的"说明书"、附着物，更具有叙事抒情、阐发思想理论等独立自足的文本功能。除了给自己的书写序，鲁迅还给许多青年作者的新作写序，如萧军、萧红、叶紫、柔石、殷夫等。作为文坛领袖，他自己"也知道有做序文之类的义务"，他是甘为人梯的。这些序文如同一道奇异的光，照亮了这些青年作家的人生世界。靠了鲁迅这只巨手的托举，他们名垂文学史册，为人们所熟知。鲁迅的序要言不烦，切中肯綮，精当准确，又不乏热望和希冀，读来让人如风鼓船帆勇气倍增。如他给白莽（殷夫）写的《白莽作〈孩儿塔〉序》，短短几百字，却文情并茂，金声玉振，堪称经典小品，其中有一段话我几乎能背诵下来："这是东方的微光，是林中的响箭，是冬末的萌芽，是进军的第一步，是对于前驱者的爱的大纛，也是对于摧残者的憎的丰碑。一切所谓圆熟简练，静穆幽远之作，都无须来作比方，因为这诗属于别一世界。"将序文写成了经典名篇，这等功力，五四以来百年间无人出其右。

　　无论是自序还是给人作序，鲁迅都坚持知人论世，客观公允，甚至他的自序多有自嘲类低调谦逊的笔调。他对于序文中自序的"吹牛"和他序的"拍马"一类恶习十分厌恶，尤其对"自己替别人来给自己的东西作序"的行为更是鄙夷不屑。他的《序的解放》一文对此冷嘲热讽，嬉笑怒骂，就揭露了当时的一件丑闻公案：一个叫曾今可的小文人，出了一本诗集《两颗星》，"代序"署名"崔万秋"，"一开卷就看见一大番颂扬，仿佛名角一登场，满场就大喝一声采，何等有趣"（鲁迅语）。这崔万秋是《大晚报》副刊主编，如果他与曾今可是朋友，写序替哥们儿吹捧一番也说得过去，谁知，这序压根儿不是他写的，是曾今可本人操觚署了他的名。可能是两人之间没有沟通好，抑或翻了脸，崔万秋不给曾今可面子，郑重其事地在《大晚报》《申报》刊发了启事，声明此篇序文非他所作。这下，曾今可的丑可就出大了。顺便交代一下，同年，曾今可在他主编的《新时代》月刊上，出了一期"词的解放专号"，刊出他的一首《画堂春》，里边有"打打麻将""国家事管他娘""樽前犹幸有红妆"的句子。1933年正值日军攻陷山海关，国事艰危，曾今可这般论调立即遭到鲁迅、瞿秋白、茅盾等人的猛烈批判。一介不自量力的小文人，哪里架得住这几位大咖的炮轰，只得乖乖缴械投降，"我承认我是一个弱者，我无力反抗"，宣布"悄悄地离开文坛"。他提倡"词的解放"，鲁迅又给他加了一个"序的解放"，这两个"解放"，让曾今可彻底获得了"解放"——从此在文坛销声匿迹了。

曾今可的所为令人不齿，教训也足够惨痛。然而，这样的事当今是否就绝迹了呢？我想不会的。"曾今可第二"依然大有人在，只不过天知地知你知我知罢了。当然也有人脸皮厚过城墙拐角，不以为耻，不以为怪，干脆毫不掩饰地予以坦承：嘿嘿，那个序其实是我自己写的！其奈我何？尽管时代不同，具体原因也千差万别，但幽微的心理、幽暗的人性总会让有些人"心往一处想，劲往一处使"。我遇到过一件类似的事。一个熟人出了本写地域文化方面的书，想请一个当地的官员作序。但问题是，官员哪有时间看书稿，更无时间也无兴趣写文章，只能让作者自己捉刀。熟人陷入两难纠结，既想借助官员的序文有利于书的发行，又觉得自己代写序言总是有点"那个"。他找我商量，我直言劝他不要这样做：一是个人作品找官员写序，有攀附权贵之嫌，而且获益只是暂时的，官员流动性强，一旦去职，换了身份，此序还有何价值？二来自己代人给自己的书写序，传出去总归有损清誉，会让人腹诽小觑。他听了我的劝告，找了位作家写序，结果这书还获了奖。而原来想请作序的那个官员"进去了"，你瞧这事！

与此相比，还有更令人吃惊的。一个熟人有本集子要出版，想请我作序，明白告诉我，不会白写，会付给一笔钱。见我诧异，他笑了，说，这有什么奇怪的，以前出过一本书，找某某名人写的序，给了他多少多少钱，开始不肯，给的多了，也就答应了。我孤陋寡闻，还真是没听说过这样的事。花钱买序，这不是赤裸裸的金钱交易吗？这样的序文铁定是睁着眼说瞎话了。作为作者，花钱买序，可以想见书的质量，马桶即使镶了金边还是马桶。

序文多为名家所写，本应或为美文，或为妙论，或二者兼而有之，在众文体中一花嫣然。然而在当下却是鲜有名篇佳作，何也？原因大抵有三：一、人情之作。作序者受人托请，应命而为，情分的意义大于作文本身，即使全力而为，内心也很难当作一次自洽自足的写作。打个不恰当的比方：虽为己出，却好似为别人养的孩子。二、敷衍之作。如果作序者与著作者之间差距较大，那作序者难免会居高临下托大，难以悉心研读书稿，写起来就会东拉西扯，自说自话，敷衍成篇，言不及义。三、浮夸之作。序文一味变为表扬稿，这与当下文学评论存在的弊端是一样的，序文比评论更甚，因为里边有更浓的感情因素、人情因素。写序往往变成了赤裸裸的吹捧，如鲁迅所说的"拍马"。有此三弊作祟，能将序文写出名堂倒是一件咄咄怪事呢！每年的各种年度文选以及各类评奖，基本难觅序文的芳踪，从另一个角度也说明了问题。

一本书自然是作者的心头肉，凝集了心血和智慧，想找个名家写序来个锦上添花，这无可指摘；如果能从中获得启发，说不定点石成金，茅塞顿开，更是善莫大焉。但是话说回来，这名家的序就像新娘子的蒙头红，再花团锦簇华丽鲜艳，其实都跟新娘子关系不大要紧，最重要的还是新娘子的真容真颜。人们闹洞房，品头论足的是新媳妇，而不是那块红布。同样，看一部书，人们月旦臧否的是作品文本，不是序。因此，一部作品的硬核归根结底靠的是硬实力，书中有无他序，实在无关宏旨。

不要把别人的泪当盐

近读《毛姆传》，才知道这位以《月亮与六便士》名世的英国大作家是口吃患者。他从小父母双亡，寄居在叔叔家过活。可能是压抑和紧张所致吧，他患了口吃症，这让他在周围很是显眼，经常遭到其他孩子的嘲笑。这样就更加让他变得敏感、害羞、愤怒和恐惧，生活在无尽的痛苦和耻辱中。有一次，他和叔叔到伦敦，叔叔有事滞留，让他自己返回。他去火车站排队买票，终于轮到他时，却结结巴巴，怎么也说不出他要去的地名，后边的人等得不耐烦了，两个男人一把推开他，说："我们不可能等你一个晚上！"毛姆只好重新排队。他永远记着那耻辱的一刻，所有的人都盯着他看。

我由此突然想起小时候的事。我们村有个男孩就是口吃患者，我们称之"紧语子"。他几岁的时候，母亲由于难产死了，家里穷，父亲也没有再娶，日子很恓惶。他穿得破破烂烂，说话又结巴，也就不再上学，天天下地放羊。我们都瞧不起他,见了他,就学他结巴着说话,他气得涨红了脸,就越发结巴,惹得我们哈哈大笑,开心极了。

几十年后想起这事,跨越时空,那嘲笑毛姆的孩子中间不是也有我吗?

如此对别人生理缺陷加以嘲笑戏耍的史不绝书。

《世说新语》载,三国时期魏将邓艾口吃,语称"艾艾",晋文王司马昭戏之曰:"卿云'艾艾',定是几艾?"邓艾巧妙应对:"凤兮凤兮,故是一凤。""戏之",就是拿邓艾的口吃开玩笑。这个"艾艾"和另一个口吃患者汉代大臣周昌说的"期期知其不可",一并组成了一个成语"期期艾艾"。

《古今笑》讲述了一个小故事:一名画家是个跛子,一天出门见一个跛足妇人在前面走,旁边一小孩模仿。妇人大怒,正要发作,恰画家也拐着腿走来,妇人便把怒火泄向画家,大骂道:那短命的小孩作恶也就罢了,你一个衣冠楚楚的大人怎么也这么无聊?画家知其误会了,百般解释,那妇人就是不听,兀自骂个不休。

这个世界上总会有一些生理有缺陷或残疾的人,聋哑、口吃、跛足、驼背等,或先天形成,或后天导致,这些使得他们在行为上异于常人,特别为人所瞩目。有时又因为其言语、行动上的怪异,引人发笑。生理上的缺陷或残疾,如同阳光下的荫翳,天然地让他们产生一种自卑心理,即使异样的眼神对他们来讲也是一根根刺，何况不加掩饰的恶意的嘲讽，简直就是刀割剑捅了。所以，自卑激起强烈的自尊，一颗敏感的心容不得丝毫亵慢，面对戏弄、嘲笑，他们经常像前面所讲的妇人那样表现出暴怒，也就可以理解了。记得小时候，我们模仿、戏耍哑巴、跛子时，他们总会怒不可遏地追打，吓得我们四散奔逃。这些人的自尊除了用愤怒来捍卫，有的更是以硬本事真功夫来出人头地，洗刷耻辱，赢得世人尊重。《史记》记载，韩非"为人口吃，不能道说，而善著书"。又载，司马相如"口吃，而善著书"。汉赋大家扬雄，《汉书》称其"口吃，不能剧谈"。宋代的王世则小时候上山砍柴，不小心摔断了一条腿，成为瘸子，后来发奋读书，考中状元，乃成千古一人！

所谓蚌病成珠，这样载入史册的成功者毕竟是少数。更多的人或许终其一生都在默默忍受着嘲笑和耻辱，活在灰暗的天空下，匍匐在尘埃里，甚至有的人可能生无可恋，早早就放弃了生存的权利。

西哲叔本华说："每个人的内心都确实有着某种野蛮的兽性——有机会它就张牙舞爪、肆意咆哮，就会伤害他人。"我们对此可能浑然不觉。小时候的恶作剧，似乎印证了荀子人性本恶的观点，那时的确是无意的伤害。而成年的受到教育的健全人，即使在生理有缺陷或残疾者面前没有表现出野蛮的"兽性"，那么，同情和怜悯就不是另一种伤害吗？居高临下的优越感可能存在于潜意识中，把别人的泪水当成盐，让庸常的日子有了滋味。

名垂青史的毛姆早已不需要人们同情，而需要仰望。我那老家的小伙伴，已老之将至，口吃依旧，生活早大有起色，也不需要我的同情，而需要我的歉意。苍天造人，生而平等，缺陷或残疾，有的人在生理上，有的人可能在心里。

矢　气

矢气，是古人对放屁文雅一点的叫法，也称出虚恭。

《红楼梦》第十九回有这样一段文字："黛玉听了，嗤的一声笑道：'你既要在这里，那边去老老实实的坐着，咱们说话儿。'宝玉道：'我也歪着。'黛玉道：'你就歪着。'宝玉道：'没有枕头，咱们在一个枕头上。'黛玉道：'放屁！外头不是枕头？拿一个来枕着。'"乍读此处，吓了一跳，林黛玉这么一个冰清玉洁的文艺女青年怎么能爆了粗口，说出"放屁"如此粗鄙不雅的词呢？如果将"放屁"改成"胡说"岂不更好？后来明白了，伟大如曹雪芹怎能用错词语呢？林黛玉此说更有烟火气，更能表现她尖酸刻薄的性格，以及小儿女间的亲密戏谑。

放屁是人的一种正常生理现象，虽然难登大雅之堂，却是我们日常生活的常用语，男女老幼，雅人俗人，概莫能外。说一个人无知：狗屁不懂；说一个人胡说八道：放屁；对一个人表示轻蔑：算个屁；说一个人啰唆：脱裤子放屁；说痛快：有话就说，有屁就放；说耍赖：放屁瞅别人；……

屁天生具有喜剧因子，大凡人们听到屁响，第一反应就是嗤嗤发笑，想无动于衷、绷住了脸都难。同样是声响，而大家听到打嗝、咳嗽，却是充耳不闻。我一直不明白这是为什么。记得一次我们一大家子聚会，父亲是一个很严肃谨重的人，当了一辈子干部，年老了还保持着那种矜持，要不是耳聋，他绝不会在孙男娣女面前放屁，因为放屁之后，他听不到。母亲耳朵灵，她听见了，忍不住嗤嗤笑，其实大家都听见了，都憋着不敢笑，见母亲笑，终于忍不住也嗤嗤笑。父亲见满屋子人都在笑，不知发生了什么好玩的事，但这欢快的情绪感染了他，他也笑了起来。

小的时候，村里来了一个县剧团的女演员，十分漂亮、洋气，身上有一股好闻的味道，她是我们村同在县剧团的一个小伙子的对象。一帮臭小子都去人家家里"看媳妇"，眼睛看，嘴也不闲着，插科打诨的。不知是哪句话惹了那女演员，那女的很泼辣，当然也不是真的翻脸，而是佯怒爆了句粗口："放你娘的葱花屁！"哈哈，"葱花屁"，太新鲜了，从来没听说过啊，葱花是香的，屁是臭的，咋就混到一块儿啦？以后很长一段时间，"葱花屁"成了我们小伙伴们的常用语，在嘻嘻哈哈的舌尖中滚来滚去。

上了大学，一次古典文学老师讲蒲松龄《聊斋志异》里的一篇《司文郎》，说有一个盲僧品评文章有一绝技，把文章点着烧了，他能从气味里闻出文章的好坏。时有两个考生，一曰王平子，一曰余杭生，前者是真才，却落榜，后者是庸才，却及第。两人找到盲僧评理。盲僧让他们找来考官八九篇文章，逐一焚烧，至第六篇，盲僧突然"向壁大呕，下气如雷"，对余杭生说，这肯定是你老师的文章了！"刺于鼻，棘于腹，膀胱所不能容，直自下部出矣！"老师讲到"下气如雷"时忍不住嘿嘿笑起来，问我们，知道什么叫"下气如雷"吗？就是放屁像打雷一样！立时课堂上笑声一片。时隔三十多年，我仍然对这个"下气如雷"记忆深刻，当时的课堂情景也如在眼前，对蒲松龄予屁文章绝妙讽刺的艺术手段钦佩不已。

《笑林广记》中也有一则讽刺马屁精的小品《屁颂》："一秀才数尽，去见阎王，阎王偶放一屁，秀才即献《屁颂》一篇曰：'高耸金臀，弘宣宝气，依稀乎丝竹之音，仿佛乎麝兰之味，臣立下风，不胜馨香之至。'阎王大喜，增寿十年，即时放回阳间。十年限满，再见阎王。此秀才志气舒展，望森罗殿摇摆而上，阎王问是何人，小鬼回曰：'就是那个做屁文章的秀才。'"因给阎王拍马屁而获增寿十年，看来阴阳两界都吃这一套，而这个不顾廉耻、阿谀逢迎的无耻秀才，居然靠写屁文章成功而"志气舒展""摇摆而上"，一副小人得志的嘴脸。

20世纪60年代有大家熟知的一首词《念奴娇·鸟儿问

答》:"鲲鹏展翅,九万里,翻动扶摇羊角。背负青天朝下看,都是人间城郭。炮火连天,弹痕遍地,吓倒蓬间雀。怎么得了,哎呀我要飞跃。 借问君去何方,雀儿答道:有仙山琼阁。不见前年秋月朗,订了三家条约。还有吃的,土豆烧熟了,再加牛肉。不须放屁,试看天地翻覆。"有一天,我在村里的大喇叭里听到了广播,播音员声情并茂,铿锵有力,当念到"不须放屁"时,我扑哧一下子笑出声来。以致有段时间,在我们同学之间纷纷指着对方大声说:不须放屁!不须放屁!一边说一边大笑。后来知道,"不须放屁"出自清代张南庄所著小说《何典》,里边有一首右调《如梦令》作"定场诗":"不会谈天说地,不喜咬文嚼字,一味臭喷蛆,且向人前捣鬼。放屁放屁,真正岂有此理!"对于以屁入诗,有人以为不雅,有人认为无妨,不拘一格,打破戒律,雅俗有时是可以互相转换的,俗到极致便是雅,雅到极致倒亦俗了。

腹腔肠道疾病患者做了手术之后,医生在次日查房时通常会问:放屁了吗?如果回答说放了,那么,恭喜你脱离危险了!放屁,表明通了,不会发生梗阻了。通,则不痛。一声屁响,宣告生命通道的畅达。生命至上,谁敢小瞧这屁事?庄子说,道在屎溺。道无处不在,在蝼蚁,在野草,在瓦砾,在屎尿,也在屁。卑微、低贱、粗俗的地方,也存在着道和真理。

宋代大文人苏东坡喜欢佛学,自认为深谙佛理,某日写一偈语:"稽首天中天,毫光照大千。八风吹不动,端坐紫金莲。"派书童送给朋友佛印禅师,意在邀赏。不料书童却带回来佛印禅师批的四个字"放屁放屁",苏东坡十分恼怒,说"岂有此理",就过江到寺里找佛印理论。佛印笑眯眯地说,你不是"八风吹不动"吗?怎么一屁就把你崩过江了?苏东坡闻言大悟,十分惭愧,自己的定力还是不够啊。

有三五文人坐在春风明月里,谈文论艺,好不雅致。如果当中有人放了一个响屁,气氛骤变,雅顿时滑向了俗,像在一碗清水里滴了一滴墨汁,立时漫漶了,浑浊了。这屁放得不合时宜。假如是在一群赤膊喝酒、吆五喝六的汉子中,纵使放屁蹦蹦响,平添几多豪气,爽快!这才配套。所以,放屁作为一种生理现象,无论雅俗,皆不能免之,关键要看场合、人群、环境,这,决定着你的素养和气质。

"鸡汤文"，不靠谱

近日在一个微信公众号看到一篇"鸡汤文"，讲了一个经常被人引用的经典故事。

以前，有一人提了只精美的罐子走路，不小心，罐子啪掉地上摔碎了。同路的人看到后深感可惜，但见那人看都不看，径自走去。有人问他，这么精美的罐子摔碎了，多可惜呀，怎么你一眼都不看，好像啥都没发生一样？此人答，既然已坏，还有什么留恋呢？

这个故事是在告诉大家，生活就应该如此豁达和乐观。

我没有查到故事的出处，好像是古代的事，因为如今人们很少有提罐子的，今人所编也未可知。这个故事乍看，哈，小故事大道理，不简单，不由得要点赞。点完赞，不用过脑子，去干别的了。这罐鸡汤可能连喝都没喝一口，只闻了闻。

如果仔细琢磨，就会发现这罐鸡汤特别不靠谱，经不起推敲。

首先，我觉得此人没有心肝。且不说这罐子值多少钱，只"精美"二字就值得珍惜，而此人看似洒脱，其实是毫不在意。这让我想起另外一个故事，即庄子"鼓盆而歌"。庄子妻子去世，他的朋友惠子去吊唁，却看见庄子在那儿叉着两腿敲着盆儿唱歌，惠子就责备他说太过分了。庄子做了一番哲学上的解释，说人死是自然规律，我本来也难过得嗷嗷大哭，后来想开了，就不哭了。这个故事衍生了一个成语"长歌当哭"，这与喜极而泣、怒极反笑一样都是情绪到了极致之后的正常反应。所以，庄子的"鼓盆而歌"是伤心难过到极点的表现。而"碎罐"的主人与庄子的洒脱完全不同，他的洒脱是冷漠，是公子哥似的玩酷。"既然已坏，还有什么留恋呢？"纯粹胡扯，按照这个逻辑，那么是否也可以说，亲人已逝，还有什么可追思怀念呢？死了就死了吧，这与常情是完全相悖的。

其次，我觉得此人没有头脑。通常来讲，我们在生活中往往会遇到意想不到的偶然事情，但偶然中常常存在着必然，尤其是不好的事情发生了，让我们产生痛惜、内疚、悔恨等心情。这些情绪看似是负面的、不良的，却恰恰能够激发正面的效应，足令我们予以反思、感悟、检讨，从而引以为戒，纠偏改错，避免让类似的情况再次发生。回避、屏蔽、假装没事，完全于事无补。"碎罐"的主人不好好想想，这样一只"精美"的罐子怎么就不小心摔了呢？是脚底下拌蒜，还是没有看见路边凸起一块大石头？是走路光顾着看美女走了神，还是系罐子的绳不结实？如果此人在罐子摔了之后，停下脚步，在原地"留恋"反省一会儿，以后再提着罐子走路的时候也不至于再摔一次。但此人恰恰径自走开，绝尘而去，看似潇洒，说不定以后还会再来一次，弄不好就"破罐子破摔"，无药可救了。

再次，我觉得此人没有情怀。明人朱柏庐云："一粥一饭，当思来处不易；半丝半缕，恒念物力维艰。"一只罐子摔坏了，何况还"精美"，怎么能够无动于衷呢？《红楼梦》中林妹妹见花落而伤心："闺中女儿惜春暮，愁绪满怀无释处。手把花锄出绣帘，忍踏落花来复去。"（《葬花吟》）连落花都不忍踩踏，要做一个香丘把花葬掉。惜物即是惜福，由物及人，有一颗仁爱慈悲之心，这世界才是一个和谐馨香的天地，竹头木屑亦可欢欣雀跃也。

"鸡汤文"，是指那些柔软的、温暖的、励志的文章，具有大众化、快餐化的特点。它来源于美国一个叫杰克·坎菲尔德的人，他领导创作了畅销书《心灵鸡汤》系列，风靡一时，至今仍有人对此乐此不疲。"鸡汤文"用故事加哲理的手段，抚慰现代社会人们焦虑不安的心灵。但其一个最大的弊端，就是甜丝丝，麻酥酥，轻飘飘，不用动脑子思考，可麻醉，亦可麻痹，可励志，亦可丧志。像上述"碎罐"的故事，绝对不靠谱，甚至是一碗有毒的鸡汤，这样的"鸡汤文"读多了，人们岂不变得麻木不仁浑浑噩噩？喜欢并沉醉"鸡汤"的人们，不可不察。

# 第二辑 杂识

你能认识多少字？

先抄一段《诗经·卫风·硕人》："手若柔荑，肤如凝脂，领如蝤蛴，齿如瓠犀，螓首蛾眉，巧笑倩兮，美目盼兮。"这段诗句大家很熟悉，哈，有不认识的字吗？如果没有什么困难，还是这首诗，且再抄一段："河水洋洋，北流活活。施罛濊濊，鳣鲔发发。葭菼揭揭，庶姜孽孽，庶士有朅。"怎么样？读起来是否觉得有些麻爪儿？

近来的阅读让我忽然发现了一个问题，即古代诗文生字多，字典使用率颇高，当下作品生字少，读之很顺溜，基本不用翻字典，甚至有的一本书读下来，字典闲得都会结出尘网。

这是怎么一回事？答案大抵如是：古代作家认字多，字汇量大，当今作家（较普遍）认字少，腹笥匮乏。

我在床头常年放着一本商务印书馆出版的《新华字典》，64开本，用起来轻巧、方便，躺着看，没有举重之苦。凡读书遇到生字，定会查一查，不会轻易放过，避免"文人识字认半边"胡猜乱认的错误，是舅家的孩子还是姨家的孩子必须搞清楚。一定要把生字变成熟字，如果下次遇到又生分了，那就再查一遍，一回生两回熟。如此这般，茫茫字海，"熟人"越来越多。

　　我的这本《新华字典》是第十一版修订本，共收入单字一万三千个。国务院2013年发布的《通用规范汉字表》共收入单字八千一百零五个，其中一级字表为常用字集，收字三千五百个，"主要满足基础教育和文化普及的基本用字需要"；二级字表收字三千个，使用度仅次于一级字。二者相加共六千五百字，"主要满足出版印刷、辞书编纂和信息处理等方面的一般用字需要"；三级字表收字一千六百零五个，主要是人名、地名和科技术语等专业领域用字。据统计，三千五百个常用字覆盖了现代出版物用字的99.48%，《易经》《尚书》《左传》《论语》《孟子》等十三部典籍，使用不相同的单字数为六千五百四十四个。这可能就是一级字三千五百个，一级与二级相加共六千五百个的来由和依据。也就是说，你如果认识三千五百个汉字，就可以写作、出书了，但与古代的典籍还有三千个字的差距，这仅是认字量的差距。

　　古人最初以结绳记事，汉字据说为黄帝的史官仓颉受野兽脚印启发所创，时"天雨粟，鬼夜哭"，可见文字诞生是一件惊天地泣鬼神的大事。文字与神相通，每一个字都是活泼泼的生命，故香港作家董桥说"文字是肉做的"。对文字保持足够的尊重和敬畏，是每一个文人的信仰，故有"敬惜字纸"的传统流传下来。"吟安一个字，捻断数茎须"（卢延让），"二句三年得，一吟双泪流"（贾岛），让每一个字都有一个妥帖的安放，郊寒岛瘦，燕瘦环肥，姚黄魏紫，各臻其妙，各美其美，美美与共。刘勰《文心雕龙·练字》云："心既托声于言，言亦寄形于字。" 文学是语言的艺术，其实更是文字的艺术，语言美，其实更是文字美，一如龙凤藻绘，虎豹炳蔚，云霞雕色，草木贲华，林籁结响，泉石激韵，这些比喻都来自刘勰，真的是美不胜收，令人心醉神迷。

若令笔下文字有丘壑之胜，烟霞之美，卯榫相得的准确，甚而画龙点睛的传神，首先得拥有充分的字汇量，腹笥充盈，方能在文字的方阵中应付裕如，左右逢源。若想认字多，查字典是最基本最可靠的办法。读书看报遇到生字，如果懒得查字典，则生字永远是生字。你不认识它，它就不会认识你，在写作的时候则断不可能听命于你的驱遣。这样，你的文字土壤就是贫瘠的羸弱的，不可能长出葳蕤丰茂的庄稼。汉字的多义性、丰富性给作家的多样表达增添了无限可能性，同时，又对最准确的呈现提供了多重选择。譬如双胞胎，那种细微的差别与玄妙，给文字带来魔幻般的无穷魅力。

据最新统计，中国汉字共有九万多个，当然其中有大量的"死"字废弃字。但是，肯定也有许多字等待今人的激活，重新焕发生机。今人作品生字量的下降，让我产生一种深深的忧虑和危机感，如果这个样子继续下去，会有不断的熟字变成生字、死字，终被废弃，即如地球上的许多物种一样杳如黄鹤彻底寂灭，那将是文化的灾难。举个例子，如"喸"字（音"七"），意指水湿将干未干，需要晒一晒，晾一晾，或者，用一种东西吸收水分，现在冀南农村人还这么说，"喸晾喸晾"，但很少见到有人使用，恐怕更多的人不认识。时间久了，此字岂不成了被废弃的死字？

人人慨叹当今经典作品少，作家认字少是不是其中一个原因呢？

沧海一声笑

哈哈哈哈，哈哈哈哈……邻居老太太一连串的大笑声，从窗户缝里挤进来不时鼓荡我的耳膜，一连数日，天天如此。那边厢放声大笑，这边厢心生疑惑，这老太太不是神经出了问题吧？我上网一查，方知这叫"大笑疗法"，原来这是老太太在治病呢。"笑一笑，十年少"，这句民谚为大家所熟知，敢情大笑还能治病？据说，这种疗法为20世纪中叶美国医生所创。英国哲学家罗素也说："笑是最便宜的灵丹妙药，是一种万能的药。"

笑和哭是相对应的词。我从百度上搜索了带"笑"字的古诗词，有九百零八页，带"哭"字的只有八十三页，二者相较，竟有百倍之差。这应了那句俗语：笑比哭好。笑，总跟欢乐、愉悦、幸福、满足等紧密相连，而哭，是悲伤、忧愁、不幸、沉痛的写照。"巧笑倩兮，美目盼兮""回眸一笑百媚生"，这笑是美；"谈笑间，樯橹灰飞烟灭"，这笑是潇洒；

"仰天大笑出门去，我辈岂是蓬蒿人"，这笑是狂傲；"我自横刀向天笑，去留肝胆两昆仑"，这笑是慷慨；"人面不知何处去，桃花依旧笑春风"，这笑是欢快……奥林匹斯山诸神的笑，吸引了凡间的向往；《蒙娜丽莎》那神秘的微笑让世人永久沉醉；世尊拈花，迦叶微笑，更是心有灵犀的无上妙品、禅意释放；生活中，也是一个笑脸可令坚冰消融，暖意顿生。

关于笑，在词语的世界里数量之多恐怕罕有其匹。法国人让·诺安在他的《笑的历史》一书中做了一个"笑的量度表"，像温度计一样，自下而上注明笑的刻度：冷笑、有礼貌的微笑、微笑、不出声的笑、笑、大笑、狂笑、笑得要死。通常来讲，笑是欢愉的表现，如，欢笑、开怀大笑、捧腹大笑、笑嘻嘻、笑眯眯等等，但笑的里边还衍生出人类复杂的情感，如，苦笑（无奈），狞笑（凶狠），奸笑（阴鸷），媚笑（巴结），冷笑（蔑视），嘲笑（讽刺），讪笑（尴尬），皮笑肉不笑（虚伪），等等，这些笑显然与欢愉无关，脱离了原有的轨道。

亚里士多德说人是唯一能笑的动物。笑的复杂性令西方为数不少的科学家、哲学家、艺术家穷究不已，从笑的起因、生理机制、心理精神到艺术审美予以一本正经地探讨。达尔文曾仔细观察新生儿的笑，曾用一片树叶搔出生只有四十五天的婴儿的脚心，发现婴儿会缩回脚掌，嘴里发出某种声音，脸部会出现类似微笑的表情。一名叫罗克尔的医生把笑称作"呼吸现象"："笑既是呼气也是减压。它产生的生理状态是痉挛式的，断断续续和富有爆炸性的。总之是一种呼吸现象。"他又说："希腊人使用一个绝妙的词儿称谓笑：gelao，这个词的本意是'照耀'。笑照亮了面容，使人目光炯炯，使眼角皱起，使红润的双唇舒展在雪白的牙齿上。笑声带来了光明与色彩：它闪烁照耀、披红挂彩。它还会扩展到全身。当人们捧腹大笑、前仰后合的时候，浑身上下各个部位都充分动员起来，于是人便雀跃、舞蹈、嬉戏……"由此可知，笑是一种生理本能，它的本源就是愉悦。

但是，也并非一味的笑就好。英国人詹姆斯·萨利在他的《笑的研究》一书中说："有一点无须争论：笑的冲动应当受到一定的控制，既包括社会压力的外来控制，也包括自我约束的内心控制。笑的冲动一旦不受限制，便可能表现为种种丑恶的、毁灭性形式。"帕斯卡、爱迪生都斥责过那种粗鄙、浅薄的笑。在我们日常的社会活动中，许多的时候、场合，是不能笑的，应该敛起笑容，呈现出庄重、严肃的表情。比如祭祀仪式、庄严大会等，这时候，任何形式的笑都是丑陋的，粗野的，甚至是毁灭性的，因为这破颜一笑，是对神圣事物的损害和践踏。一味的笑，就是傻笑，毫无意义，与那种来自思想和心灵深处的快乐毫不相干了。"嬉皮笑脸"与吊儿郎当一个意思，这个笑是轻佻的。另外，"笑料""可笑""玩笑"也都说明有些笑是让人鄙视的。如果评价某人某事是一块"笑料",让人觉得"可笑",那肯定是非常负面的评判,跟毫无价值之意庶几不差;而笑与玩绑在一起,就有些荒腔走板的意思了,"你开什么玩笑!"是斥责,"真是历史的玩笑"则罪莫大焉。钱锺书先生曾在《说笑》一文中批评了某些无聊、浅薄的笑,他说:"假如一大批人,嘻开了嘴,放宽了嗓子,约齐了时刻,成群结党大笑,那只能算是下等游艺场里的滑稽大会串。"至于那些"卖笑"的行径更是等而下之,为人不齿。

笑是喜剧之母,由笑派生出诸多艺术品种,喜剧,小品,相声,马戏团小丑,笑话,滑稽戏,等等,都旨在逗人发笑,博人一粲。滑稽和幽默是笑的艺术中最主要的两种表达方式。"滑稽"一词源自中国,原指酒器,后指油滑圆融,如《楚辞·卜居》:"将突梯滑稽,如脂如韦。"《史记》中有《滑稽列传》,这里的"滑稽"是指能言善辩之人,但都跟"笑"沾边,淳于髡"仰天大笑",优孟"常以谈笑讽谏",优旃"善为笑言,然合于大道",故后世将滑稽定义为言辞、行为惹人发笑。巧了,中国戏剧中的丑角,西方马戏中的小丑,一个是白鼻子,一个是红鼻子,扮相奇怪,行为夸张,都是滑稽的最好注脚。"幽默"一词来自英语humor的音译,虽然中国古代屈原《九章》里有"孔静幽默"一语,但这个"幽默"是幽静无声之意,与后来的意思毫不搭界了。林语堂先生将"幽默"引入现代中国,使之成为与传统的"滑稽"有别的语言表达方式。他说:"在狭义上,幽默是与郁剔、讥讽、揶揄区别的，这三四种风调，都含有笑的成分。不过笑本有苦笑、狂笑、淡笑、傻笑各种的不同，又笑之立意态度，也各有不同。有的是酸辣，有的是和缓，有的是鄙薄，有的是同情，有的是片语解颐，有的是基于整个人生观，有思想的寄托。最上乘的幽默，自然是表示'心灵的光辉与智慧的丰富'。"英国女作家乔治·艾略特把谐趣、幻想和哲理视作构成现代幽默的三种成分。幽默与滑稽一样都是逗人发笑，但幽默显然更高级，更风趣，更有气质，更多智慧因素。如果说搔痒也可以让人发笑，那么幽默则是心灵的搔痒，在笑声中含有深长的意味，耐人思索。

《红楼梦》是一出"伤金悼玉"的大悲剧，"千红一窟（哭），万艳同杯（悲）"，最后的结局是"白茫茫大地真干净"。但这悲剧中却也有欢声笑语相伴，这笑成了哭的背板，越发叫人觉得这世界的荒谬乖违。书中第四十回有一段脍炙人口的写笑的场面："贾母这边说声'请'，刘姥姥便站起身来，高声说道：'老刘，老刘，食量大如牛，吃个老母猪，不抬头！'说完，却鼓着腮帮子，两眼直视，一声不语。众人先还发怔，后来一想，上上下下都一齐哈哈大笑起来。湘云撑不住，一口茶都喷出来。黛玉笑岔了气，伏着桌子只叫'哎哟'。宝玉滚到贾母怀里，贾母笑的搂着叫'心肝'。王夫人笑的用手指着凤姐儿，却说不出话来。薛姨妈也撑不住，口里的茶喷了探春一裙子。探春的茶碗都合在迎春身上。惜春离了坐位，拉着她奶母，叫'揉揉肠子'。地下无一个不弯腰曲背，也有躲出去蹲着笑去的，也有忍着笑上来替他姐妹换衣裳的。独有凤姐鸳鸯二人撑着，还只管让刘姥姥。"越是美的东西的毁灭才越是叫人痛惜，繁华过后成一梦，笑语喧哗皆成空，含笑的悲剧比一味流泪的悲剧更叫人痛到骨子里去。按照鲁迅的说法，"悲剧将人生的有价值的东西毁灭给人看，喜剧将那无价值的撕破给人看"。悲剧是沉重的，喜剧是轻松的。唯沉重而见分量，一如巨石；轻松亦常失之轻薄，一如鸿毛。从世俗角度来讲，人们更喜欢喜剧，解颐消愁，哈哈一笑，过后不思量。但从审美角度来讲，悲剧更加崇高，对人的情感、思想、心灵有更强烈的冲击和震撼。泪水是灵魂的洗涤剂。

尘世人生，莫不祈愿生活中笑口常开，幸福快乐，但哭却是人来到世界上发出的第一声嘹亮的宣告，这决定了笑与哭是一对冤家，终身相依相随。这就是现实的人生本相。所以，笑的时候别缺氧，哭的时候也别绝望。彻悟人生的弘一法师写有一首《清凉歌》，里边有这样的句子："清凉月，月到天心光明殊皎洁。今唱清凉歌，心地光明一笑呵。"一轮明月朗照清凉世界，心底一片辉光，尘虑烦恼，一笑置之，不悲不喜，淡然处之，这样内心才会有恒久的满足。

五音盈耳

小时候最害怕的声音是打雷，阴云密布，轰隆隆雷声由远而近，一道闪电之后咔嚓一声巨响，窗棂微微震颤，耳朵嗡嗡作响，头皮发麻，心怦怦跳。每当这个时候赶紧捂住耳朵，缩在屋子一角。但接下来的声音却令人愉悦，大雨落在树叶、房顶，哗哗，唰唰。雨过天晴，鸟儿鸣蝉儿叫，浅唱低吟，好生有趣。

上初中时我一度痴迷吹笛子，这是我一生唯一使用过的乐器。一支竹笛，横在唇边，口吹指按，发出的声响虽不敢说婉转悦耳，至少能听出是哪首歌曲，北风吹，浪打浪，手指翻飞，竟也十分陶醉。以至很长时间，只要手握住带把儿的物件，十指都会不由自主跳起舞来。

及长读了庄子的《齐物论》方知，他把自然界的雷声、雨声、鸟鸣等种种声响，谓之天籁；把由人通过乐器发出有节奏有旋律的音乐之声，谓之人籁。道家崇尚自然，故庄子将天籁视作天地间最美妙的声音，而对人为的音乐持摒弃态度。他有句话说得很绝："擢乱六律，铄绝竽瑟，塞瞽旷之耳，而天下始人含其聪矣。"这种思想真是与老子李耳同气相求，同声相应。李耳是这样说的："五色令人目盲，五音令人耳聋，五味令人口爽。"五音是指宫商角徵羽，也叫五声，是中国传统音乐的五个音阶，这里泛指音乐。而今我们将唱歌音调不准或跑调称为"五音不全"。

大自然的种种声音，如蝉鸣虫吟、泉水淙淙固然动听，但音乐却是人类伟大的创造，凝结着人的智慧和情感。儒圣孔子就与老庄恰恰相反，他格外看重音乐，乃至痴迷。一次他在齐国听到"尽善尽美"的韶乐，陶陶然沉浸其中，竟"三月不知肉味"，不是三个月没吃过肉，而是吃到嘴里没滋没味，神魂全在音乐里。通常，我们对孔子的固有印象，圣人嘛，定是一副严肃刻板、端庄谨重的模样，其实不然，老夫子是一个多才多艺之人，更是一位音乐家，弹琴、鼓瑟、击磬、唱歌、作曲样样精通，也曾正儿八经拜著名琴师师襄子为师。而且他是唱着歌离世的，可谓旷世绝唱："泰山其颓乎！梁木其坏乎！哲人其萎乎！"在孔子这里，音乐绝对不是一般性的娱乐，而是一件关乎文明与教化的大事，礼乐并重。他说："移风易俗，莫善于乐；安上治民，莫善于礼。"他对周朝礼乐制度极为推崇，是坚定的维护者和实践者。孔子对《诗经》的整理编订，也主要是音乐方面，司马迁说："《诗》三百五篇，孔子皆弦歌之。"也就是说，《诗经》三百零五篇每一首孔子都能弹琴歌唱。

音乐的本意是使人快乐，诚如大儒荀子所言："夫乐者，乐也，人情之所必不免也。"音乐的"乐"和快乐的"乐"是一个字。繁体字"樂"由三部分组成，"丝"是丝弦，"木"是桐木，合之是一张琴，中间的"白"是唱。《说文》谓："乐，五声八音总名。"五声即五音：宫商角徵羽，八音指金、石、丝、竹、土、革、匏、木八类乐器，也就是说用八类乐器奏出五个音阶的高低变化即音乐。

宫商角徵羽，相当于现代简谱的1、2、3、5、6。与现在流行的七个音阶比，少了4和7，堪为传统音乐的基准音调。何以"宫商角徵羽"为名？有人说是据天上的星宿而起，这个说法有一丝神秘神圣的色彩；也有人说是根据禽兽的鸣叫声音高低对应拟声起的。《管子·地员篇》谓："凡听徵，如负猪豕，觉而骇。凡听羽，如鸣马在野。凡听宫，如牛鸣窌中。凡听商，如离群羊。凡听角，如雉登木以鸣，音疾以清。"这个解释太接地气、太有趣了——凡听徵的声音，犹如一只小猪被背走而惊叫，凄厉哀伤；凡听羽的声音，像是一匹马在原野鸣叫，嘹亮雄阔；凡听宫的声音，仿佛一头牛在地窖里哞哞吼叫，沉稳持重；凡听商的声音，好像离了群的孤羊，咩咩有声，温婉缠绵；凡听角的声音，就像一只野鸡跃到树上打鸣，疾速清亮。我喜欢这样的解说，音乐的起源就是仿声拟声，与大自然息息相关。它不仅通过动物的叫声呈现了音阶的高低，而且还蕴含着情感心理的因素。

五音为正声，但为补音阶之不足，故又在其中加了变徵和变宫，也组成了七个音阶。如《史记·刺客列传》写荆轲在易水边与朋友们壮别的一幕："至易水之上，既祖，取道，高渐离击筑，荆轲和而歌，为变徵之声。士皆垂泪涕泣。又前而为歌曰：'风萧萧兮易水寒，壮士一去兮不复还！'复为羽声慷慨，士皆瞋目，发尽上指冠。于是荆轲就车而去．终已不顾。"这里先发变徵之声，后为羽声，从众人的表现来看，变徵应为悲凉哀伤的音调，符合离别的氛围，故大家都纷纷落泪哭泣；而羽声明确指为"慷慨"，当为高亢之音，故而众人群情激奋，怒发冲冠。《红楼梦》第八十七回"感秋深抚琴悲往事"，写黛玉抚琴、妙玉听琴，也写到变徵之声：

> 妙玉道："这又是一拍。何忧思之深也！"宝玉道："我虽不懂得，但听他音调，也觉得过悲了。"里头又调了一回弦。妙玉道："君弦太高了，与无射律只怕不配呢。"里边又吟道：
>
> "人生斯世兮如轻尘，天上人间兮感夙因。感夙因兮不可惙，素心如何天上月。"
>
> 妙玉听了，呀然失色，道："如何忽作变徵之声？音韵可裂金石矣！——只是太过。"宝玉道：

"太过便怎么？"妙玉道："恐不能持久。"正议论时，听得君弦"嘣"的一声断了。妙玉站起来连忙就走。宝玉道："怎么样？"妙玉道："日后自知，你也不必多说。"竟自走了。

黛玉抚琴与高渐离击筑的变徵之声，皆流溢出的是悲伤哀婉的情绪，而黛玉音调调得过高，悲伤过度，故而弦断琴崩，暗合了人物早亡的悲剧命运。

音乐的旋律节奏，万千变化，是人心志情感的自然生发，也反过来对人产生影响。中国传统音乐奉行的审美原则是"中正平和""典雅纯正"。司马迁说："音正而行正。"赋予五音以强烈的道德色彩。而《乐记》更是将五音政治化了："声音之道，与政通矣。宫为君，商为臣，角为民，徵为事，羽为物。五者不乱，则无怗懘之音矣。"五音调和不乱，则政通人和，若出现互相侵犯的杂音，则有亡国的危险。

《韩非子·十过》记载了一段师旷为晋平公抚琴的故事。师旷是春秋时期有名的盲人音乐大师，《阳春》《白雪》即为其所作。一天，师旷弹奏了一曲《清徵》，引来十六只黑鹤延颈而鸣，舒翼而舞。晋平公大悦，说没有比这更美妙的曲子了吧。师旷说，《清角》更好听。晋平公说，能弹来听听吗？师旷说，不可，君上德薄，还不够格听，听了会招来厄运。晋平公说，我年龄大了，也就这个爱好，希望让我听完。师旷不得已,就弹奏起来。声音响起,只见有乌云从西北方向涌来,接着弹奏,平地刮起了大风,暴雨也随之而至,扯坏了帷幕,案几上的杯盘摔碎一地,廊上的瓦嚗里啪啦坠落,宾客四处奔散,晋平公也吓得趴在地上。由此,晋国大旱,赤地三年,晋平公也患病瘫痪了。这个故事用夸张的传奇笔调描述了师旷琴技的高超绝妙,同时也昭示了音乐的道德能量。音乐有正声,也有"郑声",孔子说:"郑声淫,佞人殆。"颓废柔媚的靡靡之音消解人的意志,是乱世之音、亡国之音。《史记》记载,那个大名鼎鼎的商纣王贪恋酒色,"使师涓作新淫声,北里之舞,靡靡之乐",最终身败国亡是必然的结局。

正如五色、五味与五脏都有潜在的对应关系,五音亦如此。《黄帝内经》谓:"天有五音,人有五脏。"脾应宫,肺应商,肝应角,心应徵,肾应羽。五音盈耳,曼妙动听,可使身心愉悦,五脏六腑都舒泰安宁,所以,元代名医朱震亨说:"乐者,亦为药也。"没错,"樂"(乐)字加上草字头即是"藥"(药)。至今仍有一种治疗手段叫音乐疗法。

宫商角徵羽,看到这五个字,即觉典雅纯正,古色古香,耳畔仿佛响起钟鼓之鸣、丝竹之声,余音袅袅,不绝如缕。尽管它们已成为古董,见之更多是在文献里,但五音有"中国音阶"之称,大家熟悉的江南民歌《茉莉花》和岳飞词《满江红》皆是五音名曲,依旧存续。高山流水、阳春白雪、余音绕梁、响遏行云、一唱三叹等这些关乎音乐的词已化作日常用语。《国歌》每每在重要仪式上奏唱,依然显示着传统礼乐文化的延续。而宏富浩博的音乐丰富着我们的生活、滋润着我们的心灵,绝对不可或缺。当年孔子聆听乐师挚从演奏起始到《关雎》收尾,如痴如醉,由衷感叹"洋洋乎盈耳哉",如今踔厉奋发的新时代更期待谱写出黄钟大吕最强音。

五色炫乾坤

小时候,对颜色最直接的感知是白与黑,白天,黑夜。后来,慢慢发现,土地是黄的,树叶是绿的,天空是蓝的,火是红的,葡萄是紫的,原来,我们生活的世界如此色彩斑斓。忽然有一天,看到雨后天空出现一道美丽的彩虹,赤橙黄绿青蓝紫,七彩全聚一块了,煞是好看。

其实,七彩的概念是西方的。1666年,牛顿,对,就是那个被苹果砸了脑袋的牛顿,用多棱镜发现太阳光的照射搭起了一座七色的彩虹桥,光学里边竟隐藏着如此的大美。这个科学的发现震撼了世界。而在中国,却将颜色分为五色,青、白、赤、黑、黄,五色又与五行、五方紧密相连。《礼记·考工记》曰:"画缋之事,杂五色。东方谓之青,南方谓之赤,西方谓之白,北方谓之黑,天谓之玄,地谓之黄。"因玄即黑,故略去,五方中为黄。青为木,白为金,赤为火,黑为水,黄为土。当然,这五色是基本色,被称为正色,其他被调和、皴染的色种称为间色，其细微的差别构成了世界万物的绚烂多彩。天地间的五颜六色，既有事物本身的自然呈现，也有人类的发现和创造，如染织、绘画等，"青出于蓝而胜于蓝"说明青从蓝草中提取，作画谓之丹青，丹（砂）和（腰）青是两种矿物颜料。从五色与五行、五方紧密绾结可以看出，在中国，颜色自古泊今就不单纯是色彩，几乎涵盖了政治、社会、文化、审美等多重意蕴。

五色中，中国人最喜欢的无疑是红色，以至红色被西方人称为中国红，红色成为中国的象征符号和代表性颜色。甲骨文中最早出现"赤"字，是火的颜色。"红"字出现晚一些，见于金文（钟鼎文），从它的偏旁部首可以看出，跟丝织有关。《礼记》记载，夏朝人喜欢黑色，殷商人喜欢白色，周朝人喜欢红色。可见中国人喜欢红色有悠久的历史。而且，红色比较鲜亮醒目，格外受到尊崇。《礼记》里边有句话："礼楹，天子丹，诸侯黝垩，大夫苍，士黄之。"意思是，房子的廊柱天子用红色，诸侯用黑色，大夫用青色，一般的士只能用土黄色了。颜色有了贵贱之别，而红色备享尊贵。春秋时期齐桓公喜欢穿紫色的衣服，被孔子批评"恶紫之夺朱"，认为紫是杂色，红才是正色。到了唐代，红取代赤，成为红色系列中的普遍叫法。有明一朝，皇帝姓朱，红色进一步受宠。皇家建筑红门、红墙、红柱子，清朝也沿袭如此。民间老百姓也以红色为喜庆、红火的吉祥色彩，过年门上要贴红对联，挂红灯笼；结婚称为"红事",从着装到房间布置红彤彤一片,里里外外透着一股热烈、兴奋、欢快的氛围。

按说,中国人应该更喜欢黄色。赖以生存的土地是黄土地,华夏民族的发祥地是黄河流域,始祖被称作黄帝,黄色皴染了我们的皮肤。黄色是大地收获的颜色,还是金子的颜色。我想,古人非不喜也,是不能也。想想看,在古代除非你是赵匡胤,否则随便披一件黄袍试试?肯定咔嚓一下脑袋搬家。因为从汉代开始,黄色就成为皇家的宠儿了。汉代大儒董仲舒在《春秋繁露》中云:左青龙(木),右白虎(金),前朱雀(火),后玄武(水),中央后土(土)。他把五方中的"中"称中央,被四方拱卫,地位显赫。三国曹丕接受了他的这一观念,将黄色定为正色之首。到了隋朝,"开皇元年,隋主服黄,定黄为上服之尊,建为永制"(《读通鉴论》)。从此,黄色成为历代皇帝龙袍专用色。清朝将柘黄改为明黄,色彩更亮,更鲜,更炫。有意思的是,皇帝并不反对民间老百姓喜欢红色,红是火,黄是土,从五行上说,火生土嘛!

青色,是我国一种特殊的颜色。《说文解字》谓:"青,东方色也。"《释名》云:"青,生也,象物生时色也。"从这些古代典籍的解释中可以明确,青色,是万物生长的颜色,是生命的颜色。青春,青年,寄寓了多么生机勃勃的希望。但具体而言,青色又较为模糊。"杨柳青青江水平,闻郎江上唱歌声"(刘禹锡),这里,青是绿色;"镜湖俯仰两青天,万顷玻璃一叶船"（陆游），这里，青是蓝色；"朝如青丝暮成雪"（李白），这里，青又成了黑色。从《荀子》"青，取之于蓝，而青于蓝"一言可知，青色是从蓼蓝中提取、比蓝色更深的颜色。西方光谱学的三原色是红、黄、蓝，可以对应中国的红、黄、青，青主要是蓝色，属于五色中的正色，而绿色是黄与蓝的调和色，属于间色。最能代表青色的是享誉世界的青花瓷，如蓝宝石一般的色泽，圆润光滑，瑰奇高雅，其始于唐，熟于元，至明已名扬四海。以至外国人称中国为"China"，与瓷器同名。

白色和黑色，没有列入西方的七彩之中。在牛顿的光学看来，白色是一切光谱的正混合，黑是负混合，二者都不是彩色。但是在中国的五色中，白和黑却赫然在列。不过，白色在我们的话语系统中多负面，丧事为白事，孝服为白色的衣服；没文化的人叫白丁，没功名的人叫白身……黑色也同黑暗联系起来，"风雨如晦，鸡鸣不已"；老百姓也曾被称作"黔首"。然而，在古文化尤其是道学的体系里，白与黑却胜过任何色彩。孔子云："素以为绚兮。"老子更直接："五色令人目盲。"庄子亦质疑："天之苍苍，其正色邪？"太极图是由白与黑两鱼构成，白鱼的眼睛是黑色，黑鱼的眼睛是白色，白中有黑，黑中有白，循环往复，运行无极。老子又云，"知其白，守其黑""玄之又玄，众妙之门"。玄，即黑色，是天的颜色（天谓之玄），"人法地，地法天，天法道，道法自然"，天道即自然之道，遵从自然即为玄妙。由此可知，黑色在道学里边是多么重要的颜色，并由此对中国文人"笔墨"的传统产生重大影响。我们看西方油画，色彩是多么绚丽，中国画原本也叫丹青，自唐始，水墨画成为中国画的主流，且墨分五色（干、湿、浓、淡、焦），实在令人惊叹。道学崇尚简约、平淡、朴素，认为声色之娱会迷乱人的心智。故艳则俗，淡则雅。水墨传统固然体现了中国文人的精神和风骨，但不能不承认，其辜负了天地造化赋予的缤纷色彩，岂不是一种反自然？

好在水墨传统并没有涵盖整个中国文化，诸多优秀的文学作品还是一如姹紫嫣红的大观园，浓烈的色彩增添了艺术的大美。这样的例子俯拾皆是。如杜甫诗云："两个黄鹂鸣翠柳，一行白鹭上青天。窗含西岭千秋雪，门泊东吴万里船。"（《绝句》）一首短诗出现了黄绿白蓝四种颜色。李白诗云："暮从碧山下，山月随人归。却顾所来径，苍苍横翠微。相携及田家，童稚开荆扉。绿竹入幽径，青萝拂行衣。欢言得所憩，美酒聊共挥。长歌吟松风，曲尽河星稀。我醉君复乐，陶然共忘机。"（《下终南山过斛斯山人宿置酒》）这首诗更绝，只写绿就细致到了五种！碧、苍、翠、绿、青，从色阶、亮度写出其间细微的差别，一幅浓淡相宜、深浅分明的绿色画卷在我们眼前打开，让人为之击节赞叹，李太白，真大诗人大手笔也！曹雪芹更是色彩大师，《红楼梦》书名中就带有颜色，怡红公子、绛云轩、浸茜纱、猩红汗巾、石榴裙、胭脂红……千红一窟（哭）、万艳同杯（悲）。《红楼梦》不仅充满着繁复浓烈的色彩画面感，而且对颜色的搭配也有精妙的高论，如第三十五回一段描写："莺儿道：'大红的须是黑络子才好看的，或是石青的才压得住颜色。'宝玉道：'松花色配什么？'莺儿道：'松花配桃红。'宝玉笑道：'这才娇艳。再要雅淡之中带些娇艳。'莺儿道：'葱绿柳黄是我最爱的。'"鲁迅的《故乡》有一段描写给我留下极为深刻的印象："这时候，我的脑里忽然闪出一幅神异的图画来：深蓝的天空中挂着一轮金黄的圆月，下面是海边的沙地，都种着一望无际的碧绿的西瓜，其间有一个十一二岁的少年，项戴银圈，手捏一柄钢叉，向一匹猹尽力地刺去，那猹却将身一扭，反从他的胯下逃走了。"蓝黄绿白，四种颜色在夜晚依然浓烈，的确感觉是一幅着色"神异"的"图画"，所以给人以强烈的视觉冲击。

颜色，从字面上说就是脸色。中医望闻问切中的"望"就是看脸色，人的哪个部位患病都能从脸色上显现出来。五色与五行、五脏有着紧密的联系。中医经典著作《黄帝内经·灵枢·五色》云："青为肝，赤为心，白为肺，黄为脾，黑为肾。"看病如此，养生亦如是。养肝要多吃青菜、绿叶子菜；养心补血要多吃西红柿、红枣、胡萝卜等；养肺要多吃白百合、白萝卜、豆腐等；养脾胃要多吃小米、玉米、山药、黄豆等；养肾要多吃黑豆、海带、黑芝麻等。

司马相如《长门赋》云："五色炫以相曜兮，烂耀耀而成光。"意指五色炫耀，光彩夺目。史上有一个著名的"江郎才尽"的故事，说的是南朝文学家江淹，年轻时文采斐然，后来却文思枯竭，何故？据说他晚上做梦，有美男子索还了五色笔，"尔后为诗绝无美句，时人谓之才尽"（《南史·江淹传》）。这个故事很有些象征的意味，天地有五色，故亦贻文人以五色笔，用来描绘世间的五彩斑斓。这里，五色为才气的代名词，暗淡枯瘠即为才尽。马克思说"色彩的感觉是一般美感中最大众化的形式"，色彩缤纷是我们生存的这个世界最自然的呈现形式，我们应该尊法自然，用上天赐予的五色笔写出绚烂文章，绘就美丽人生。

大地的滋味

李耳在《道德经》中云:"五色令人目盲,五音令人耳聋,五味令人口爽。"这话多少有点令人沮丧。如果我们换一个角度看,大地之上,有青黄赤白黑五色入目,有宫商角徵羽五音贯耳,还有酸甜苦辣咸五味咂舌,色、声、味都在大自然之间蓬勃地存在着、呈现着,这是多么神奇瑰丽的景象!五色和五音愉悦了我们的视觉与听觉,而五味不仅满足了我们的味觉和自然的生命之需,更投射黏附了丰富繁密的人生况味。

这一切,都拜大地所赐。酸甜苦辣咸,大地上的自然物——草木、土地、稼禾、瓜果都浸润其中,各有各的滋味。五味中,甜绝对是当仁不让的一号主角,最受人们喜爱追捧,如蝶恋花、蚁附膻一般奔之若鹜。甜,会意字,从舌从甘,意思是舌头品出甜味。《说文解字》解:甜,美也。这是一种让舌头畅美舒适的味道。甘字里边那一横,是说吃到嘴里的东西就那样含着舍不得咽下,这就是甜,就是美。

或许是我们生下来品啜的第一口乳汁是甜的，那是生命的芬芳，从此烙下深刻的味蕾记忆，寻找甜的滋味成为第一选择。大地和上苍也从不吝啬甜品的供应，如草盈野，如花满地。

每一个童年都有一个"甜蜜史"，跟糖、草秋、瓜果有关。糖需要花钱购买，而草秋、瓜果可在田野中寻找获取。有一种野草叫茅根，长在坡坡坎坎，它的根茎呈白色，一节一节的，挺长，从地下拔出来擦去泥土搁嘴里嚼一嚼，汁液不盛甜味也淡淡的，聊胜于无，嚼着玩儿。瓜地、果园都有人看管，最诱人也最易吃到嘴的是"甜棒"，即玉米秸和高粱秆。浓密的庄稼稞形成天然的屏障，趁割草的时候，钻进去谁也瞧不见。此时挑着粗壮的秸秆用镰刀砍断，用牙擗去一条一条篾皮，一口一口咔嚓咔嚓大嚼起来，满口甜汁，美不可言。一会儿工夫，眼前一地废渣残末。那种高高的顶着穗子的红高粱，秸秆一般没有水分，适合编笆和做箔。可吃的甜棒叫糖高粱，比红高粱矮多了，比玉米还矮，但甜汁充盈，有北方甘蔗之称。糖高粱的外皮很硬，擗的时候时常不小心就割破了手指或嘴唇、嘴角，在甜棒上面留下斑斑血点，然而这点小事丝毫阻止不了对甜美的渴求。

大地上的植物结出的瓜果几乎都是甜的，甜瓜、西瓜、黄瓜、苹果、桃子、梨子、香蕉、葡萄……只不过甜味浓淡不一、纯度不同而已，比如哈密瓜甜得发腻，而南瓜虽然也是甜的，但不可生吃，只有蒸（煮）熟了才行。自然赐予了大量的甜品，人们犹嫌不够，还用甜菜和甘蔗制作了糖、饴，让蜜蜂帮忙获取了种种花的蜜。人们醉心于甜味给舌头和口腔带来的美妙感受，甘之若饴，并将这种滋味延伸到人生的方方面面。譬如，相貌要甜美，声音要甜润，爱情要甜蜜，睡觉做梦都要香甜，日子更是要比蜜甜。总之，甜就是幸福、欢快的滋味。

与甜相对的是苦。人人都喜欢甜，不喜欢苦，但不喜欢也还是有苦，大地上长着甜，也长着苦。

我的第一口苦水来自我村的一眼老井。有一天我在街上疯跑着玩儿，满头大汗，极渴，在一拐角处看到一个我叫婶子的妇人从井里提出一筲水，我趴到筲边便喝，妇人欲制止，已来不及了，我喝到嘴里一口水，随即噗地一下吐了出来，真苦啊，且涩，吐出来之后舌头还打皱。我龇牙咧嘴，拧着眉头。妇人哈哈大笑，说，你不知道这井水是苦的？连鸡狗都不喝的，洗洗衣裳还马马虎虎，也不容易晒干呢。

上小学时学校曾搞过一次"忆苦思甜"，煮了一大锅榆钱榆叶粥让我们喝。其实，榆叶榆钱都是甜的，故能吃，而柳叶柳枝是苦的，这是做柳笛舌头与柳枝亲密接触得出的结论。大多树叶草叶都是苦的，最苦的草叫黄连，有句歇后语叫"哑巴吃黄连——有苦说不出"。这黄连是中药，而几乎所有中草药都苦，应了那句"良药苦口"之说。那年我生病煎了中药汤，捏住鼻子灌了进去，赶紧用糖来甜口，还是压不住，真是苦不堪言。至今我若身体有恙也是只吃西药或中成药，虽然也是苦的，但至少药片（丸）外层有糖衣裹着。

不是所有的苦都不堪，譬如苦瓜，表面看品相不佳，一身疙瘩颇类癞蛤蟆，吃到嘴里苦中却有一股清新的味道，耐人回味。又譬如橄榄，其味苦涩，久之方回甘味。再如咖啡，那种又苦又香的味道特别容易让人沉迷上瘾。《诗经》有云："谁谓荼苦，其甘如荠。"这种甘苦相依、苦尽甘来的滋味蕴藏着人生的真谛。

有趣的是，甜虽为人喜，却对苦的体味更深刻更宽广，生发的感喟就更深重更绵密，好像有一肚子苦水无处倾泻。痛苦、艰苦、吃苦、受苦、辛苦、疾苦、劳苦、愁苦、苦难、苦恼、苦闷……汇成一句悠长的嗟叹：苦——哇！端的是人生苦海无边，茫无际涯，佛教"四谛"之首即为苦谛。其实，苦与甜是相对的，不吃苦中苦，哪知甜上甜？人的一生是一个苦熬拼争的过程，也即艰苦吃苦的过程，就像瓜蔓蒂根是苦的，而甜只是结出的果。过程是漫长的，结果是短暂的。所以，苦，虽不堪言，却最耐人品咂回味，最为人间值得。

对酸的最早体验是吃青杏。苏东坡诗云"花褪残红青杏小"，当小小青杏挂满枝头的时候，小孩子就忍不住下手了，咬到嘴里，哈哈那叫个酸，口水立马充溢口腔，一旁看的人都能流出哈喇子。更要命的是，酸倒了牙，整个腮帮子木木的，那牙不能沾任何食物，酸疼，得好久才能恢复。尽管如此，我们对酸味还是乐此不疲。有一度小伙伴们流行吃酸枣面，一人一个纸包，敞着口，露出深枣红色的粉面，边走边伸出舌头舔。"望梅止渴"的故事人人皆知，但我们北方人只知青梅酸，没见过，想象和青杏差不多吧。许多水果在未成熟时都是青色的，亦青涩，除了青杏，还有青枣、青葡萄、青苹果、李子等，熟了之后由青变红（黄、紫），由酸变甜。这是不是与人生很像？我们通常将那些行事莽撞冲动的人叫作愣头青。如果说苦是甜的对立面，那么，酸泰半就是甜的少年时。那些拈酸弄醋的男人或醋海生波的女人其实就是心智不够成熟的人，其实也蛮好玩有趣。

把辣归到五味中实在是一种误读，辣是一种作用于舌头的痛觉，而非味道。葱、姜、蒜、辣椒是常见的辣味蔬菜，其中最辣的是辣椒。《通俗文》云："辛甚曰辣。"冀南一带农村多植辣椒，并不逊于川湘。辣椒圆锥的形状像一把弯曲的利刃，由青转红，收后堆在场院，红彤彤的仿佛平地燃起大火。吃在嘴里舌头锐痛的感觉也是火烧火燎，既难受又好受。所以有个词语叫"火辣辣"。由辣的词性本意而生发引申与人有关的譬喻，做事老辣、文笔辛辣、手段毒辣、作风泼辣等。《红楼梦》中那个被贾母谑称"凤辣子"的王熙凤，从性情到手腕，从口齿到心肠，都最生动地诠释了"辣"的品性。

少小家贫，常吃腌制的萝卜、芥菜疙瘩、韭菜花、大蒜等咸菜，积习至今难改，馒头、粥加咸菜就是最好的饭食。北方人爱吃咸，口味重，一天不吃甜水果可以，不吃盐是断断不可的。"白毛女"躲在深山洞里长期没有盐吃，头发都白了；游击队被敌人封锁在山里，千方百计要搞到的是和药品同等重要的盐；古代社会，盐一直为国家垄断专卖。咸味不仅是调味，更是生命的必需。

盐同样来自大地。旧时冀南农村有大片大片的盐碱地，土壤贫瘠，寸草不生，仿佛人脑袋上一块一块的秃疤癣。土地表层有一层松软的盐土，农人将之用铲子刮了，放到一个专门砌成的盐池用清水反复浸泡导引，流出的盐水经太阳晒或用大锅煮，白色的晶体盐就产生了。这个过程称为"淋小盐"，和拉大锯一起成为旧时冀南一带农民最主要的生计。这些为60年代儿时的我在田野上亲眼所见，而今早已尘封于泛黄的记忆中了。但是，盐依然是大地慷慨的馈赠。

大地上的植物皆自然拥有五味的属性，《黄帝内经》有过梳理——

五谷：糠米甘、麻酸、大豆咸、麦苦、黄黍辛。
五果：枣甘、李酸、栗咸、杏苦、桃辛。
五菜：葵甘、韭酸、藿咸、薤苦、葱辛。

那时还没有辣椒，辣椒是明末从墨西哥传入。在中国传统文化看来，五味与人的五脏（肝、心、脾、肺、肾）对应，最终还能和五行联系起来。天地有道,道法自然,相生相克,生生不息。五味是大地的滋味,也是人生的滋味,"五味杂陈""百感交集"之谓好像略有消极颓唐之意,其实在我看来是盈满,是丰厚,是自足,是上苍的赐予。人活一世,少了哪般滋味岂不是都觉乏味,都感寡淡?只是,甜了别沉溺,苦了别沉沦,酸了别倒牙,辣了别放任,咸了别过度,要以它味来填充,来调和,来平衡。苏东坡尝云"人间有味是清欢",善于知味于口深味于心,才会不负大地,不负人生。

偶然与命运

奥地利作家斯蒂芬·茨威格年轻的时候喜欢写剧本,他写了一部诗剧《忒耳西忒斯》,引起了普鲁士国家剧院的兴趣,剧院老板写信给他表示要在柏林的王家剧院首演这出剧,并请当时最著名的演员马特考夫斯基出演阿喀琉斯这个角色。茨威格说他当时"简直惊喜得目瞪口呆"。但是,就在茨威格订好了前往柏林的车票准备看演出时,接到了一封电报,马特考夫斯基患病,演出延期,几天后,报纸上登出了马特考夫斯基逝世的消息。茨威格没有想到,这个意外仅仅是一个开始,种种不可思议的事情接踵而至,他不再是"惊喜得目瞪口呆"了,而是惊呆了。

不久,茨威格被另一个他"奉若神明"的伟大演员凯恩茨请到他那里,要求出演《忒耳西忒斯》剧中忒耳西忒斯一角,并请求茨威格再给他写一个独幕剧,以供他客串之用。三周之后,茨威格将初稿交给凯恩茨,得到凯恩茨高度赞赏,反复吟诵之后感觉已"十分完美",两人约定一个月之后,凯恩茨演出归来正式排练这部短剧。然而,茨威格等回来的却是病入膏肓的凯恩茨,几周之后即病逝了。

这两个意外纯属偶发事件,却足以让茨威格感到恐惧,以后凡是著名演员出演他的剧本,他一概拒绝。但是,凶煞之神关闭了一扇门,却从另一扇门溜了进来。这次是一个导演,刚根据茨威格剧本完成导演手本,还未及开始排练,仅过了十四天,就死了。十九年以后,茨威格写了一个剧本《穷人的羔羊》,他的朋友、著名演员莫伊西要求担纲主演,被茨威格坚决拒绝——他心理存在的巨大阴影已无法摆脱。又过了若干年,莫伊西要演出意大利作家皮兰德娄的《修女高唱五月之歌》,首演要在说德语的维也纳举行,皮兰德娄委托莫伊西请茨威格翻译成德语。茨威格觉得这次只是翻译,不会有什么妨碍,同时也想给皮兰德娄和莫伊西两个朋友面子,就完成了这项工作。没有想到的是,仅排练了一次,莫伊西就患了重感冒,接着高烧不退,神志昏迷,两天之后,就驾鹤西去。

茨威格是小说家、剧作家,但这段经历既不是小说,也不是剧本,而是生活中真实发生的,这里边充满巧合、偶然、死亡、命运等种种戏剧性因素,但它不是戏,是人生的本来面目,作家只不过如实写出来而已。最大的悲剧发生在茨威格自己身上,自传作品《昨日的世界》是他流亡巴西写的,1940年写毕,两年后书还未出版,他就以自杀的方式告别了这个"昨日的世界"。自杀不是一种自然的死亡方式，茨威格选择了自我了断，充满了偶然因素，其中的命运感也更强烈，让人生出无尽的悬想。

偶然是命运无常的最大注脚，或喜或悲，或好或坏，常常有偶然这只无形的手在导演。鲁迅小说《祝福》中，阿毛被狼叼走，这一偶然事件的发生，导致了祥林嫂最终的悲剧命运。所以，祥林嫂不断地向人絮叨"我真傻，真的……"，心灵的毁灭性打击由此可见。在封建时代，孩子就是女人的命根子，如果阿毛不死，祥林嫂的悲剧或许就不至于发生。同样，唐代诗人王维能高中状元，也有很多的偶然因素，但这一显赫的身份给他后来不断擢升位列朝班奠定了基础。所谓"官运亨通"，时也运也，这是不能不承认的事实。譬如足球比赛，你方总是射中门柱或横梁，就是运气太差；相反，若打乒乓球，你总是擦边或滚网，就是运气太好。这运气有的时候能最终决定失败或胜利。

偶然的确对命运能产生重大影响，所以也就有"宿命论""命中注定"的说法。但是，应该说，偶然中往往存在着必然，是那个"必然"在背后导演着"偶然"的发生。比如说，阿毛被狼叼走，看似偶然，实际上是由祥林嫂的性格决定的，如果她心细如发，就不会犯"傻"，明知山里有狼，还让孩子一人在门外剥豆。她性格的粗疏大意，决定了阿毛悲剧的发生，所谓"性格决定命运"是也。同样，王维运气好，看似遇上了贵人，实际上，正应了那句话，成功总是给有准备的人准备的。

　　当然，也不是说没有纯粹偶然的发生，像前面茨威格所述，我们无法找出其中"必然"的存在，像"晴天霹雳""六月飞雪"一样，突如其来，难以逆料。我们面对这些不可知的偶然事件，泰然自若、顺应接受是最好的办法，怨天尤人、自叹命苦都于事无补。更多的时候，我们可以不断完善自己，提高智慧，淬炼人生，好的偶然就会增多，坏的偶然就会减少，从而使我们的命运按照理想的轨道运行。茨威格也并不把偶然事件和命运等同起来，他说："一个人的生活道路原来是由内在因素决定的；看来，我们的道路常常偏离我们的愿望，而且非常莫名其妙和没有道理，但它最终还是会把我们引向我们自己看不见的目标。"这是智者的清醒之语。

人这一辈子

人活一世，草木一秋，草木尚可"春风吹又生"，"复苏"过后又是一派蓬勃盎然的新气象。而人呢，生命终结便如秋叶落地，河水东流，灯干油尽，所谓"二十年后又是一条好汉"纯粹是扯淡。人这一辈子，最是不易。

"早晨四条腿走路，中午两条腿走路，暮时三条腿走路。"这个著名的斯芬克斯之谜，画出了人生的全部过程和秘密。从呱呱坠地，到牙牙学语，从初学走步，到四处跋涉，从明眸皓齿，到鹤发鸡皮，风一程，雨一程，早一更，晚一更，朝如青丝暮成雪，是非成败转头空，英姿勃发壮志凌云，到头来莫不是一抔黄土灰飞烟灭。

人这一辈子，说短也短，说长也长，短如白驹过隙，长如星汉迢迢。不幸有短命夭折，急匆匆来世一遭，还未遍尝人生滋味，便撒手西去，归于无常；幸有寿长年久，岁月悠悠，天地悠悠，闲可看尽世间花开花落，云卷云舒，忙可知天命、尽人事，一偿人生夙愿。然而，短命虽然不幸，却省却多少十丈红尘苦痛烦恼，故常有自裁自尽者，更有为心中主义从容就义甘抛大好头颅者，革命者瞿秋白便视死为大休息，"民不畏死，奈何以死惧之?"脑袋掉了碗大个疤。长寿当然是幸事，芸芸生民汲汲求之，以为人生至福，俗言"好死不如赖活着"。枭雄如秦皇嬴政异想天开派五百童男童女东渡扶桑求取长生不老药，以得"千秋万岁"，睿智如诸葛孔明也"知其不可为而为之"，禳星增寿。圣人却说"老而不死是为贼""寿则多辱"，尸位素餐，苟延残喘，像宋朝天子徽钦二帝在异邦"坐井观天"，兀兀穷年，活着又有何益？"有的人死了，他还活着；有的人活着，他已经死了。"幸与不幸，有时还真是说不准。

早年间有一乡村老汉，天天早晨上村边马路上拾粪，牲口的粪灶前可当柴烧，下地可做肥用，故拾粪者也不在老汉一个，老汉就发了宏愿：有朝一日我做了皇帝，这马路上的粪只准我一人拾！转述这个笑谈，并非嘲笑老汉无知，其实人生道理就是如此朴素，人人终其一生都在追求幸福生活，而幸福与否也就是一种感觉罢了。身为九五之尊的皇帝和拾粪老汉未必就有多少差别。人人都说皇帝好，康熙晚年却长叹息："朕老了，既无泉林可退，也没有家人天伦之乐。你们想不出朕是多么的凄凉寂寞——孤家、寡人。总而言之是独自一人罢了……"（二月河《康熙大帝》）有道是"身在福中不知福""这山看着那山高",贫苦人家羡慕富贵人家烈火烹油,鲜花着锦,"红楼"中的小姐却感叹家中钩心斗角,像乌眼鸡似的,哪有小户人家和和美美的好。人小的时候,总角宴宴,天真未凿,便天天盼着快快长大,快快成材,好像大人一样建功立业,修齐治平;长大以后,却觉世道险恶,人心叵测,不如意事常八九,可与人语无二三,借酒浇愁愁更愁,抽刀断水水更流,反而羡慕小孩子不谙世事,单纯快乐。所以,老子说要"复归于婴儿",亚圣说要怀"赤子之心"。平头百姓羡慕做官的,现在人们见面一揖:"您几级?"当个股长也自觉祖宗坟头冒青烟,那份荣耀风光自不必备述。然宦海生波,好人难做,左右是陷阱,他人皆地狱,食不甘味,寝不安席,虽世上恋栈者多,辞职者少,但内心未必不觉得还是一介布衣优游林下潇洒痛快。您是个女人吗?你肯定愿意有个倾国倾城貌,肤如凝脂身,美目盼兮,巧笑倩兮,但当心了,人说"自古红颜多薄命",男人说"家有丑妻万事安",还说"孩子是自家的好,老婆是人家的好"……人这一辈子,大多是"幸福在别处",欲壑难填,无个餍足,若真的万事如意,心满意足,大概离极乐世界也就不远了。

人说舞台小人生,人生大舞台,生旦净末丑,造化小儿都给噍类生民分派了角色。美丑妍媸,是非善恶,智愚慧憨,忠奸贤佞,有时轩轾高下,判然分明,有时却交叉混杂,你中有我,我中有他。"人之初,性本善。性相近,习相远。"复杂的社会锻造了复杂的人格，未必都像戏中那样脸谱化。人小的时候，莫不是一派天然纯真，立志要做正人君子，可天底下为什么市井小人多如过江之鲫，如秋天无边的野草？晚清小说《镜花缘》中有一个理想的"君子国"，人人雅人高致，屈己待人，不过是"镜花水月"罢了。话说回来，世界上如果真的都是君子，未免庄肃无趣，色彩单调，有几个跳梁小丑插科打诨，煽风点火，这人间一出大戏就有趣得紧，热闹得多了。电视剧《编辑部的故事》里面那个作家就说："当一个小人真快活！"不过要小心了，民谚说："善有善报，恶有恶报，不是不报，时候未到。"坏事干多了，要下阿鼻地狱。

"月有阴晴圆缺，人有旦夕祸福。"趋利避害是人的本能，然而祸福却像影子一样与人生紧紧相随。幸运的时候，锦上添花，好事连连，困了有人给枕头，饥了天上掉馅饼；倒霉的时候，屋漏偏遭连阴雨，喝口凉水都塞牙，放屁都砸脚后跟。但是，乐极可能生悲，否极必定泰来，"祸兮福所倚，福兮祸所伏"。塞翁失马，安知非福？亡羊补牢，犹未晚矣。所以，苏东坡的人生态度最值得思量："胜固可喜，败也欣然。"人这一辈子，生老病死，婚丧嫁娶，漫漫长路，岂能都是一马平川？得意不要忘形，失意也无须凄惨，平心静气，直面相对，用阿Q的话来说就是"人生天地间，大约本来如此"，要紧，要紧。

希腊有一个民间故事，说一只狐狸要到葡萄园，必须穿过一个树洞，但洞小身大，狐狸为此斋戒三日，饿瘦了方得进去，进去之后，狐狸把一园葡萄吃了个够，但洞小身大，出不来了，只得又戒三日，饿瘦了方出得来。这狐狸的一进一出，正如人的一生，始和终一样，不同的是中间的过程。人这一辈子也就是一个过程，当然这个过程有霄壤之别、天地之差，不过，在临终的时候能像西方一个作家那样说"我爱过，我活过"，这一辈子也就值了。

如意是落在手掌的雪花

"万事如意",这大抵是日常交际使用频率最高的祝词吧,寄寓了大家美好的祈愿。

词典对"如意"的解释,一指符合心意,二指象征吉祥的器物。后者原是中国古代最早的一种兵器,后来演变为民间搔痒的工具,叫作"搔杖"。《事物异名录》云:"如意者,古之爪杖也。"即如今的"痒痒挠"。因柄端做成手指形状,搔痒可如人意,故称"如意"。再后来又超越了它的实用性,成为寓意吉祥的珍玩,柄端用竹、玉、金做成灵芝、云朵等形状。因此,吉祥和如意又连在一起。

《西游记》中孙悟空的"如意金箍棒"也是兵器,"手中那棒,上抵三十三天,下至十八层地狱,把些虎豹狼虫,满山群怪,七十二洞妖王,都唬得磕头礼拜,战兢兢魄散魂飞。霎时收了法象,将宝贝还变做个绣花针儿,藏在耳内。复归洞府,慌得那各洞妖王,都来参贺"。大到顶天入地,小到绣花针放到耳朵里,大小粗细都随着孙猴子自己的心意,故这兵器就叫如意金箍棒。

然而,兵器固然称心如意,本领固然神通广大,孙悟空本人却有太多的不如意啊。一个跟头十万八千里,够厉害吧,却难逃如来佛的手掌心;师父唐僧动不动就念那紧箍咒,弄得头疼欲裂,满地打滚,无奈何只能乖乖听命;取经路上更是历经九九八十一难,妖魔鬼怪,魑魅魍魉,哪个都不是省油的灯。

连呼风唤雨、无所不能的"齐天大圣"都难以事事如意,何况常人哉。因此,有人感慨:"叹人生,不如意事,十常八九。"说这话的人是宋代词人辛弃疾,只有命乖运蹇、一生蹭蹬的人才会发此肺腑之言。杀敌报国、收复中原一直是辛弃疾的最高理想,但"归正人"的尴尬身份(沦陷区人由金归宋),使他始终不被朝廷信任,宦海沉浮,辗转流离,就是不予他赴戎之机,只能"醉里挑灯看剑,梦回吹角连营",最终赍志而殁,临死还高喊"杀贼杀贼"。

辛派诗人方岳所言更为经典流传:"不如意事常八九,可与语人无二三。"人生不如意事十之八九,大多还不能跟人诉说,得憋着,多难受!

其实,不必抱怨,万事如意,怎么可能?万事难如意,才是人生的真相。

人活一世,就是活在各种事中,大事小情,无休无止。人们最害怕:出事;最喜欢:没事;最讨厌:找事;最踏实:

做事。这事那事，错综交织，互相关联，哪能完全随了自己的心思？而且事情往往有其自身运行的规律，不以人的意志为转移，非人力可掌控。"事与愿违""播下的是龙种，而收获的却是跳蚤""树欲静而风不止"，皆是此说。更何况还存在无法预知的意外突如其来。"欲渡黄河冰塞川，将登太行雪满山"（李白），"人生事事不如意，终日念归何日归"（贺铸），"屋漏更遭连夜雨，船迟又遇打头风"（冯梦龙），等等，如此的文人感喟亦为现实的写照。

马斯洛将人的需求分为五个层次，没有谁会甘愿停留在一个层次上面，得陇望蜀，欲壑难填，无疑是人类进步的内在驱动力。这也决定了在这个过程中，如意时少，不如意时多，好比如意是一枚甜瓜，孕育它的却是那么长长一段枝蔓和叶子的苦涩，又如同漫长旅途的艰难跋涉，如意只是途中一个歇脚的驿站。钱锺书先生曾说："譬如快活或快乐的快字，就把人生一切乐事的飘瞥难留，极清楚地指示出来。"如意亦如此，给人的喜悦是短暂的。仿佛小孩子手中的一颗棉花糖，虽然甜蜜，但入口即化，不会停留多长时间。

俗话说，上苍对人都是公平的。失之东隅，收之桑榆，有得有失，方为常道。盈则亏，满则溢。种种不如意，恰如给泛滥暴涨的河道放水，以免有溃堤之虞，祛灾消业，岂不是好事？比如说，你开车不小心发生剐蹭，懊恼失悔，自叹倒霉，但如果说，这次剐蹭其实是老天的预警，令你此后更加遵规守法，小心驾驶，从而避免了可能会发生的严重车祸，这是不是又该值得庆幸呢？

实际上，蚌病成珠，百炼成钢，不如意的巨痛反而能锻造璀璨的人生，这样的例子史不胜举。司马迁《报任安书》中有一段著名的话："盖西伯拘而演《周易》；仲尼厄而作《春秋》；屈原放逐，乃赋《离骚》；左丘失明，厥有《国语》；孙子膑脚，《兵法》修列；不韦迁蜀，世传《吕览》；韩非囚秦，《说难》《孤愤》；《诗》三百篇，大抵圣贤发愤之所为作也。"你看，这些人哪有如意的，简直都是倒了血霉了。但这些人没有沉沦趴下，而是"发愤"，把不如意淬炼砥砺成刺破人生黑暗的利刃，焕发出辉耀千古的光彩。

如意是落在手掌的雪花，须臾融化，而不如意在身边片片飞舞。不过不要紧，那个银装素裹的美丽世界你依然拥有。

聪明的两面

如果有人说你聪明，你是不是很高兴？聪明，耳聪目明是也，反应快，脑瓜灵，自然是个褒义词。必须承认，人有聪明和愚笨之分，智商有高低之别。上学时，聪明的孩子，老师一教就会，而笨孩子，教了十遍也不开窍儿。所以，到考试时，差距就显出来了。

《世说新语》载，主簿杨修有一次随丞相曹操路过曹娥碑，见背面写着八个字："黄绢幼妇，外孙齑臼。"曹操问杨修："知道啥意思不？"杨修说："知道。"曹操说："你先别说出来，待我想一想。"走了三十里，曹操想出来了，两人分别写下。杨修解释道，黄绢乃色丝，是绝字，幼妇乃少女，是妙字，外孙乃女儿之子，是好字，齑臼乃受辛，是辞字，合起来就是"绝妙好辞"。与曹操所解完全相同。曹操感叹说，我走了三十里才想出来，我的才不及你啊。曹操乃雄才大略之人，但从聪明程度考量，比杨修差了三十里。

《世说新语》还记载，一次天降大雪，谢安问身边的侄子谢朗、侄女谢道韫，这白雪纷纷用什么形容好呢？谢朗云："撒盐空中差可拟。"谢道韫云："未若柳絮因风起。"谢安大笑予以首肯。从此，谢道韫声名大噪，人称"柳絮才"。显然，形容雪花，"柳絮"比"撒盐"高明多了，谢道韫可谓冰雪聪明。

谁都喜欢聪明。爹妈给个好脑瓜自是求之不得，考学、工作及为人处世，哪个不需要聪明加持？事半功倍啊。人们也愿意和聪明人打交道，一个眼色，一个手势，都能心领神会，达成默契；如果遇到笨人，能把人急死，甚至坏了大事。故有流行语："不怕神一样的对手，就怕猪一样的队友。"

然而，且慢！有人说你聪明的时候，你得警惕，这不见得是夸你呢！因为聪明不全然是褒义词，有时也有些贬义色彩呢。且不说言语时的意味深长或眼神闪烁，至于"小聪明"或"太聪明"，就像炎夏放馊了的豆腐，已完全变了味。聪明，成了显摆、算计、小心眼、耍手腕的代名词。"聪明反被聪明误"，说的就是这个。

杨修是聪明，但聪明过了头，绝了顶，也就绝了命。那次，他听说当夜的口令为"鸡肋"，立即开始收拾行装。别人不解，他解释说，鸡肋鸡肋，食之无味，弃之可惜，丞相进不能胜，恐人耻笑，明日必令退兵。曹操闻之大怒，妄揣我意，动摇军心，推出去，斩了！其实，杨修还真是猜到了曹操的心思,一个"鸡肋",别人懵懂无知,他心有灵犀,太聪明了。但是,杨修是典型的"聪明反被聪明误",如果他洞悉曹操所思,只是悄悄收拾行装,不着行迹,看破不说破,脑袋就不会搬家。

《红楼梦》里,要说聪明,恐无人能敌王熙凤。她虽没啥文化,却精明强干,口齿伶俐,八面玲珑,上下通吃,在贾府可谓呼风唤雨、风头无二。然而,"机关算尽太聪明,反算了卿卿性命",书中第五回的《聪明累》这支曲子,说的就是她——算来算去,下场凄惨,丢了小命。

人聪明是好事,却最易犯四种错误:一是显摆,虚荣心作祟,手有珠玉安肯秘之匣中?人一旦比别人聪明,难免招摇,邀人点赞、伸大拇哥。如此,柳絮才会变作柳絮身,轻飘浮夸。二是骄傲,恃才傲物,鼻孔朝天,牛气哄哄,不把别人放在眼里,如此,便会自我孤立,招人嫉恨。三是算计,聪明人悟性好,反应快,一事当前易为自己打算,小算盘噼啪啦,却往往步入窄胡同,甚至死胡同,失掉了大局。四是偷懒,聪明人事事看得明白,看得清楚,便会想着法儿省事,走捷径,不肯下笨功夫,结局往往如龟兔赛跑中的兔子。

所以,在这个世界上,被诟病的常常是聪明,许多时候获赞的反而是笨人。比如,最有名的例证便是《愚公移山》。聪明的智叟,被世代嘲弄,而埋头苦干的笨人"愚公"成为彪炳千秋的精神偶像。鲁迅有一篇《聪明人和傻子和奴才》,也赞扬了傻子的直率抗争，批判了聪明人的圆滑虚伪。在鲁迅笔下，聪明人成了被针砭的对象。

聪明过了头实为愚蠢，"耍聪明"更是拙劣的表演。真正的大聪明是高级的"智慧"。聪明往往是外露，而智慧则内蕴其中，甚至"大智若愚"，冒点傻气。聪明是上天赐予，而智慧却是千锤百炼乃成。聪明是"术"，智慧是"道"。聪明只是河流，而智慧却是容纳百川的大海。

我有两个亲戚：一个聪明伶俐，能说会道；一个憨厚老实，木讷嘴笨。当年全民经商的时候，两人同时下海闯荡。数年后，两人的结局令人大跌眼镜：那个憨的反倒腰缠万贯，成了当地有名的富人；那个精的却两手空空，缠身的不是财富而是疾病。个中缘由，想必读者大都猜得到。

上天赐予你聪明的脑袋，你却用来装糨糊，聪明一时，糊涂一世。

聪明是一枚硬币，一面写着褒义词，一面写着贬义词——用哪面，取决于你的智慧。

磨 刀 石

我在《今晚报》发表了一篇随笔《聪明的两面》，被中国作家网转载。陕西女作家舒敏看到后发来微信欲在她的平台"舒写"转发，我欣然回复，当然可以，因为此文本来就是受您小说《聪明人》启发而作。我又进而说道，好朋友是思想的磨刀石。敏锐的舒敏当即称此语可谓一个好题，于是便有了同题作文之约。

本人天生愚钝，才思不敏，好多构思是从朋友火花一溅中捕获，就好比我这把钝刀需经朋友的磨刀石磨上一磨方现锋芒。

磨刀石，小时候在农村常见。一块长条状坚硬的石头，家里的菜刀、镰刀等都要蘸上水在上面刺啦刺啦磨一番，锈刀变得明亮，钝刀变得锋利。磨刀石平时毫不起眼，扔在庭院角落无人问津，关键时刻"磨刀霍霍向猪羊"，大显身手哪里少得了它，是妥妥的农家必备。

磨刀石，古称砥砺，词出《山海经》，郭璞注曰，砥砺，磨石也，精为砥，粗为砺。名词又可变动词，《荀子》有言："阖闾之干将、莫邪、钜阙、辟闾，此皆古之良剑也，然而不加砥砺则不能利。"也就是说，再好的名剑如果不在磨刀石上磨一磨，就不会锋利，正应了那句古语"宝剑锋从磨砺出，梅花香自苦寒来"。小小一块磨刀石，作用之大，谁敢小觑？

依我看，好朋友就是一块磨刀石，所生发的作用与磨刀石差可比拟。

一曰利刃（启发）。磨刀石的主要作用即令刀具由钝涩变得锋利，如《庄子》所云"刀刃若新发于硎"，硎，即磨刀石。好朋友常常就有这种启发开悟之功。他（她）的一句话、一篇文或一个举动能使你在懵懂中，脑洞大开，豁然醒悟，即如一把铁片忽然变成了利刃。

唐代有一个人叫汪伦，我们知道他是因为大诗人李白。他就充当了一次李白磨刀石的角色。汪伦卸任泾县令后居于桃花潭畔，他听说李白旅居南陵其叔父李阳冰家，便修书一封邀请他来做客。信中写道："先生好游乎？此地有十里桃花。先生好饮乎？此地有万家酒店。"李白欣然而至，汪伦却说："桃花者，潭水名也，并无桃花。万家者，店主人姓万也，并无万家酒店。"李白大笑，依然在这里盘桓数日。离开时，汪伦赠名马八匹，官锦十端，并在岸边"踏歌"送行。李白在船上目睹此情此景，忽然灵感乍现，一首千古名诗《赠汪伦》脱口而出:"李白乘舟将欲行,忽闻岸上踏歌声。桃花潭水深千尺,不及汪伦送我情。"汪伦成就了李白一首名诗,也成就了自己千秋万代名。

二曰除锈(规劝)。刀久不砥砺就会生锈,磨刀石则可用来磨垢去污。这样的朋友谓之诤友,能直言规劝朋友过失。明代苏浚将朋友分作畏友、密友、昵友、贼友四类,其中"道义相砥,过失相规"可谓畏友。畏友、诤友都是好的磨刀石。人称"一代文宗"的唐代韩愈,曾有一个赌博的毛病"博塞",他的挚友张籍——就是那个写出名句"还君明珠双泪垂,恨不相逢未嫁时"的诗人——给他写了一封信《上韩昌黎书》,毫不客气地直斥:"先王存六艺,自有常矣,有德者不为,犹以为损,况为博塞之戏,与人竞财乎?君子固不为也。今执事为之,以废弃时日,窃实不识其然。"博塞这种赌钱的游戏,君子都不为,如今您乐此不疲,空耗光阴,我真想不明白!韩愈对老朋友这种犯颜直谏还是很感激的,如沉疴去体,凉风拂面,回信言"博塞之讥,敢不承教",立马答应戒赌。可以试想,如果没有张籍这个磨刀石,韩愈可能真就荒于嬉,一把快刀生锈日久也就烂掉了。

三曰磨砺(激发)。好朋友之间惺惺相惜,相互勉励,互相激发,共同促进,互做对方的磨刀石。历史上这样的例子不胜枚举,而鲁迅和瞿秋白的故事最为动人。两人在黑暗如磐的年代结下肝胆相照的同志加战友情谊,真的是"奇文共欣赏,疑义相与析"。瞿秋白为鲁迅编辑了《鲁迅杂感集》，并写了一万七千字的序言，对鲁迅杂文给予高度评价，成为鲁迅杂文研究经典文献。瞿秋白还以鲁迅的笔名和文风发表了十几篇杂文，如《王道诗话》《出卖灵魂的秘诀》《大观园的人才》等，后来收到鲁迅的集子中。许广平在回忆文章中说："这些文章，大抵是秋白同志这样创作的：在他和鲁迅见面的时候，就把他想到的腹稿讲出来，经过两人交换意见，有时修改补充或变换内容，然后由他执笔写出。"鲁迅抄录清人何瓦琴的联句"人生得一知己足矣，斯世当以同怀视之"赠予瞿秋白，传为文坛佳话。

时下有一个热词叫"砥砺前行"，在漫漫征途中，任何艰难困苦都是人生的磨刀石，作为个人而言，朋友的砥砺尤为重要，不可或缺。

我 是 我

我是谁？

芸芸众生极少有人做这样的终极追问，除非你是一名哲人。但从现实人生角度想一想，也还是一个问题。

人最难认识的是自己。

每天你睁开眼睛，看到的都是外部的世界，蓝天、白云、青草、绿树、山川、河流，看人世间的生生死死、花开花落，唯独用双眼看不到自己，更看不到自己的生与死。即使看到自己也只能看到自己的部分躯体，而无法看到自己的整体。

你甚至都不清楚自己究竟长什么样子。古人最早在水里看到自己的模样，后来有了铜镜，再后来有了玻璃镜，再再后来有了照相、摄像。但那是通过物理反射看到的影像，有变形，有失真，有艺术。

迄今为止，人看自己最多的就是照镜子，可是，镜子里的你是反的。有一次我用镊子夹掉多余的眉毛，总也找不准那个点，特别扭，才明白那个理儿。然后就是从照片上看自己，从照片上认识自己。可是照片上那人是自己吗？我经常疑惑，为什么看照片有时觉得自己很帅，很漂亮，忍不住要细细欣赏，心里快慰，有时又觉得自己很丑，很难看，心里就沮丧，不愿再多看一眼。所以，就有所谓"上不上相"一说，上相的人照片比本人漂亮，不上相的人照片不如本人好看。那么，照片上的人是真实的你吗？

听收音机热线直播节目，常听打进电话的人问：是我的电话吗？节目主持人肯定说是你的电话，才接着说下去。为什么会这样？因为，人听到自己的录音和日常说话的声音是不一样的，恐怕许多人都有这样的体验，不信，你可以听听自己的录音。

你看不准自己的面目，听不清自己的声音，不认识自己了。

2008年我当奥运火炬手在山东临沂传递火炬，回来后看了那段录像，觉得里边举着火炬跑的家伙很陌生，是另一个我。那个"我"跑之前做了个亲吻火炬的动作，当时是精心设计的，看录像时却感觉那个"我"太作秀了，让电视机前的我很是难为情。

现代的录像录音技术把你的声音、形象、活动留下来，等于把你的眼睛挂在了空中，让你可以完整地看到你自己的样子。可是你不见得就认同那里边的自己，你所看到的自己和你所认定的自己常常发生错位。

我是谁？能清楚地回答出来并非易事。

德国哲学家尼采说："我们无可避免跟自己保持陌生，我们不明白自己，我们搞不清楚自己，我们的永恒判词是：'离每个人最远的，就是他自己。'"（《道德的系谱》）真的是这样。我们连自己的外表、声音都无法确认，遑论内心、情感、灵魂？内部世界更是比精密的仪器更为复杂。我们都是凡夫俗子，不必理会终极追问，但眼巴前的现实问题却容不得回避，我是谁？我是一个什么样的人？是要搞搞清楚的，妄自尊大与妄自菲薄都是看自己看走了眼。曾子说，吾日三省吾身。认识了自己才能更好地认识世界。

从小读过一则寓言，记忆很深：一个凶猛的狮子在找水时，从井里看到了自己的倒影，它不知道那是自己的影子，以为是另一个同类也在找水，就想把它赶走。它张牙舞爪，里边那狮子也张牙舞爪，它咆哮怒吼，里边那狮子也咆哮怒吼，一点都不甘示弱。狮子气坏了，还没有谁敢向它示威，这还了得，它一头扑进水井跟那里边的狮子拼命去了。结果，狮子被淹死了。它杀死了自己。因为它不认识自己，把自己当成了敌人。

无独有偶。古希腊神话中有一个故事：一个美少年叫纳西斯，一天在溪边看到自己的面影，天啊，真美！白皙的面孔，挺直的鼻梁，红润的嘴唇，宽宽的大理石般的额头，纳西斯一下子就被迷住了。他每天都来溪边细细欣赏里边的美少年，他知道那是自己，他深度地迷上了自己，无法自拔。一天，他在欣赏中出现幻觉，他把水中的自己当成了别人，有一种拥抱的冲动，于是，他扑进了水里。结果，纳西斯被淹死了。他害死了自己。因为他迷失了自己，把自己当成了别人。

狮子把自己当成敌人，纳西斯把自己当成别人，都没有把自己当成自己。你以为这两个都是寓言神话吗？它恰恰是现实人生的写真。

"认识你自己。"这句话是刻在德尔斐阿波罗神庙的三句箴言之一。可见是对于人生多么重要的事情。

小时候在农村，晚上有人敲门，问：谁呀？答：是我。没听出是谁，再问："我"是谁？答：我是我，笤帚疙瘩他大哥。

多么狡黠幽默的回答，调侃中透着自信，我是我！真好！

一只奇特的驴

我在县城上初中的时候，学校外面没有围墙，距操场一百米远的荒地是一处牲畜交易市场，每逢集日，牛、马、驴、骡齐聚，喧腾杂沓，扰攘不绝。一股带有草料气息的臭味隐隐袭来，令我们在课堂上不由得往窗外张望。下了课有时会跑过去看热闹，牛、马、驴、骡四种牲畜也认了个全。感到有趣的是，交易双方不用嘴讨价还价，而是伸出手指在袖口捏咕倒腾。如果双方面露喜色，抽出手来一击掌，那就是谈成了，然后交钱牵走牲口，之间咋交易的，外人不得而知。这里边充满了神秘的江湖味道，让我满心好奇。

在冀南农村，牛、马、驴、骡是常用的四种牲畜，或拉车，或耕地，或拉磨，或驮物，人骑的时候很少。其中，马最漂亮，人好看叫俊，好马也叫骏，骏马，高高大大，威武雄壮，马鬃飘飘，马尾曳曳；叫起来，脑袋高昂，长嘶一声，透着韵律和得意；走或跑起来，节奏踏踏，仿若曼妙的舞步。

牛最老实，沉默寡言，忠诚憨厚，干活不惜力，歇下来也咀嚼不止反刍人生，像个哲人。骡最有劲，但出身复杂，性别尴尬。驴最奇特，浑身透着怪异，一张驴脸，让人不爽；两只眼睛看人躲躲闪闪，像羞怯，又像不怀好意；叫声嗯啊嗯啊，高亢嘹亮，聒噪耳膜，仿佛挨打时的号叫，所以人们将公驴又称叫驴。动物的叫声各有所擅，如马嘶，狮吼，虎啸，狼嚎，猿啼，犬吠，驴鸣，驴叫算一号。

《说文解字》云："驴，似马，长耳。"驴属马科。中国原本没有驴，春秋时期，老子出函谷关骑的是青牛，孔子周游列国坐的是马车。明代学者顾炎武在《日知录》称驴是战国后期引入中土，从此这个像马的畜生有了户口，繁衍繁殖，走入千家万户。然而，驴一直处于不尴不尬的境地，论力气不如牛，田地里最重要的活儿耕地犁地大多得让牛来干；论速度不如马，且不说两军对垒、冲锋陷阵，非马莫属，连拉车、驾辕也得马、骡来干，马、骡比驴跑得快啊；驴能干什么呢？除了驮人驮物，主要是拉磨。即使拉磨，为防止犯驴脾气，需要给它蒙上眼睛，否则它若知道这活儿如此枯燥乏味单调，一圈一圈的，转啊转的，一条道走到黑，肯定尥蹶子。即便如此，它也犯浑，不断拉屎拉尿磨洋工，故留有一歇后语：懒驴拉磨——屎尿多。

唐代文人柳宗元写了一篇《黔之驴》，留下一个成语：黔驴技穷。在这篇文章里，这只驴既笨又蠢。它的本事一是鸣，二是踢，一开始把老虎吓得够呛，"大骇"，一番试探，发现驴不过就这两下子，"技止此耳"。这是笨。作者还指出其蠢，如果驴"向不出其技，虎虽猛，疑畏，卒不敢取"，也就是说如果驴不把这仅有的两下子向虎展示，故作神秘状，老虎摸不清深浅，终不敢痛下杀手，有可能悄悄走掉。所以，在柳宗元笔下，驴是又笨又蠢的东西。别小看这篇短文，历经千年传诵，驴的形象作为一种文化符号深深嵌入人们的意识。直至今天，骂人蠢笨仍斥之"蠢驴""脑袋叫驴给踢了"。

唐诗宋词中，不少篇什都留有驴的"倩影"。它主要是作为交通工具出现的。一般来讲，如果诗人春风得意，仕途畅达，远行代步肯定首选马，高头大马，威风凛凛；如果骑驴，那不用说，境况定然不佳，失意落魄，穷困潦倒。孟郊金榜题名，"春风得意马蹄疾"，如果是骑驴，改成"春风得意驴蹄疾"，一定令人哑然失笑，觉得这孟郊肯定精神上出了问题，搞什么搞。大诗人李白曾是个有钱的主，"五花马，千金裘"，出门当然得骑马，他写马的诗有很多。但他也骑驴，自然是在失意的时候。宋代刘斧《摭遗》载，"李白失意游华山"，醉醺醺骑着驴路过县衙，没有下来，县令大怒，喝问："你是什么人？胆敢如此无礼！"李白写了一张供状，没有写自己的名字，只见上面写道："曾龙巾拭吐，御手调羹，贵妃捧砚，力士脱靴，天子殿前，尚容走马，华阴县里，不得我骑驴？"县令大惊，赶紧作揖："不知翰林至此。"李白跨上驴扬长而去。也怪不得县令狗眼看人低，谁让李白您老人家骑着驴呢？在繁密的诗词中，出现"驴"字眼的多跟着一个形容词"蹇"，驴就驴吧，还得是"蹇驴"。蹇的意思有三：跛足；迟钝；不顺利。宋代叶茵有诗《少陵骑蹇驴图》："帽破衣宽骨相寒，为花日日醉吟鞍。时人祇道题风月，后世将诗作史看。"这是写杜甫的。杜甫自己也有"骑驴三十载，旅食京华春"的诗句。苏东坡《和子由渑池怀旧》诗云："往日崎岖还记否，路长人困蹇驴嘶。"还有韩愈"解鞽弃骐骥，蹇驴鞭使前"，白居易"蹇驴避路立，肥马当风嘶"，等等。这哪里是驴蹇，分明是人蹇嘛，这驴替人背锅，也够倒霉的。

八仙之一张果老据说跟鲁班打赌输了，故只能倒骑毛驴，反坐在驴背上的张果老思考人生肯定是逆向思维，不知他胯下的驴是否更迷茫糊涂了。想想这张果老倒骑毛驴，就觉得透着悖谬和反常。《世说新语》记载，魏晋名士王粲有一大爱好就是学驴叫，死后葬礼上，来吊唁的魏文帝曹丕对一同来的宾客说，王粲喜欢驴叫，咱们每个人都学一声驴叫来给他送行吧，于是，王粲的葬礼上驴鸣此起彼伏。今天看来真是觉得不可思议、哭笑不得，颇像一出荒诞剧。塞万提斯名著《堂吉诃德》中那个矮胖、胆小的仆从桑丘也骑着驴，笨人伴蠢驴，很配呦，这幅图景也显得滑稽可笑。怎么悖谬、反常、荒诞、可笑，这世间一切怪异的东西都跟驴有关？

驴，真是一只奇特的驴。

翻检词典，在驴的词条里边几乎没有一个好词，诸如"驴唇不对马嘴""驴打滚儿""驴年马月""驴肝肺"等等。日常用语和民间歇后语中关涉驴的庶几都是负面的，"驴粪蛋子表面光""骑驴看唱本——走着瞧""秃驴""驴脾气""犟驴"等等。其实，关于驴也有一个好词，叫作"天上龙肉，地上驴肉"，拉了一辈子磨，最后被卸磨杀驴，生前忍辱负重，受尽嘲笑，死后成为人们享受的一道美食。

晚上做梦，一只驴走近我，一张驴脸似乎有了笑意，眼神仍然闪闪烁烁，以鬼魅的口气悄悄对我说道：我是一只奇特的驴，我的奇特之处就在于，这沉闷的世界有了我才有趣。

让"我"消失一会儿

我们每天用的最多的词是什么?估计没人统计过,我想应该是"我"吧。作为一个存在主体,"我"无时无刻不在显示着存在,除了睡觉。日常说话、做事,都是以"我"为中心,四通八达和世界发生着联系。现在有个新词叫"刷存在感",愈发凸显了"我"的存在。被人遗忘,被人漠视,那种滋味是痛苦而难以忍受的。

诗人郭沫若在五四时期写过一首诗《天狗》,有这样的句子:"我是一条天狗呀!我把月来吞了,我把日来吞了,我把一切的星球来吞了,我把全宇宙来吞了……我便是我呀!我的我要爆了!"那个时代提倡解放个性,张扬自我,打破束缚,蔑视偶像,一时蔚成风气。你看,这个"我"可以吞吐日月,吞吐宇宙,何等的气魄,何等的胸怀。在破碎的偶像面前,一个超凡巨大的"我"耸立起来,睥睨天下,雄视百代。若说"刷存在感",与之相较,当今世人恐怕若泥土望云霓。

然而，任何事情过犹不及，"我的我要爆了"，自我膨胀，像气球吹得过大，"砰"一声，崩了，爆了，也就完蛋了，一地鸡毛了。

郭写作《天狗》的时代，是个性被泯灭、自我被压抑、主体意识被扼杀的时代，民众活得像闰土一样麻木颟顸，像阿Q一样自轻自贱，镇日浑浑噩噩，蒙昧喑哑，生命仿佛蝼蚁草芥，低到尘埃里，哪里还有"我"的踪影？所以，郭沫若的诗歌意义在于唤醒个体的主体意识，摧毁桎梏缧绁，重建有体温、有思想的"我"的存在。近一百年过去了，情形发生一百八十度翻转，国人的价值体系得到崭新重构。个性完全释放，自我得到确认，主体意识鲜明呈现。甚至，有的"我"过度放大，达到膨胀、放纵的地步。农村生活过的人都知道，赶牲口有两个口令，不断喊"喔"和"吁"，校正左右，使牲口行走在道上，保持不偏不倚，允执厥中。不然，跑偏了，就掉沟里了，可能导致车毁人亡，后果严重。对"我"也是这样。

"我"即或膨胀或者萎缩，有时莫若让其消失一会儿。

一个周末，我从家里出来沿着民心河遛弯，走到河边的一个小公园，顺便走了进去。可能是周末吧，天还阴着，像要下雨的样子，公园里人很少，我转了一圈，便坐在椅子上。世界突然安静下来，不远处只有一位中年妇女在打太极，一招一式慢忽悠悠，时间一下子被拉长了，变得缓慢。远处建筑工地传来打夯的声音，身边树上的小鸟叽叽喳喳，越发显得幽静。我发着呆,脑子里啥都不想,眼前的景物忽然虚幻起来,恍兮惚兮,一时不知身在何处,"我"离开了我,消失了,留在椅子上的只是一个躯壳,一个木雕,一个泥胎。时间或许只是一小会儿,但足令我沉醉,享受,真正的"销魂"。这一小会儿,在"一小会儿"里边就是永恒。却原来,"我"的短暂消失竟是如此美妙。

佛教讲"无我",中国哲学讲"忘我",都是让"我"暂时不存在的意思。其实,无论怎样"我"都是时时刻刻存在着的,只不过主体意识使其偃伏罢了。心学大师王阳明说,山涧开着一树灿烂的桃花,因为我们看见并欣赏了,它便有了存在的意义,不然,也可以说它压根是不存在的。就是这个道理。《晋书·王坦之传》云:"成名在乎无私,故在当而忘我。此天地所以成功,圣人所以济化。"这话说得很现代,很励志,也很明白,过于凸显"我"的存在,那就会忽视他人或者周遭的一切,就是自私,就成不了事。这个世界是由无数个"我"和物构成的,任由个体的"我"的高耸就会挤压他我和物的空间,就会产生倾斜,就会跑偏,结果会很惨。

"我见青山多妩媚,料青山见我应如是"(辛弃疾),这句词一点不像一千多年前的古人写的,倒像出自现代诗人之手。多么和谐温馨的一幅人间自然场景,物我相谐,物我互构,物我平等,物我两美。这个"我"是温暖的、有趣的、平和的,还有点小小的自我多情。马克思说,美是人的本质力量对象化。你投注对方什么，对方就会回应什么。有个小故事，苏轼喜欢谈佛论禅，和佛印禅师关系密切。一天苏轼拜访佛印，问佛印："你看我是什么？"佛印答："你是一尊佛。"苏大悦。佛印问："你看我是什么？"苏轼有意刁难一下佛印，说："你是一坨屎。"佛印默然不语。苏轼回家后很得意地告诉苏小妹，说一句话噎住了佛印禅师。苏小妹摇摇头说："哥哥，你的境界太低了，佛印禅师心中有佛，看什么都是佛，你心中有屎，所以看别人也是屎。"苏轼赧然，惭愧无地。

人生最难的事是弄清"我是谁""我从哪里来""我到哪里去"，或许终其一生也搞不明白。如果觉得这个问题过于高深，那么，家常一点，别天天"我""我"的，眼里心里只有"我"，把"我"放低一点，看小一点，有时泯然于众，自我放逐，消失一会儿，其实是一件挺幸福的事情。

孩童的力量

下班回家，一开门，便看见一岁半的孙子灿烂的笑容，眼睛亮晶晶的，甜甜地、奶声奶气地喊我："爷爷！"我立刻粲若菊花，美美地回应："宝贝！"

自从有了宝贝孙，每次回家，家人看到的肯定是我一脸的笑容。

以前不是这样。繁重的工作，复杂的人事，让我不堪重负，心神俱疲，回到家中，也是眉头微蹙，脸若枯木，沉静似水。妻子有些生气，说，每次看你回来这副脸色，弄得家庭气氛很压抑，你不觉得吗？我对此也有些恼火，说，在外需要装，回到家难道还要戴上面具吗？

是孙子改变了这一切。我的笑容，不是强作欢颜，而是内心的洋溢。孙子那张稚气的小脸、天真无邪的笑容，就像一个小太阳，驱散了我内心的阴霾。一看见他，就觉得阳光明媚，清灵澄澈，任何烦恼、不快、阴郁统统烟消云散，跑得无影无踪。

孙子说话口齿还不很清晰，走路还蹒跚不稳，像一只幼畜时刻需要大人的呵护照顾。谁能想到这么一个小小人具有改变大人的力量？我对朋友们说，我一见小家伙，一颗心立马就化了。不是我化他，是他化我，是他改变了我。

最近读了法国作家雨果的小说《九三年》，我对儿童改变大人的力量有了更加深刻的认识。何止是改变，简直就是重塑，而且是脱胎换骨的重塑，是灵魂的再生。

1792年，法国大革命，推翻封建王朝，建立共和国。1793年是至关重要的一年，革命和反革命两种力量做殊死的搏斗。侯爵朗德纳克是一个暴力凶残的反革命残余势力的头目，在旺代的战争中，他以一个农妇的三个孩子为人质，龟缩到古堡中负隅顽抗。最后他侥幸从密道逃出，而那三个孩子却被他们按照先前的计划纵火焚烧。朗德纳克在密道的出口处，正准备逃往森林，转眼他就可以像鱼儿游入大海。这时，他听到那孩子的母亲撕心裂肺、似野狼号叫的呼喊，他看到大火正熊熊燃起，房间里的三个孩子很快就会化为灰烬。革命战士猛砸铁门，但铁门纹丝不动。朗德纳克摸了摸口袋里的钥匙，转身从密道返回古堡。孩子们得救了，朗德纳克被逮捕。刹那间，一个杀人如麻的恶魔变成了仁慈善良的上帝。孩子们得救了，是生命，朗德纳克也得救了，是灵魂。作品写道："一个可怕的心灵刚刚被降伏了。""是通过什么办法，什么方式呢？人道怎样降伏了一个狂怒和仇恨的巨人？它用的是什么武器？用的是什么战争机器？它用的是摇篮。""在所有罪恶、杀戮、狂热、暗杀面前，在愈演愈烈的复仇面前，在明火执仗的死神面前，在罄竹难书的滔天罪恶之上，巍然屹立起了纯洁无邪。纯洁无邪取得了胜利。"

读《九三年》给我最大的震撼就是这个情节。作者在书中用了一整个章节来描写困在古堡作为人质的三个孩子。兄妹三人，最大的五岁，最小的不到两岁。他们天真可爱，懵懂无知，浑然不觉身处的危险，吃、睡、嬉闹、恶作剧，把房间里一本经典书撕得粉碎。他们是最弱的弱者，没有任何生存的能力，面对这个凶恶苦难的世界，他们只有清澈的眼神和天真的笑容。然而，他们击败了残暴邪恶这个强大的敌人，他们是最后的胜利者。嗜血成性的魔鬼可以以暴制暴，却在童蒙面前，放下屠刀，立地成佛。这是人道的胜利，是人的胜利。

人类心灵深处都有一块最柔软的地方，它是专门对儿童开放的，它能够唤醒人们的良知、善良、悲悯等最原初的情感，儿童圣洁的力量即源于此。如果这块地方没有了，那此人就可谓灭绝人性、十恶不赦了。老子云："为天下溪，常德不离，复归于婴儿。"孟子云："大人者，不失其赤子之心者也。"自然、淳朴、天真、纯净这些儿童具有的品质，才是人性中最原始最美好的东西。孩童就像初升的太阳，生机勃勃，新鲜活泼，是人类的曙光，世间那些阴暗、鬼祟、丑恶都应该在这个阳光下自惭形秽，雪融消化，遁于无形。

一只哲学蝉

整个夏天,盈满自然界的天籁是蝉鸣,自始至终,不曾消歇。蝉伏在绿树浓荫中的样子很安静,像是画家笔下的写生。那么小的身躯俨然一个巨大的音箱,发出的声音高亢嘹亮,有高低,有起伏,有节奏,且蝉联一片,形成和声,连绵不绝,不知疲倦。

蝉存乎于世最大的标识就是吟唱。不仅如此,它还是一只哲学的蝉。

"知了,知了……"蝉的叫声大体是这种音调,故民间称之为知了。这名字却不得了,禅意萦绕,意味深长。何谓"知了"?知,智也,觉悟;了,空也,完结。《心经》云:"色即是空,空即是色,受想行识,亦复如是。"在此则可为:知即是了,了即是知。起于智慧,又不纠结于智慧,不为所累,不为之役,拿得起,放得下,这便是知了。巧了,《西游记》中和尚唐三藏即为金蝉子转世,那么也可以说唐僧就是一只知了。蝉禅缘深，蝉禅一味，此之谓也。咋样？静下心来，仔细谛听，是否能够领悟到声声蝉鸣的缕缕禅意？

蝉产卵之后，幼虫在地下生活的时间短则三五年，长则十来年，最长的要达十七年之久。而爬出地面，攀上树干树枝，阳光下放声高歌的日子只有六七十天。也就是说，蝉要熬过漫漫长夜，才能换来短暂的光明。这煎熬的过程，即可谓修炼的过程，修炼的时间越长，积蓄的能量就越大，不飞则已，一飞冲天，不鸣则已，一鸣惊人。蝉说，耐得住寂寞，守得住光阴，熬得住黑暗，才能云开日出，在属于自己的舞台上享受盛世的繁华。

小的时候，最喜欢看蝉蜕。在树底下潮润的地面细心寻找一个圆圆的小孔，用手一抠，就将一只蝉蛹从土里扒拉出来，带回家放到一个树枝上，观察其蜕皮的全过程。先见蝉蛹背部裂开，蝉头部和上身挣脱出来，然后是下部及整体脱离，余下一只黄色的空壳。新蝉乍一脱壳，样子最为漂亮，全身呈碧绿色，所谓"玉蝉"是也，双翅薄薄的透明，所谓"薄如蝉翼"是也。一只丑陋的蝉蛹，瞬间变成了一只美丽的新蝉，原本只能在地上蠕动、爬行，蜕变羽化即能展翅在树木蓬蒿间飞来飞去。《史记》谓："蝉蜕于浊秽，以浮游尘埃之外。"本出于污泥，蝉蜕却使之一变为拔尘脱俗。蝉说，蜕变，即重生，蜕变的过程可能伴随挣扎和痛苦，迎来的却是更为高级的全新的生命形态。

唐代诗人虞世南《蝉》云："垂緌饮清露，流响出疏桐。居高声自远，非是藉秋风。"这是无数咏蝉诗中最有名的一首。诗人以蝉自寓，自抒怀抱。在古人眼里蝉吸风饮露，如同凤凰栖息在梧桐树上，清高旷远，不同俗流。后两句包含哲理，蝉居于高处吟唱，自然声至远方，并非凭借秋风传送。蝉说，一个品行高洁的人，清雅自守，自然声名远播，为人敬重，并不需要外力的依恃。

庄子是一个哲人，《逍遥游》有云："朝菌不知晦朔，蟪蛄不知春秋。"蟪蛄，即蝉。意谓朝生暮死的菌类不知道黑夜和黎明，夏生秋死的蝉不知道春天和秋季，光阴倏忽，生命短暂。《诗经》也云："如蜩如螗，如沸如羹。"蜩螗，即蝉。意谓喧闹纷攘就像蝉鸣，又仿若滚开的沸水热汤，后来人们以"蜩螗"比喻国事的纷乱不宁。小小一只蝉居然和国家大事联系在一起，岂能让人小瞧？庄子"不知春秋"是谓之小，《诗经》"如蜩如螗"隐藏之大，无论大小，蝉皆可负载也。

《楚辞》有云："悲哉秋之为气也……蝉寂寞而无声。"蝉是属于夏天的，喧嚣，热闹，尽情释放，而在不属于自己的世界，噤声，莫言，自持，静候生命终结。果如其名，知了，"知"而后"了"，如此之蝉，不亦君子乎？

第三辑 探幽

男人孟轲

　　两千年前，太史公司马迁读《孟子》，至梁惠王问"何以利吾国"，遂废书而叹。老先生所叹者，是以为利乃乱之始也。两千年后，我读《孟子》，也不禁废书而叹。我所叹者，是前贤亚圣孟子身上的那股咄咄逼人的英武之气和沛然淋漓的阳刚之气。人说：大哉孔子！我则想说：英哉孟子！天地间一伟丈夫，真男人也。

　　读《论语》与读《孟子》，感受迥然有别。前者循循善诱，吉光片羽，如雨露之养，时风之化，是典型的温柔敦厚的儒雅风范；而后者口若悬河，滔滔汩汩，其势不可当，"其锋不可犯"（苏轼），雄辩无碍，一泻千里。孔子更多的时候是教育自己的三千弟子，故心平气和，大言炎炎，诲人不倦，在人们眼里是一个"至圣先师"、蔼然仁者。孟子更多的是向不可一世的君王陈说自己的为政之道，故而常常踔厉风发、意态亢昂，有时甚至带有火气，言辞犀利，显露出十足的刚直不阿、磊落恢宏的大思想家的个性，有一种睥睨王者的人格风范和精神气度。尽管在礼崩乐坏的春秋战国时代，诸侯为争霸天下，莫不纷纷采取功利主义的攻伐之术，以为孟子的"仁政"治国方略"迂远而阔于事情"，也即见效太慢而不肯采纳，但在孟子义正词严的强大思想攻势下，不能不一时心悦诚服。而孟子并不为了让君王接受自己的政见而屈尊阿附，他无意于取媚讨欢，弄个一官半职干干。他不仅没有丝毫的奴颜媚骨，反而常常直刺君王的痛处，陷这些愚不可及的家伙于尴尬难堪的境地，不得不"王顾左右而言他"。每读书至这样的段落，便情不自禁再三嗟叹：孟子孟子，何其智勇！孔老夫子曾批评他的学生子路过于勇，而他的嫡传弟子孟轲，其勇较之于子路则更胜一筹。儒家提倡温良恭俭让、仁义礼智信，不讲勇，但是，勇，实在该是男人的本色啊！

不知怎么回事，一提起文人书生，就是一副文弱、寒酸、迂阔的窝囊相，让人"不足观"，不大瞧得起。然而，在文人老祖宗孟子身上能寻出半点窝囊的影子吗？他若知道后世文人把自身形象糟蹋成那种样子，肯定会怒发冲冠，大骂子孙不肖的。孟子实在是为后辈文人树立了刚直英武的楷模。男人的形象不只让剑客游侠武装专美，文人亦男人也。《孟子》中记载，一次，孟子要去朝见齐王，齐王正好派人对孟子说："寡人本应去拜访你，但不巧感冒了，怕风吹，如果你能来朝，我可以接见你。"孟子一听这话，反而不想去了，于是回答说：

"刚好我也病了，不能上朝见王。"第二天，孟子却到东郭大夫家吊丧。公孙丑说："你昨天托词有病，今天却去吊丧，这样不太好吧？"孟子理直气壮地说："昨天病了，可今天好了，为什么不能去吊丧？"以臣子的身份公然与君王较劲，没有一身的正气、骨气、胆气是不行的。孟子曾引一位勇士的话说道："彼，丈夫也；我，丈夫也；吾何畏彼哉？"用今天的话说，就是：都是男人，谁怕谁呀！又有一次，孟子离开齐国，在昼邑歇宿。一个人想替齐王挽留孟子，便大模大样端坐着跟孟子说话，孟子不理他，趴在几上装睡，那人很不高兴，孟子就坦率地教训他：对一个年长的老头子应该懂得礼数！在孟子看来，一些峨冠博带的君王，只不过是贪财、好色的草包蠢货，或者是率兽食人的独夫民贼，哪里值得老百姓仰望尊敬？！故天将降大任于斯人，"当今之世，舍我其谁也？"英雄气概，溢于言表。孔子制定的君君臣臣父父子子的纲常礼数，孟子并未昏愚地全盘接受，他提出：民为贵，君为轻。他遗世独立，傲岸宏达，凛然不可侵犯，完全不把一些平庸的君王放在眼里。

相对于孔子的"君子"学说，孟子给中国传统文化人格增添了一个意义深远的概念：大丈夫。"富贵不能淫，贫贱不能移，威武不能屈，此之谓大丈夫。"丈夫者，男子汉也；大者，巍巍乎崇高也，"充实而有光辉之谓大"。一怒而天下惧并非真正的大丈夫，蛮勇斗狠、奸诈残忍、蝇营狗苟、见利忘义之徒更难望大丈夫项背。真正的大丈夫是光明磊落的人，是意志坚定的人，是富有仁德的人，是胸怀宽广的人。大丈夫人格的获得，孟子有一秘诀：善养浩然之气。何谓"浩然之气"？他说这种"气""至大至刚，以直养而无害，则塞于天地之间"。这是一种崇高刚强的正气，一种不可势压利诱的骨气，一种超迈雄放的豪气，一种无所畏惧的勇气，一种宏毅坚定的志气。孟子这一特点，是他的精神导师孔子所不及的。宋代理学家朱熹说："孟子有些英气。"今人林语堂说："我们读孟子，可使顽夫廉，懦夫有立志。"

孟子尝云：穷则独善其身，达则兼济天下。这种苦心孤诣的教诲，一直使得后代文人们进退有据。不管身在魏阙，还是远处江湖，都不应失去做人的立身根本，培养浩然正气。孟子身上那种有棱角、有个性的哲人风采、英俊气度、男人本色，成为一条汲之不尽的文化源泉，更行更远还生。

司马迁是宦官吗？

因搜集明代大太监魏忠贤的有关资料，网购了一本《第三性世界——中国太监考》（东方出版社）阅读。忽然有一句话让我大吃一惊："汉武帝时人才辈出，宦官中也出现了两个名垂千古的人物：李延年和司马迁。"

天啊，司马迁啥时成了宦官？

书中接着写道："司马迁终于以超人的意志完成了'千古绝唱'的《史记》。《史记》是史学上的一座不朽里程碑，司马迁是中国乃至世界上最伟大的史学家之一。他也是宦官史上最有贡献的人物之一。"读到最后还有一句话："说来也巧，太监与文士都尊崇司马迁。清代，太监每年都要拜祖师爷——司马迁，以司马迁为太监的骄傲。"

作者言之凿凿，我却疑窦丛生。读了半辈子书，居然第一次听人说司马迁是宦官，也即太监。这太颠覆了！我所熟知的史实是，司马迁作为太史令为战败投降匈奴的李陵辩护，触怒了汉武帝，被处予宫刑，也称腐刑。宫刑作为刑法虽然和太监阉割手段同一，却并不意味着受了宫刑一定要做宦官，这是两码事。是作者违背了常识，还是我的一贯认知有误？我认真地审视这本书的"作者简介"："王玉德，华中师范大学历史文化学院教授，历史学博士，博士生导师，湖北省学术带头人，曾先后任华中师大历史文化学院院长、历史学学术委员会主任……"名头够响，按说不会犯常识性的错误啊。

在我的观念里，一向认为太监是一个身体残缺人性扭曲的种类，鲁迅也说过："中国历代的宦官，那冷酷险狠，都超出常人许多倍。"不男不女，阴阳怪气，心底阴暗，贪婪狡诈，恐怕这是太监给人的符号化的普遍印象。把伟大的司马迁归入太监行列，无论如何感情上难以接受。

何谓宦官？古代专为君主帝王及至亲服务奴役的内侍人员。东汉前宦官有阉人，也有士人，为绝其秽乱宫闱之虞，东汉始全部为阉人。到了明代，人们尊称宦官主官为太监，太，大也；至清，太监成了宦官的通用名称。

司马迁是宦官吗？其实欲知真相并不难，认真读一读班固的《汉书·司马迁传》和司马迁《报任安书》即可知晓答案。结果将我的问号拉直变成了感叹号，虽不情愿，却是事实。

我们知道，司马迁受刑前在朝廷做太史令，是一名史官。那么受刑之后呢？《汉书·司马迁传》云："迁既被刑之后，为中书令，尊宠任职。"中书令是汉武帝晚年设立的一个职务，"武帝游宴后庭，故用宦者"，负责起草皇帝的政令、诏书、文件等，相当于皇帝的私人大秘，位于宰相之上，故谓"尊宠"。这或许是汉武帝良心发现对司马迁的一种补偿，但同时也证实了司马迁"宦官"的身份。

《报任安书》是司马迁一篇血泪交迸、激情淋漓的痛诉书，直陈他的悲惨遭际和心灵隐秘，也将其宦官的事实表露无遗。他在痛陈官刑乃奇耻大辱之后，又举例历数宦官地位的卑贱：卫灵公和宦官雍渠同乘一辆车，孔子以为是一种侮辱，便离开卫国去了陈国；商鞅因为通过姓景的宦官谒见秦孝公，贤士赵良感到寒心；宦官赵谈陪坐在汉文帝的车上，袁丝为之色变。自古以来莫不以之为耻，"夫中材之人，事有关于宦竖，莫不伤气，况慷慨之士乎？"显然，司马迁言宦官之耻是感同身受的切肤之痛。文中还有一句："身直为闺阁之臣，宁得自引深藏于岩穴邪！"何谓"闺阁之臣"？"闺阁"，也作"闺阁"，台湾《中文大辞典》谓："'闺阁'谓内室也。'闺阁之臣'阉官也。"司马迁坦承是宦官，与他担任中书令之职是相吻合的。

"盖西伯拘而演《周易》；仲尼厄而作《春秋》；屈原放逐，乃赋《离骚》；左丘失明，厥有《国语》；孙子膑脚，《兵法》修列；不韦迁蜀，世传《吕览》；韩非囚秦，《说难》《孤愤》；《诗》三百篇，大抵贤圣发愤之所为作也。"这是《报任安书》中最有名的一段话，经常被人引用。同样，

《史记》也堪称司马迁忍辱含垢的发愤之作。司马迁获释之后，作为"刑余之人"一直担任中书令。如若其言"诟莫大于宫刑"，那么中书令这个在别人看来"尊宠"的桂冠，却更是他精神屈辱的铁帽。司马迁忍受着双重的重荷和耻辱，完成了旷世巨作"史家之绝唱"《史记》。

历史上绝大多数太监都是穷苦出身，为生活所迫，从小净身入宫。而司马迁是堂堂的太史令，因残酷的刑罚而被迫做了宦官。最重要的是，对宦官身份司马迁一直引以为耻，从心理上是拒绝排斥的，他始终保持了一个伟岸的人格和重如泰山的巍峨形象。而尊崇司马迁的历代后人，更是不愿意把他与太监为伍，故而对这个问题采取了一种含糊隐讳的态度，所以给人们一个普遍的认知，即司马迁只受过宫刑而不是宦官。我随机询问了数位读书人甚至知名作家，皆如此。

其实，司马迁当过宦官又如何？探知真相之后，依然丝毫无损我对这一历史巨人的崇仰。

"凤雏"的暗疾

"凤雏"者,庞统也,刘备阵营中的副军师,地位仅次于军师诸葛亮。江湖上"卧龙""凤雏"齐名,司马徽曾言:"伏龙、凤雏,两人得一,可安天下。"刘备云:"今吾二人皆得,汉室可兴矣。"但事实证明,这个说法不靠谱,卧龙、凤雏皆得的蜀汉不仅没有安天下,反而成为三国中最早灭亡的一个。

按说,既有"龙凤"之名,怎么着也得一表人才,颜值颇高吧。你看诸葛孔明:"身长八尺,面如冠玉,头戴纶巾,身披鹤氅,飘飘然有神仙之概。"典型的帅哥一枚。相比之下,庞统相貌丑陋,过于砢碜:"浓眉掀鼻,黑面短髯,形容古怪。"跟"凤雏"的雅号庶几沾不上边。

因为貌丑,先后为孙权、刘备所不喜,骥足不得伸展,大才不得重用。以貌取人固然不对,但实际的问题不在相貌,而在性格、格局,庞统有暗疾耳。

其一，狂悖。古代的名士皆有恃才傲物、妄自尊大的毛病，牛皮哄哄，把谁也不放在眼里。即使内心渴望被明主所用，也装作一副满不在乎的样子，不肯放下身段。三国中的祢衡、孔融、杨修等皆为狂悖之徒，下场都很惨。庞统初见孙权，一番对话，傲气十足，尤其表露出对周瑜的轻慢，令孙权心中不乐，"吾誓不用之"。又见刘备，本来怀揣鲁肃和孔明的荐书，并不外掏，见了刘备，"长揖不拜"，失了礼数，令刘备心中亦不悦，勉强给他个耒阳县令。"统到耒阳县，不理政事，终日饮酒取乐，一应钱粮词讼，并不理会。"以此来抗议"玄德待我何薄！"

其二，邪祟。作为军师，主要职责就是为主公出谋划策。然而，计谋也有正邪之分、善恶之别，要符合人的道义和是非观念。明代文人方孝孺评价说："孔明之学，庶乎王道；而统之言，皆矫诈功利之习。"庞统襄赞刘备进兵西川，他建议设"鸿门宴"，埋伏刀斧手，在宴席上将刘璋杀掉，一了百了，成都唾手可得。这个计谋遭到素以仁慈为名的刘备的坚决否决，"此事决不可行"。按说主公有了明确指示，作为军师应该另想办法，庞统却不听刘备命令，"事已至此，由不得主公了"。依然按照他的计划执行，被刘备当场制止，避免了一场火拼。事后，刘备责庞统曰："公等奈何欲陷备于不义耶？今后断勿为此。"这个批评很严厉了，诸葛亮何时被刘备如此责怪过？庞统的错误在于：1.此计既不合乎王道，也不符合刘备的战略要求和处世原则，作为军师不能知人论世，何其谬也；2.在遭到主公否决的情况下，仍然照计行事，违抗军令，此乃军中大忌，作为军师，焉敢如此！

其三，器狭。诸葛亮与关羽镇守荆州，庞统协刘备进取西川。但了解庞统的诸葛亮对西川战事不太放心，一直密切关注，恐庞统立功心切，冒失急进，借观天象呈书信予以提醒，"切宜谨慎"。但庞统却暴露出来胸襟狭小的毛病，暗思："孔明怕我取了西川，成了功，故意将此书相阻耳。"行兵之前，刘备因为诸葛亮的提醒，仍有疑虑，对此，庞统干脆把话挑明了，大笑曰："主公被孔明所惑矣：彼不欲令统独成大功，故作此言以疑主公之心。"诸葛亮向来光风霁月，乃磊磊君子，哪里有一丝这种阴暗的小人心理？这真是以小人之心度君子之腹了。而反观诸葛亮，不仅向刘备推荐庞统，而且说"士元非百里之才，胸中所学，胜亮十倍"，称其"大贤"。两相比较，境界、人品、格局，高下立判矣。

"凤雏"确有大才，绝非浪得虚名，他的"连环计"成为赤壁之战的胜负手就是明证。然而，他不为人明察的人性暗疾，最终决定了他的命运走向，三十六岁阵亡落凤坡看似偶然，却是他必然的悲剧结局，早晚而已。

由此观之，有德无才乃庸人，有才无德乃小人，唯德才兼备方可成大事，古今中外皆如是。"凤雏"庞统的三个暗疾，今天仍当为我们所警醒。

狂傲背面是卑微

当今之世最狂傲的文人，大抵首推今春刚辞世的台湾作家李敖。他说，他想佩服谁，就去照镜子；还说，五百年来白话文最好的作家前三名，是李敖李敖李敖。凡狂傲之人，皆有两把刷子，有真本事垫着，所以，对李敖的狂傲，虽然比较稀罕，让素以谦虚为美德的人们不大看得惯，却也只能说老李真性情也。

但我读了大量的唐代诗人传记之后，竟然发现中唐以前的诗人大多狂傲之士，自炫、自夸、自矜、自傲是一件稀松平常的事。卢照邻有个名句，"下笔则烟飞云动，落纸则鸾回凤惊"，这是说谁呢？表扬自己呢，牛吧！在我们的印象中，杜甫应该是一个温厚谨重的人，但自夸起来一点也不含糊："甫昔少年日，早充观国宾。读书破万卷，下笔如有神。赋料扬雄敌，诗看子建亲。"（《奉赠韦左丞丈二十二韵》）韩愈在《上兵部李侍郎书》这样评价自己："凡自唐虞以来，编简所存，大之为河海，高之为山岳，明之为日月，幽之为鬼神，纤之为珠玑华实，变之为雷霆风雨，奇辞奥旨，靡不通达。"这段话通俗来讲就是，自唐尧虞舜以来凡留存下来的文章，不管怎样的大小明暗细微及变化，无论多么奇怪深奥，没有我不通晓的。还有一个叫员半千的人给武则天的《陈情表》中说，如果让我也七步成文，一定一个字不用改，绝不会比曹植差。请陛下召来天下才子三五千人，与我一同现场考试诗、策、判、笺、表、论等各种文体，限定字数，如果有人比我先交卷，就请陛下砍下我的头，悬挂在都市街头！怎么样？够狂吧。这个员半千，本名余庆，拜师之后深得老师器重，谓之"五百年一贤，足下当之矣"，因此改名半千。他是中国历史上第一个武状元，的确好生了得。

唐代最狂傲之人当然还要数诗仙李白了。年轻时干谒渝州刺史李邕，受到冷遇，李白写了一首《上李邕》予以讥刺："大鹏一日同风起，扶摇直上九万里。假令风歇时下来，犹能簸却沧溟水。世人见我恒殊调，闻余大言皆冷笑。宣父犹能畏后生，丈夫未可轻年少。"在《与韩荆州书》中自比毛遂，为"龙蟠凤逸之士"，称自己"心雄万夫"，"请日试万言，倚马可待"，超级自负。"我本楚狂人，凤歌笑孔丘。""仰天大笑出门去，我辈岂是蓬蒿人。""安能摧眉折腰事权贵，使我不得开心颜。"这样的诗句更是大家耳熟能详。"天子呼来不上船，自称臣是酒中仙。"虽然出自杜甫笔下，却于李白的个性可谓合榫合卯，堪称知音。至于李白在朝堂之上让太监高力士脱靴、宰相李林甫研墨，尽管只是出自稗官野史，《旧唐书》《新唐书》均无记载，却将李白的狂傲之态呈现到极致，流传甚广，为人津津乐道。

初唐、盛唐时期的文人为何多狂傲？这是大时代环境决定的。一、唐代诗人躬逢盛世，如朝暾初露，生机勃勃，气象万千，个性飞扬，充满着进取的精神，洋溢着文化自觉和自信。加上唐代科举的进士科，诗赋是考试的内容之一，所以，写诗蔚成风气，故形成"唐诗"的一代文化标识。二、唐代的取士制度分科举和荐举两种，但即便是科举，在考试前由王公大臣向主考官推荐也是非常重要的环节，故士子结交权贵，大行干谒，成一时之盛。而干谒除了向公卿大臣提交自己得意的作品（谓之行卷），还要写干谒文。干谒文的基本套路，一是奉承对方德高望重之类，二是介绍自己如何才华横溢，故而希望得到对方的青眼垂顾。尤其是在介绍自己时，为了引起对方重视，不吝夸大其词，即使露出狂傲之态也在所不惜了。三、唐代诗人的确厉害，群星璀璨，大咖云集，锦心绣口，舌灿莲花，他们太有狂傲的资本了。余光中说李白"绣口一吐就半个盛唐"，那可不是吹的。

但是，狂傲，只是我们看到的事物的正面，譬如孔雀开屏，我们往往欣赏着它的绚丽多彩，如鲜花怒放般美丽，而往往隐讳或有意忽略它的背面的不堪。事物总是具有两面性，直视、正视它的背面，即使惨淡、难堪，也应该是我们采取的正确态度。

狂傲的背面是什么呢？一个坠崖式的词语——卑微！李白如此骄傲的人也卑微过？是的。李白是唐代写干谒诗、干谒文最多的文人之一，诸如像《与韩荆州书》所云"生不用封万户侯，但愿一识韩荆州"一样，既然干谒权贵，就须得放下身段，态度谦恭，甚至阿谀奉承，大拍马屁。李白本欲"不屈己，不干人"，到头来却"遍干诸侯""历抵卿相"，仰人鼻息，看人脸色，这里边的辛酸隐痛可以想见得到。在宫中几年，名为翰林供奉，实际上只是皇帝身边的御用文人，只能写出"云想衣裳花想容"这样的艳词丽句，博皇帝贵妃娱乐消遣。看似风光，其实卑微。"安能摧眉折腰事权贵，使我不得开心颜"，正是屡屡"摧眉折腰"得出的愤激之语。李白的超级粉丝杜甫深深理解这位老大哥："不见李生久，佯狂真可哀。世人皆欲杀，吾意独怜才。"（《不见》）"佯狂"二字，字字惊心，沦肌浃髓。而杜甫的境遇更为不堪，"骑驴十三载，旅食京华春。朝扣富儿门，暮随肥马尘。残杯与冷炙，到处潜悲辛"。在颠沛流离中讨生活，投亲靠友，寄人篱下，今日索点米，明天要把薤，几乎没有过过什么好日子。一代文宗韩愈，"文起八代之衰"，开创了散文革命新纪元，何等厉害，但一颗狂傲的心被现实压抑得扭曲变形了，致使他的人品遭到后人的质疑和诟病。据统计，他一共写过十四篇干谒文，汲汲于功名富贵，为达到目的，在权贵面前低三下四，摇尾乞怜，吹捧文字极尽肉麻谄媚，令人赧颜。尤其是他阿谀拍马的李实（《上李尚书书》），是一个坏事做尽、声名狼藉的奸臣，这让韩愈的人格和尊严大为受损。

  张爱玲在给胡兰成的一张照片的背面写道："见了他，她变得很低很低，低到尘埃里。但她心里是欢喜的，从尘埃里开出花来。"骄傲如女神一般的张爱玲也有卑微的时候，但她的卑微是在爱情面前的心甘情愿。而唐代诗人的卑微却是现实残酷挤压下的无奈，但凡有路可走，有谁愿意低下高贵的头颅呢？现实的窘迫，人性的复杂，使得多种看似矛盾对立的东西却浑然一体，其实这才是真实的人生。我们往往对光鲜亮丽的一面趋之如鹜，高唱赞歌，而对荫翳不堪的一面有意隐讳闪躲，甚至假装不存在。鲁迅说，真正的猛士要敢于直面惨淡的人生。我们在唐代诗人狂傲的背面看到了卑微，并非有意否定他们的伟大，反而有一种感叹之后血肉相融的理解，毕竟，他们书写了中华文化极其绚烂的一页。

碑铭的悲鸣

《左传》云:"太上有立德,其次有立功,其次有立言,虽久不废,此之谓不朽。"后人将其总结为"三立"或"三不朽"。怎样才不朽?办法之一就是树碑立传,将功名镌刻于坚硬的石头上面,永存世间,世代铭记。所以,古人特别重视立碑铭传,不惜花大价钱请当世名家大儒撰写碑文或墓志铭。唐代的韩愈,宋代的欧阳修,这两位当世的文化班头,就成了此中被人竞相延请的高手。

古代文人写诗作文都是自娱自乐,没有发表或出版的稿费可挣。但碑铭却是受人之托请,且关系重大,是对一个人一生的评价,故,所付润笔极为丰厚。韩愈一生写了此类文章八十来篇,所获不菲,有好事者给他的一篇一千五百字的碑铭文章所获润笔,按今天市场价格换算,居然高达二十万元。刘禹锡写过一篇《祭韩吏部文》,其中有这样的句子:"三十余年,声名塞天。公鼎侯碑,志隧表阡。一字之价,辇金如山。"刘禹锡和韩愈交厚，此言应当可信。诗人刘叉客寓韩愈处，看得有些眼红，拿走金子数斤扬长而去，并留言噱称："此谀墓中人所得耳，不若与刘君为寿。"

但是，润笔虽丰却也不是好拿的，因事关重大，要对生者负责，对死者负责，对历史负责，不能一味称颂歌赞、妄言乱说。欧阳修曾说，"其为苦，不可胜言""此文极难作，敌兵尚强，须字字与之对垒"。既要公平公正，又要防备政敌攻讦，字斟句酌，呕心沥血，当是情理中的事了。即便如此，韩愈和欧阳修这两位文章巨头还是遇到了麻烦，碑铭变成了悲鸣。

元和十三年（818年），淮西叛乱平定，四海宴平，皇帝龙颜大悦，在朝臣的鼓噪之下，要刻石记功，明示天下。撰写《平淮西碑》的重任自然落到韩愈头上，他不仅是文章圣手，还是平叛的参与者。接受皇帝诏令之后，韩愈却"闻命震骇，心识颠倒，非其所任，为愧为恐，经涉旬月，不敢措手"。经过七十天的苦思深虑，韩愈终于写成《平淮西碑》。皇帝阅后首肯，亲历者没有异议，其中的韩弘还送来五百匹绢以示感谢。于是将原文勒铭，竖碑于蔡州城中。没想到一件轰动朝野的大事发生了，大将李愬的部下石孝忠认为碑文没有突出其主人的功绩，有失公道，一怒之下，推倒石碑，杀了看守石碑的士兵，并求见皇帝慷慨陈词。皇帝一听言之有理，当即赦其无罪。加上皇帝表妹、李愬之妻也来哭诉，于是皇帝下诏磨掉韩文，令翰林学士段文昌重新撰文勒石。这个结果大大出乎人的意料，怪不得韩愈当初接活儿时"为愧为恐"。

韩愈是为公家干活惹出事端，欧阳修却是为亡友撰文招怨，费力不讨好，更为憋屈。欧阳修的密友尹洙去世，受范仲淹之托，他写了一篇《尹师鲁墓志铭》，极备哀痛，评价精当，言简意深。按说，彼此之间皆为好友，于情于理当归于圆满才是。孰料，这篇碑铭却引起尹洙家属不满，以为评价太轻，尽管欧阳修为此专门撰文做了辩解，尹洙家属仍不买账，甚至连范仲淹也认为过于简略，不尽如人意，另请一位好友韩琦重新写了一篇，令欧阳修灰头土脸，好不失落。

还有一次，是范仲淹死后，其家属致信欧阳修"以埋铭见托"，请欧阳修撰写墓志铭。墓志铭是要随死者埋入墓中，故称"埋铭"。欧阳修自忖一生蒙范公知遇之恩，撰写碑铭义不容辞，但又深感难以措置，一直拖了两年方字斟句酌写成《范公神道碑铭》，但仍惹了麻烦。文中叙写了一段西夏战事爆发后的史实，范仲淹和宰相吕夷简"二公欢然相约，勠力平贼"，引起范仲淹儿子范纯仁极大不满。范和吕曾是"朋党风波"中的政敌，范因此被贬谪，吕后来也被罢黜，双方两败俱伤。西夏战事爆发，为了一致抵御外侮，范仲淹致信吕夷简求和解，体现了以国事为重的高风亮节和磊落胸怀，赢得朝野一致好评。这事有范仲淹收入文集里的书信为证，欧阳修据实叙写，也有一份对范公的敬重在里边，范纯仁却对"朋党"的罅隙难以释怀，坚持说，我父亲从来没有和吕某人和解过，要求欧阳修修改。遭到欧阳修拒绝后，乃自作主张删去二十字，刻石埋铭。欧阳修为此深长叹息。

韩愈、欧阳修都是当时文魁，能请到他们写碑铭，该是至高荣耀，应一言九鼎、不容置喙才是，却招致或被否定或让修改的命运，陷入极为难堪尴尬的境地。这只能说明碑铭在人们心中实在太重要了。雁过留影，人过留名，活一辈子不就是为了那几个字的评价吗？然而，如果连当世顶级的文豪撰写的碑铭都难令各方满意，生生变成一声悲鸣，一地鸡毛，岂不可悲乎？

其实，这些人为声名所累，活得不明白，刻在石头上固然可以"不朽"，而真正的不朽却是刻在人心上的。古人如此，放诸当今，恐这般糊涂颠顶的人也不在少数。

"元白"的友谊小船

唐代诗人元稹与白居易因友谊深厚闻名于世,故世人以"元白"合称之。白居易长元稹七岁,两人同年登科,同年入仕,又几乎同时被贬,人生经历相似,尤其在诗歌方面同为"新乐府运动"的倡导者,两人建立了一生的情谊。《唐才子传》云:"微之与白乐天最密,虽骨肉未至,爱慕之情,可欺金石,千里神交,若合符契,唱和之多,无逾二公者。"白居易自称:"金石胶漆,未足为喻。死生契阔者三十载,歌诗唱和者九百章,播于人间。""如胶似漆"常用来形容男女之间的绵绵之情,白居易以此来表达朋友之间的深情,可见情殷义笃。

元白之间抒发友情的诗篇有很多,感人至深。如"我今因病魂颠倒,唯梦闲人不梦君"(元稹)、"不知忆我因何事,昨夜三更梦见君"(白居易);"嘉陵江岸驿楼中,江在楼前月在空"(元稹)、"谁料江边怀我夜,正当池畔望君时"（白居易）；"无人会得此时意，一夜独眠西畔廊"（元稹）、"怜君独卧无言语，唯我知君此夜心"（白居易）等。你看这些诗句，梦啊，忆啊，夜不成寐啊，甜腻得像一对恋人。还有更神奇的：元和四年（809年），元稹任监察御史，奉使川南，走了约十天，白居易和弟弟白行简、朋友李杓直到曲江、慈恩寺游玩，晚上到李杓直府上饮酒，席间，白居易念叨：微之该到梁州了。随后赋诗一首《同李十一醉忆元九》："花时同醉破春愁，醉折花枝作酒筹。忽忆故人天际去，计程今日到梁州。"过了十天，白居易收到元稹的信，附诗一首《梁州梦》："梦君同绕曲江头，也向慈恩院院游。亭吏呼人排去马，忽惊身在古梁州。"元稹竟然梦见和白居易、李杓直同游曲江、慈恩寺。天啊，同一天写诗，同一个情境，同一个韵脚，心心相印、心有灵犀到如此程度，真是不可思议，传为千古佳话也是自然而然的事。

然而，元白这只友谊的小船也曾倾覆过。人们对其友谊津津乐道，对其龃龉交恶却讳莫如深。或许是后来两人和好之故；而且，元稹死后，白居易深为怀念，又写祭文，又写墓志铭——那一段不快被后人轻轻掩去。但发生过的事情如同刀砍斧凿，痕迹是无法抹掉的。

元稹与白居易固然是千古知音，契合甚多，但世界上从来没有完全相同的两片树叶，即使同胞兄弟如鲁迅和周作人，一棵蔓上也会结出不同的瓜，何况义兄乎？元稹虽有才子之名，人品却颇为人诟病。对待女人譬如莺莺，"始乱终弃"这个成语就是拜他所赐。对女诗人薛涛、刘采春等皆是狎玩、霸占，即使付有真情，亦如露水。对待同僚，羡慕嫉妒恨，能踩就踩。"鬼才"李贺科考时，因其父名晋肃，元稹作为礼部郎中以"晋""进"同音，应避父讳，剥夺了李贺举进士的资格。诗人张祜的作品被人推荐给皇帝，皇帝找来元稹品评，元稹却说，这诗是雕虫小技，壮夫不为，如果奖赏过分，会坏了陛下的风俗教化。一句话，毁了张祜的前程。元稹勾结宦官当上宰相，惹得朝中大臣鄙视嘲笑，他排挤平叛功臣裴度更是人神共愤。

朋友间互相包容，互相谅解，这是友谊长存的基础；但在大是大非原则问题上，不能含糊，必须坚守良知，坚持立场。白居易正是在这个时候，站了出来，抛去私人情感，站在了正义一边，他为裴度抱屈，给皇上写了一封《论请不用奸臣表》，弹劾元稹。其中有这样的句子："矫诈乱邪，实元稹之过，朝廷俱恶，卿士同冤。""臣素与元稹至交，不欲发明，伏以大臣沉屈，不利于国，方断往日之交，以存国章之政。"这里直称元稹为"奸臣"，大有割袍断义的架势。

元白的友谊小船就此说翻就翻了。千余年之后，我却为此大大点个赞。这样的友谊小船如果不翻，只能说明元白二人狼狈为奸，沆瀣一气，同流合污，因私废公，是只喻于利而不喻于义的小人，这样的友情越厚就越遭人鄙弃。至于结党营私、党同伐异者，更是隳堕国器的禄蠹，危害更甚。孔子说，益者三友，"友直，友谅，友多闻"，正直排在第一位。故此，白居易为"存国章之政"，宁与元稹"断往日之交"，不为私情蒙蔽双眼，不因交厚丧失原则，亲手弄翻了元白的友谊小船，引得朝野一片赞叹。《新唐书》也为之大大点赞，"呜呼，居易其贤哉！"

人们仍神往于元白的深情厚谊。其实，记住二人交恶这段插曲，更有意义。

李白们的样貌

每当吟诵那些脍炙人口的唐诗名篇，都会如饮醇醪、齿颊生香，产生美的愉悦。有时不免生出如钱锺书所言吃了鸡蛋还想知道鸡啥模样的好奇，这些锦心绣口、辞藻华赡的诗人，是否"文如其人"，与他们的文字一样美呢？然而，欲知晓诗人们的样貌并非易事，古代的正史似乎并不注重于此，大多付之阙如，一些野史、笔记杂记稍好些，偶有涉及，也惜墨如金，寥寥几笔，点到为止。饶是如此，也总算让我们对一些诗人的美丑妍媸有个大致印象，聊胜于无。

李白是唐诗的头牌，有"诗仙"的美誉。这个名号源自贺知章。《旧唐书》载："初，贺知章见白，赏之曰：'此天上谪仙人也。'"虽然没有直接写李白的容貌，但贺知章见了李白之后，称其是仙人下凡，不仅是夸诗，也在夸人，当是李白潇洒飘逸，气度不凡。《太平广记》在记载这事时，加了个"奇其姿"，接近写貌，但依然模糊，因为长得特别都会令人

"奇"，不说明丑俊。李白在《与韩荆州书》一文中自谓："虽长不满七尺，而心雄万夫。"七尺相当于今天多少姑且不论，至少是当时男子标准身高，由此可知，李白身材略矮。杜甫是李白的小迷弟，写李白的诗有十来首，但都没有写到外貌。倒是李白另一个铁粉魏颢（魏万）在《李翰林集序》中描述了李白的模样："眸子炯然，哆如饿虎，或时束带，风流蕴藉。"李白的眼睛很亮，炯炯有神，嘴巴较大，张开口就像一只猛虎，有时正冠束上衣带，风流倜傥，飘逸不群。魏颢崇拜李白，二人多有交往，李白曾将诗文托付于他编集，故有这篇序文。所以，魏颢的描写是可信的。李白尚武，自述"十五学剑术"，故有虎气。文中还有一句"身既生蜀，则江山英秀"，这是侧写，有钟灵毓秀、人俊境美之意。

王维，与李白同岁，出道早，名副其实的青年才俊。《集异记》记载，王维不满二十岁就有文名了，而且精通音律，弹得一手好琵琶，深得岐王眷重。一次，岐王带王维去见玉真公主，让他穿上锦绣衣服，光鲜绮丽，出现在公主面前："维妙年洁白，风姿都美，立于前行。"妙年，青春年少；洁白，哈，肤色纯净白皙；风姿都美，"都"音督，美好之意，如《史记》写司马相如"雍容闲雅甚都"。——一表人才，帅呆了。"公主顾之"，不由得多看了你一眼，因为你拥有绝世的容颜。王维赢得了公主的好感，用琵琶演奏了一曲《郁轮袍》，又献出诗作给公主过目。公主大奇之，芳心大悦，遂将本来定好的"解头"第一名改换给了王维,给他日后考取状元铺平了道路。没办法啊,谁让小伙儿长得好又有才呢。才貌双全,谁都喜欢,男女通用。

温庭筠,花间词派鼻祖,与李商隐齐名,世称温李。"鸡声茅店月,人迹板桥霜。""梳洗罢,独倚望江楼。过尽千帆皆不是,斜晖脉脉水悠悠。""小山重叠金明灭,鬓云欲度香腮雪。"这些词采秾丽、感情婉约的句子即出自温庭筠笔下。温才思敏捷,叉手八次可成八韵,人称"温八叉"。且多才多艺,鼓琴吹笛、填词绘画无所不精。可惜,此人不是翩翩美少年,生就一副难为情的脸,绰号"温钟馗"。钟馗者,传说捉鬼之丑神也。新旧唐书都没写温庭筠貌丑,只说他不修边幅,很邋遢。《唐才子传》记他有一次在妓院喝醉酒胡闹,被巡逻的士兵打掉了牙齿,"无齿(耻)"之徒定然破相了。五代孙光宪《北梦琐言》写道:"温庭筠号'温钟馗',不称才名也。"为证实其丑,还讲了他孙子温颐的故事。温颐克绍其裘,也会绘画,一次游至临邛,拿着画想谒见州牧大人,求个官做,却遭拒,原因很奇葩,因为他"貌陋",长得太像爷爷了。这世上有坑爹的,也有坑孙的。但我觉得,温庭筠殃及孙子的关键不是貌丑,而是"薄行无检幅",劣迹太多,名声太臭。宣宗皇帝给他的评语是:"孔门以德行为先,文章为末。尔既德行无取,文章何以补焉?"温庭筠最终流落而死,下场凄惨,也是源于此。

"诗鬼"李贺也长得较丑。李商隐作《李长吉小传》描写了他的相貌:"细瘦,通眉,长指爪。"他自述:"巨鼻宜山褐,庞眉入苦吟。"一个纤细瘦弱的男人,长着一副粗大连通的眉毛,一个巨大的鼻子,指爪长长,这模样是够怪异的。写出"采得百花成蜜后,为谁辛苦为谁甜""今朝有酒今朝醉,明日愁来明日愁"等名句的晚唐诗人罗隐,因为貌丑而坏了一桩美姻缘。他将诗作投给宰相郑畋,郑畋有一个女儿极漂亮,看了罗隐的作品后,顿起爱慕之心,且心驰神往。有一天,罗隐登门拜谒宰相,此女从帘后偷窥,"见迂寝之状",又迂腐又难看,不禁大失所望,从此再也不读罗隐诗了。(《唐才子传》)

此外,韩愈"肥而寡髯"(《梦溪笔谈》),李商隐"少俊"(《旧唐书》),杜牧"美姿容"(《唐才子传》),等等,古书略有所记。尽管这些记载不少出自野史笔记,其真实性不好说,且姑妄听之,也算有趣。

爱美之心人皆有之,作为创造美的诗人更是如此。然而,才貌双全固然人人所愿,有才无貌的人也同样拥有创造美的资格。史书极少写人的样貌,可见外貌无关宏旨,相较才貌俱佳,德才兼备才是更为重要的。

欧阳修遭谤

宋庆历五年七月,一盆污水从天而降泼向欧阳修。那时他刚任河北路都转运按察使不久,正欲大展宏图,被这突如其来的袭击弄得晕头转向。这就是历史上有名的"盗甥案"。"盗甥",即和外甥女偷情,这可是天大的丑闻,一时朝野震动,众声鼎沸。

事情是这样的。欧阳修幼年丧父,只有一个胞妹。妹夫张龟正病故后,妹妹带着七岁女儿投奔哥哥欧阳修一起生活。这个外甥女张氏是妹夫前妻所生,年近及笄,欧阳修将她嫁给了族侄欧阳晟。两家有千里之隔,之后几年并无过从。然而,张氏闺门不谨,和家中男仆私通。事情败露后,欧阳晟一怒之下,将二人告发于开封府。这原本是一件普通的男女奸情案,顶多成为俗众茶余饭后的谈资而已,不料这张氏却扔出了一个巨型炸弹,自爆和舅舅欧阳修有私情。宋人王铚《默记》记述:"张惧罪,且图自解免,其语皆引公未嫁时事,词多丑异。"张氏为何节外生枝,扯出了欧阳修?如果依王铚所说,张氏害怕,企图自我解免,恐说不通,通奸本有罪,而又供出一个"乱伦"新料,岂不是罪加一等?《续资治通鉴》则称,开封知府杨日严与欧阳修有宿怨,他任益州知州时曾因贪腐被欧阳修弹劾,故怀恨在心,此番恰欧阳修外甥女犯事,看到了报复的机会,"因使狱吏附致其言以及修"。这样,一起轰动的"盗甥案"就此出炉。

不论古今,男女之事从来都是坊间的热点,如有政敌更是好似打了鸡血,将其化为攻讦对手的利器。在当朝宰相的授意下,谏官钱明逸正式弹劾欧阳修"盗甥",并将欧阳修的一首词《望江南》作为证据:"江南柳,叶小未成阴。人为丝轻那忍折,莺嫌枝嫩不胜吟。留著待春深。十四五,闲抱琵琶寻。阶上簸钱阶下走,恁时相见早留心。何况到如今。"人证、诗证俱在,真是黄泥巴掉到裤裆里,不是屎也是屎了,欧阳修百口莫辩,众人将信将疑。

朝廷命户部判官苏安世、宦官王昭明介入此案。苏安世为宰相的直接下属,王昭明作为太监曾被欧阳修不屑、耻于同行,有过一节"梗",这两人勘理此案,似乎欧阳修在劫难逃。所幸王昭明是个正人君子,不管以前欧阳修怎样待他,都要秉持公心,主持公道。审理结果,"盗甥案"查无实证,并不成立。最后只以欧阳修贪占张氏财产结案。欧阳修被罢都转运按察使,贬为滁州知州。

这一年，欧阳修三十八岁。其《滁州谢上表》一文陈述了事情的原委，"谤""诬""冤枉"等字眼裹藏着满腔怒气。虽已尘埃落定，却对欧阳修的心灵伤害深重。名篇《醉翁亭记》写于滁州任上，正值盛年却以"翁"自称，"苍颜白发，颓然乎其间"，其沧桑心境由此可见。

谁能想到，二十二年后，又一盆污水再度泼向六十岁的欧阳修，这次更加恶毒，称为"盗媳案"，即与儿媳私通。此事《宋史·欧阳修传》简略提及，《皇宋通鉴长编纪事本末》记述稍详，欧阳修妻子的堂弟薛宗儒（良孺），因没有得到欧阳修帮助被罢官，心生怨恨，就造谣说欧阳修和大儿媳吴氏不清白。神宗皇帝闻知大怒，竟欲破宋朝不诛杀大臣的规矩对欧阳修起了杀心（"上初欲诛修"）。是啊，这种事如欧阳修奏章所言，"乃是禽兽不为之丑行，天地不容之大恶"，真是该杀！神宗皇帝进行了秘密调查，调查结果居然是"风闻"！古代有"风闻言事"的制度，即可据传闻举报官员，但并非可以毫无根据对官员予以诬陷，所以，当事官员受到了处分（降黜）。神宗皇帝下诏对欧阳修予以安抚，公开为之洗白。

这两件事并非谜案，史书都确凿无疑称之为"诬谤"。《宋史》云："修以风节自持，既数被污蔑。"那么，不禁要问，这种秽闻为何发生在欧阳修身上？

其一，毋庸讳言，在宋代，欧阳修是与苏轼齐名的大文豪，同时也是一名风流才子。一生写过不少轻柔妩媚的小词，自许"曾是洛阳花下客",留下"人生自是有情痴,此恨不关风与月""月上柳梢头,人约黄昏后"等名句,也留下与歌伎绸缪交往的风流韵事。《论语》谓:"大德不逾闲,小德出入可也。"欧阳修的闲情逸事无损于他的大德,尤其是在那个时代,但作为官员,篱笆不严却给了犬儿出入的罅隙。

其二,欧阳修的刚猛个性给朋党之争火上浇油。《宋史》言"修平生与人尽言无所隐",是非分明,不藏着掖着,"天资刚劲,见义勇为,虽机阱在前,触发之不顾",所以"怨诽益众",得罪了不少人。欧阳修写有《朋党论》,怒斥那些以利为朋的小人,使得政敌不惜罗织罪名,附会构陷,使出下三烂手段,先泼你一盆污水弄臭了你的名声再说。

凡事有因必有果,有果必有因,千载之后仍颇堪玩味。在这个世界上,总有些躲在湫隘阴沟的鼠辈,无中生有,做事毫无底线,令人不齿,其结果犹如迎风唾溺欲污人反而污己;也总有些人站在阳光下,大大喇喇,却不护细行,露出软肋,尽管人无完人,但古语说得好,"轻忽小物,积害毁大,故君子慎其微",需在小处小心。

先生之风

大凡一个人的成功，固然离不开天分、勤奋、机遇等多种因素的聚合，但能否遇名师高手的点拨、栽培也是相当的关键。韩愈的《马说》讲得透彻，如果遇不到伯乐，再好的马也得辱没于无知者之手，甚至死于槽枥之间，哪里还有什么千里马啊。另外，有句俗话叫作，是金子总要发光的。可是，设若这块金子一直埋在地下，不被人发现，它发哪门子光？跟土坷垃没什么两样。

宋代大文豪苏东坡是位不世出的大才子，幸运之神也垂爱光顾于他，出道之初即得遇当时文坛盟主欧阳修的青睐提携。苏东坡第一次参加科考，主考官是欧阳修。欧阳修在阅卷的时候，发现一篇《刑赏忠厚之至论》写得雄辩无碍，才气淋漓，不觉击节赞赏，便拟擢为第一，又觉文笔颇似门生曾巩，因卷子是糊名的，为避嫌，最终将此卷定为第二。待到揭榜时方知，此卷考生为苏轼，不觉有些后悔。古代科举考试规矩，及第者和主考官形成师生关系，前者称后者为恩师。苏轼给欧阳修写了一封信道谢，欧阳修看后，有些激动，那是伯乐发现千里马的激动，是有感于"雏凤清于老凤声"的激动，那是"芳林新叶催陈叶，流水前波让后波"的激动。他给老友梅尧臣写信谓："读轼书，不觉汗出，快哉快哉！老夫当避路，放他出一头地也。"

从此汉语词库里多了一个成语"出人头地"。从此苏轼一如新星闪耀夜空。

《宋史》评价欧阳修"超然独骛，众莫能及，故天下翕然师尊之"，当之无愧的文坛领袖。又云："奖引后进，如恐不及，赏识之下，率为闻人。曾巩、王安石、苏洵、洵子轼辙，布衣屏处，未为人知，修即游其声誉，谓必显于世。"你看，这里说得多明白，如果谁被欧阳修慧眼瞧上，旋即名满天下，不想大火都难；苏氏父子三人当时都是布衣百姓，尚锥处囊中，欧阳大人千方百计鼓吹宣传，使其脱颖而出。并预言苏轼"他日文章必独步天下"。啧啧，欧阳修胸襟何其宽阔也，苏东坡何其幸运也！

小欧阳修三十岁的苏东坡，日后不仅接过了文坛盟主的大旗，更是继承了恩师奖掖后进晚辈的美德衣钵，续写了"放他出一头地"的佳话。苏东坡门下人才济济，最有名的人称"苏门四学士"，即黄庭坚、秦观、晁补之、张耒。苏东坡尝谓："如黄庭坚鲁直、晁补之无咎、秦观太虚、张耒文潜之流，皆世未之知，而轼独先知之。"（《答李昭玘书》）伯乐之誉，是因其独具只眼，发现并调教出千里马，世人未知，而你"独先知"。这是名副其实的"栽培"，而绝非有人本已小成为博出位而投靠名门，老师也乐得坐享其成，笑纳桃李芬芳的美誉了。经过苏东坡揄扬扶持，"苏门四学士"名扬四海。有名句"桃李春风一杯酒，江湖夜雨十年灯"的黄庭坚甚至与苏轼齐名，并称"苏黄"；有名句"两情若是久长时，又岂在朝朝暮暮"的秦观成为宋词重镇。值得一提的是，女词人李清照的父亲李格非，也是苏轼门生，为"苏门后四学士"之一。

欧阳修逝后二十年，苏东坡以龙图阁学士出知颍州，一日拜访先生旧居，往事历历，情燃炽炽，这个白发苍颜的老人，不禁"垂涕失声"。不过，他可以毫无愧色地告慰老师了："颍人思公，曰此门生。虽无以报，不辱其门。"

欧阳修、苏东坡，两代文坛大师，光风霁月，联袂接力，共同创造了北宋文学群峰并起、千壑竞秀的锦绣图景。

这种前辈扶掖后进的美德不独为古人专美，现代也有活生生的感人范例。在20世纪30年代的中国文坛，鲁迅先生是无可置疑的文坛旗手，对培养青年作家也是不遗余力，倾其所有。他说过，对于青年人，老一辈应该"让开道，催促着，奖励着，让他们走去"，如果"杀了'现在'，也便杀了'将来'"。鲁迅的"让开道"和欧阳修的"当避路"，何其相似乃尔。鲁迅身边环绕着大批青年作家，接受先生的教诲和指点。鲁迅的葬礼上，有十六位抬棺人，如胡风、巴金、陈白尘、聂绀弩、欧阳山、张天翼等，皆是这样的青年才俊，萧军亦即其中之一。1934年，萧军、萧红从东北来到上海，在人生迷茫、生计无着的时候，向鲁迅写信求助。鲁迅抱病设宴招待了这对名不见经传的青年，还借了些钱，帮助他们在上海安顿下来。以后的岁月里，鲁迅成为"二萧"的人生旗帜、文学导师和精神父亲。对萧军的小说《八月的乡村》和萧红的《生死场》，鲁迅亲自修改、写序，并自掏腰包将二书纳入"奴隶丛书"出版，由此奠定了二人在文学史上的地位。可以说，如果没有鲁迅，"二萧"的人生或许就得改写。所以，二人和鲁迅的感情极深。1936年10月鲁迅去世时，萧红远在日本，萧军闻讯赶来，"顾不了屋里还有什么人，我跪倒下来，双手抚着他那瘦得如柴的双腿，竟放声痛哭起来"。萧军自谓"鲁门弟子"，晚年他深情地说："鲁迅先生，是我平生唯一钟爱的人，一直到我死的那一天，我都钟爱他。"

能得遇世之顶级大师的扶持，那当然是绝对的顶级幸运。但也并非顶级大师都有顶级的胸怀，嫉贤妒能、阴暗狭隘者也不乏其人。唐代甚至出了"以诗杀人"的恶例。初唐诗人宋之问，七言律诗的奠基人之一，有脍炙人口的名句"近乡情更怯，不敢问来人"。按说其外甥刘希夷有这么个舅舅，有"近水楼台"之便，可偏偏遇人不淑，幸运变成厄运。《唐才子传》载，刘希夷写出"年年岁岁花相似，岁岁年年人不同"

的佳句，尚未公之于世，宋垂涎，欲窃为己有，刘不肯，宋竟令家奴以土囊将刘压死。人性之恶，以至于此。俗语有云：教会徒弟饿死师傅。又云：长江后浪推前浪，前浪拍在沙滩上。先进对于后进，若倾囊相授，即使没有冻馁之虞，也有被人超越之忧。这种小算盘在心里打得噼里啪啦响，也不算奇怪。故此，韩愈说，千里马常有，而伯乐不常有。

"云山苍苍，江水泱泱，先生之风，山高水长。"这是北宋范仲淹赞扬东汉严子陵的句子。欧阳修、苏东坡、鲁迅虽非隐士，却都是这样深具高风峻节的先生，如冰轮涌出，朝暾东升，大地一片辉明。中华文明正因为有这样的先生，才赓续不绝，薪火相传。"放他出一头地也"，随着那声掀髯而笑的爽朗与豁达，于是，我们仿佛看到，无数匹骏马从那开门处奔涌而出，四蹄腾空，昂首嘶鸣，向着远方飞驰。

苏 轼 六 题

苏轼苏老师

一天夜晚，在苏轼寓所，他与黄庭坚、张耒和晁补之几个弟子闲坐聊天。苏轼忽然说起，他在黄州的时候，某日大醉，写了一首《黄泥坂词》，稿子被孩儿们收藏了，可醒后再也找不见了。众弟子一听，眼里放光，急于一睹为快，赶紧说道，这好办啊，反正是在家里，还能长了翅膀飞了去？我们替你找。于是，三人一番翻箱倒柜，仔细搜索，嘿，居然真给找到了。展开来一瞧，大家都有点傻眼，简直是天书啊，老师醉中写的字有一半连他自己都认不得，按照意思逐字寻究辨认，终于全乎了。张耒喜不自胜，心思一转，抄录一份留给苏轼，将原稿径自拿走了。

这事苏轼记在《书黄泥坂词后》一文里。黄庭坚、张耒和晁补之加上不在场的秦观，皆为苏轼门生，人称"苏门四学士"。我在《苏东坡全集》中读到此文后，旁批俩字：有趣！这是啥师生关系啊，老师不像老师，学生不像学生，在老师家里翻箱倒柜也罢了，找到稿子后，居然将原件据为己有，留给老师"复印件"，老师也不以为忤。啧啧，难得一见也。

古代儒家特别讲究"师道尊严"，"尊严而惮，可以为师"（荀子）。当老师的，学生怕你，才有尊严啊，嬉皮笑脸的怎么可以？师生关系似乎应该是这样的："为师有道，其礼严，其道严，圆冠方领，摄衣危坐，望之俨然。学者擎跽磬折，拱手列侍，礼之严也。"（李复）老师正襟危坐，不苟言笑，学生跪地伏拜，毕恭毕敬。

苏轼老师不喜欢这样。一次他给初识不久的黄庭坚回信说，收到你的信很开心，你太过谦恭，似乎对我有些畏惧，这又何必呢？其实我也正想和你交朋友啊。苏轼天性自由洒脱，诙谐有趣，他讨厌世俗的装腔作势，一本正经，而喜欢心灵的契合、生命的活泼、交往的快乐。对朋友对弟子都是如此。苏轼这封信，像水壶放到了火炉上，融化了黄庭坚心里拘谨踧踖的冰块，两人热络起来，以至后来没大没小，常以斗嘴互嘲为乐。苏黄二人都是书法大家，某次，苏轼说："鲁直近字虽清劲，而笔势有时太瘦，几如树梢挂蛇。"黄庭坚"回击"道："公之字固不敢轻议，然间觉褊浅，亦甚似石压蛤蟆。""二公大笑，以为深中其病。"（《独醒杂志》）一个说，你的字太瘦了，像"树梢挂蛇"，一个说，你的字太褊浅，像"石压蛤蟆",互相指谬,既生动形象,又切中肯綮,戏谑调侃间,各自补益。

学生抢走老师文稿,老师呢,对学生也不客气,该下手时则下手,苏轼《记夺鲁直墨》一文记述了他从黄庭坚手里夺墨的事。元祐四年(1089年)春,黄庭坚拜访苏轼,此时他的书法已卓然成名,经常有人求字,所以他也就随身携带一个古锦囊,里边装着些精纸妙墨。见面之后,苏轼不由分说就将手探向了那个锦囊,承晏墨得手。"承晏墨"为南唐墨工李承晏所制,自宋以来被推为第一名墨,故黄庭坚很是珍惜,舍不得相送,苏轼"遂夺之"。呵呵,一个"夺"字,苏轼顽皮"无赖"相跃然纸上,这苏老师太好玩了呀。

苏老师还拿学生的相貌开玩笑。一次,秦观和一干人在东坡家中闲坐,有人调侃他胡子多。秦观捋着胡子说,君子多乎(胡)哉,苏轼笑言,小人樊(繁)须也(《邵氏闻见后录》),两人都巧用了《论语》中的句子。可以想见,当时一定是哄堂大笑,举座皆欢。师生间调笑也这么高级,充满谐趣,饱含学问,雅意氤氲,真是令人神往。

苏老师是可爱的,更是可敬的,他对学生的培养指导、推扬汲引从来都是不遗余力。古代中国,文化的传播主要有家学和师承两种方式,书香门第、家学渊源和师出名门都为世人所看重。黄庭坚说:"天下之学,要之有所宗师,然后可臻微入妙。"不然就是"野狐禅"。苏轼就曾是欧阳修的得意门生,之后他又接过了文坛盟主的大旗。所以，尽管黄庭坚只比苏轼小八岁，也要拜其门下，成为苏门高足。苏轼在出任翰林学士之前，推荐黄庭坚自代，评价他："孝友之行，追配古人；瑰玮之文，妙绝当世。"一再延誉称扬，黄庭坚由此声名大噪。黄庭坚的孝行后来被编入"二十四孝"之"涤亲溺器"，成为国人道德楷模。苏轼对另外几个门生秦观、张耒、晁补之等皆有揄扬、汲引或赒济之恩。

苏轼没有架子，学生也不怕他，但越这样，学生内心却越崇拜他，尊敬他。黄庭坚后来名闻天下，世人以"苏黄"并称，有人拿这个问他，他"离席惊避曰：'庭坚望东坡，门弟子耳，安敢失其序哉！'"黄庭坚晚年乞人画了一幅苏轼像挂在室内，每天做早课，穿戴整齐，焚香揖拜，执礼甚恭。在学生心中苏轼就是"仙人"，"东坡仙人，岷峨异禀"（李之仪），苏轼遂有"坡仙"的名号。

史上除了"苏门四学士"，还有"苏门六君子""苏门后四学士"之说，其中就包括李清照的父亲李格非。与他没有师生名分的受惠者、追随者、仰慕者更是不计其数，犹如瓜瓞绵绵，至今昌炽。苏老师的文采风流和人格魅力，如水润沃野，沾溉千里；如春风吹拂，绿满神州。

军人苏轼

人人皆知苏轼是个文人,一生既没当过兵,又没打过仗,给他戴一顶"军帽",难免会令人错愕惊诧。然而,在下并非故作惊人之语,博人眼球,可瞧瞧苏轼的履历:当过兵部尚书,相当于国防部长;还当过河北西路安抚使兼马步军都总管,也就是军区司令;即便苏轼被贬黄州时,任团练副使,虽是虚衔,但也是军职,相当于武装部副部长。故此,唤一声"军人苏轼",倒也并不算穿凿牵强。

古人云:"国之大事,在祀与戎。"(《左传》)与祭祀和军事相比,吟诗作文恐怕要"稍逊风骚"了。自古而来,有几多文人对搁管操觚是心有不甘的,而披坚执锐,征战沙场,方不负一腔怀抱。譬如盛唐之时,大诗人李白云:"愿将腰下剑,直为斩楼兰。"杨炯云:"宁为百夫长,胜作一书生。"岑参云:"功名只向马上取,真是英雄一丈夫。"南宋词人辛弃疾,虎背熊腰,膂力过人,是活生生的一员虎将。只率五十骑闯入五万人的金营,生擒敌帅;单枪匹马追击叛徒,手起刀落,让其脑袋搬家。他一生都萦绕在"梦回吹角连营",写词只是"余事"。苏轼虽然没有辛弃疾那般传奇经历,但受父亲苏洵的影响,自幼喜读兵书,"旧读兵书气已振""才高应自敌三军"(苏辙语),一颗军人的魂魄早已贯注于他的血肉躯壳了。

元祐七年（1092年）九月，苏轼被任命为兵部尚书兼侍读，并被赐予衣服一套，金带一条，鱼袋一个，配有金镀银鞍的好马一匹。他按规矩上了谢表《谢除兵部尚书赐对衣金带马状二首》，这里"除"即授予之意。实际上，宋朝的兵部尚书几乎是一个虚职，并无兵权，最高的军事机构是枢密院。苏轼的兵部尚书只当了两三个月，就改任端明殿学士兼翰林侍读学士守礼部尚书了。但朝廷水太深，党争激烈，暗流涌动，苏轼真心想外放做官，他在给皇上的札子中提出去"一重难边郡"，"臣非敢自谓知兵，若朝廷有开边伐国之谋，求深入敢战之帅，则非臣所能办。若欲保境安民，宣布威信，使吏士用命，无所失亡，则承乏之际，犹可备数"。这话说得实在，既自谦又自负。

次年十月，苏轼出知定州。定州和苏轼以前任职的湖州、徐州、杭州等地大不相同，正所谓"重难边郡"，北与辽毗邻相望。所以，苏轼不单是地方官，还是河北西路安抚使兼马步军都总管，身负军事重任，也因此，文人苏轼一展身手，焕发了"军人"的夺目光彩。

定州有一座古塔，名开元寺塔，俗称定州塔。我两次去定州，皆一睹塔的巍峨高峻，由于皆在新冠疫情期间，无缘登临。塔高八十四米，近三十层楼高，建于北宋仁宗时期。塔建得如此高，据说就是有军事观察的意图，故又叫"料敌塔"。苏轼是否登过此塔，他自己没有留下文字记录，但他的好友张舜民留下了旁证："绝顶西南面塔身有东坡题字……来者不可不一到绝顶也。"我想，作为本地最高军政首长，苏轼登塔"料敌"应该是再正常不过的举动。

宋辽之间自签订了澶渊之盟，百余年安享和平，边境几无战事。按说这是好事，苏轼到任定州，却发现军情军状实在是糟糕透顶。军纪松弛，将骄兵惰，饮酒赌博成风，军官勒索敛取，坐放债务，兵营破败，不庇风雨，士兵穷困不堪，家属衣不蔽体，犯法者逃亡者屡见不鲜……如此这般，一旦辽军寇边犯境，必一战即溃。面对极限挑战，苏轼祭出治军铁腕。他派幕僚深入调查，摸清底数，首先惩治拘捕了几个胡作非为的军官，比如云翼指挥使孙贵，在营中仅四个月就敛财掠夺竟达十一次之多，赃款九十八贯八百文，被苏轼一声令下，戴上了木枷，送司理院治罪。经过一番整军肃纪，又修葺了军营，颓风渐止，气象一新。对此，苏轼在给朋友的信中忍不住流露出小小的得意。

转年春，苏轼决定来一次阅兵，检验勘治成果。苏帅身着常服端坐营帐中，官兵们一律戎装，盔明甲亮，来往听令奔走，秩序井然，隆重而热烈。然而，副总管王光祖却缺席了。老王是主持军务的老军头，骄悍傲慢，倚老卖老，不将苏轼这个文官"一把手"放在眼里，故意称病不出。苏轼大怒，当众唤来秘书，欲上奏朝廷，予以弹劾。老王闻讯震恐，喔喝，你老苏还来真的呀，立马乖乖到场听命，阅兵圆满完成。连一向牛气哄哄的老军头都服了软，从此，苏司令的话谁敢不听？

为增强边境的军事力量，苏轼建议朝廷重建弓箭社，为此两次上书。弓箭社是当地农民自发的民兵组织，"带弓而锄，佩剑而樵"，灵活机动，颇具战力，令敌军和强盗都十分忌惮畏惧。苏轼详细制定了组织形式、头目选拔、内部赏罚、待遇训练等条目，只可惜朝廷忙于争权夺势，未予理会。

苏轼能当兵部尚书，戍边领军，实非偶然，他有大量的兵论并数次上书献策，形成了自己的军事思想。他洞察到宋朝崇文抑武的弊端，提倡"使士大夫尊尚武勇，讲习兵法""使平民皆习于兵"。还有一点非常重要，苏轼身怀绝技，拥有相当高超的射术，自言官箭十二把可以射中十一把。所以，密州打猎时留下的名句"会挽雕弓如满月，西北望，射天狼"，绝非空口说大话。军人的刚健气质，给苏轼恢宏豪放的词风打上了坚实的底色。

苏轼的酒事

鄙人不喜酒也不善酒，天生如此，年轻时有人说酒量练练就见长了，可是练到老也没练出来。每当在饭局喝酒推三阻四时，李白总是被人用来当作劝酒的利器：不是说李白斗酒诗百篇吗？文人哪有喝酒不行的？这话有些没道理，李白是诗仙，也是酒仙，他喝酒的确厉害，自称"百年三万六千日，一日须倾三百杯",杜甫把他列为"饮中八仙":"李白斗酒诗百篇,长安市上酒家眠。天子呼来不上船,自称臣是酒中仙。"然而,李白是李白,史上一人而已,李白嗜酒,未必天下文人都豪饮。

比如宋代大文豪苏轼,虽也被称为"坡仙",却是喜酒而不善酒。他有李白的皮,却无李白的瓤。表面看来,两人皆贪杯且豪放,字里行间酒气冲天,但倘若叫两人当场斗酒比拼,那苏轼必定败下阵来,甘拜下风。对于喝酒,苏轼有个自我认知:"予饮酒终日,不过五合,天下之不能饮,无在予下者。然喜人饮酒,见客举杯徐引,则予胸中为之浩浩焉,落落焉,酣适之味,乃过于客。闲居未尝一日无客,客至,未尝不置酒。天下之好饮,亦无在予下者。"(《书东皋子传后》)他是说,我天天喝酒,也不过五合,天下没有比我不能喝的人了。然而我喜欢看别人喝,见客人举杯慢酌,我的心中就无比舒坦,那滋味比客人都酣适。凡有客来,必定以酒相待,这么说来,天下没有比我更好酒的人了。他给朋友程正辅的信中谓:"老兄近日酒量如何?弟终日把盏,积计不过五银盏尔。"在《饮酒说》一文中又说:"予虽饮酒不多,然而日欲把盏为乐,殆不可一日无此君。"酒量不大,但手里握着酒杯就感到舒心畅意。总之,苏轼对于酒是"好饮"而"不能饮"。一次与弟弟苏辙相聚,苏轼喝了半盏就大醉,字也写不成了。一般来讲,不善酒的人也不喜酒,如我,像苏轼如此

"分裂"之人，还真是不多见。

喜酒好饮也就罢了，苏轼还自己酿酒，林语堂称他为"造酒试验家"。当然，苏轼酿酒也并非多么了不起的事情，宋朝官酒价格偏高，家庭自酿也很常见，尤其是苏轼这般好客之人，酒杯天天不空，而且经常遭贬囊中羞涩，不自酿咋整？中山松醪酒、蜜酒、桂酒、真一酒等走哪酿哪儿。《中山松醪赋》《东坡酒经》《蜜酒法》等文，都是写他酿酒的过程与感受，如何制曲、用米、加水、火候等，不厌其详。苏轼是一个热爱生活的人，做菜是一绝，留下"东坡肉""东坡羹""东坡鱼"等传世名菜。那么，他的酿酒水平如何呢？他曾坦承手艺"疏谬"，做的酒"苦硬不可向口"，但只要能醉人就行了，味道佳不佳的没必要过多计较了。（《饮酒说》）宋朝词人叶梦得的《避暑录话》也有载："苏子瞻在黄州作蜜酒，不甚佳，饮者辄暴下，蜜水腐败者尔。尝一试之，后不复作。在惠州作桂酒，尝问其二子迈、过，云亦一试之而止，大抵气味似屠苏酒。"意思是，他在黄州做的蜜酒不怎么样，喝的人都跑肚拉稀，可能是蜜水坏了。在惠州做的桂酒，他的儿子苏迈、苏过都不敢多喝，浅尝辄止，因气味像药酒。叶梦得的母亲是苏门四学士之一晁补之的妹妹，所以这段记述当是实情，要不林语堂咋称东坡先生为"造酒实验家"呢。

苏轼喜欢喝酒，尤喜醉酒的感觉，此是为何？他尝云："吾酒后乘兴作数十字，觉酒气拂拂，从十指出也。"又云：

"俯仰各有态，得酒诗自成。""不如眼前一醉是非忧乐都两忘。"他把酒称为"钓诗钩""扫愁帚"。原来，酒在他这里是激发灵感、忘却忧愁的妙物。酒酣胸胆尚开张，在亢奋中激情腾跃，文思汩汩，状态奇佳，进入物我两忘、浑然天成之境，苏轼诸多佳作都是这样写成的。如最有名的《水调歌头·明月几时有》前有几句小序交代："丙辰中秋，欢饮达旦，大醉，作此篇，兼怀子由。"另一首名词《临江仙·夜饮东坡醒复醉》头两句："夜饮东坡醒复醉，归来仿佛三更。"《江城子·梦中了了醉中醒》："梦中了了醉中醒。只渊明，是前生。"不仅仅如此，喝酒也带来了许多尘俗的快乐。一天夜里，苏轼被大雪困在驿站，正感寂寞无聊，见有一生客冒雪自北方来，便呼来对饮至醉，等次日早晨客人离去，"竟不知其谁"。还有一次更奇：某夜时已三更，家人都已睡了，月色如霜，忽有邓道士叩门，身后跟着一个身材高大之人，身穿桄榔叶，手提一坛酒，风神英发犹如仙人吕洞宾，对他说："您想尝尝真一酒吗？"三人遂走到合江楼下就座，各饮数杯，击节高歌，风振水涌，大鱼纷纷跃出水面。这酒喝到这分上，不只是尘世之乐，恍然已入神仙一般的境界了。

　　如果以苏轼诗词中的"酒"字做飞花令，必是花飞处处，酒香四溢。我虽不喜酒，看繁忙的酒词在眼前飞舞，也不免陶陶然，醺醺然。——"几时归去，作个闲人。对一张琴，一壶酒，一溪云"，这般旷达适意，悠然自得，一吟之下，醉了。

顽皮莫过苏东坡

假如搞一个"我最喜欢的古代文人"票选,我想,宋代的苏轼折桂夺魁大抵没啥悬念。诗人余光中曾说,如果要找一位古人做游伴,他不会找李白,李白太狂傲,不负责任;也不会找杜甫,老杜太严肃,苦哈哈的;一定会找苏东坡,他是一个能让一切变得有趣的人。有趣,便是历代苏粉除膜拜他无与伦比的艺术才华之外,喜欢他的一个主要理由。他不端,不装,水流花放,一脉本真,谐趣横生,爱开玩笑,有几分顽皮,还有几分嘎咕,他像是生活在我们身边的古人,与他有趣的灵魂相遇,不由得会心一笑。

俗话说,有比较才有鉴别。北宋程颐,与苏轼同朝为官,年龄相仿,但二人龃龉扞格,性情形如霄壤,是有趣无趣的两个活样本。程颐在历史上是一个了不起的大人物,程朱理学的创立者,"程门立雪"的故事就发生他身上。然而,程颐此人古板,迂腐,极端无趣。他曾为帝师,每次入殿给小皇帝宋哲宗讲书,"色甚庄,继以讽谏,上畏之"(《邵氏闻见录》),板着脸,动不动讽谏,弄得小皇帝很怕他。有一个春日,讲完书移步殿外小亭中饮茶,哲宗童心萌发,起身折下一柳枝,程颐立马劝谏:"方春万物生荣,不可无辜摧折。"哲宗"色不平,因掷弃之"(陈继儒《读书镜》)。你瞧扫兴不?多大点的事啊,难怪小皇帝很生气,一下子把柳枝扔到地上,这个"掷"字不是一般的扔,是带有怒气的。想想,谁会喜欢这样的人?小皇帝不喜欢,苏轼更不喜欢。宋朝党争厉害,苏轼和程颐虽说同属"旧党"阵营,但一个是蜀党,一个是洛党,互相看不顺眼。苏轼视程颐为冬烘先生,程颐看苏轼轻薄浮滑。司马光亡故,恰逢群臣参加朝廷一个吉庆大典,结束后大家都欲赶赴司马府上吊唁。程颐却力阻,说《论语》有句话叫"是日哭则不歌",大家刚才有说有笑,转脸去吊丧,这算什么样子嘛。有人跟他较这个劲,孔子是说"哭则不歌",却没说"歌则不哭"啊。苏轼在一旁补了一句"你这是鏖糟陂叔孙通制的礼吧!"鏖糟陂是京师开封郊区的一个小地方,叔孙通是汉朝礼仪的制定者,苏轼之意,用今天的话说大概相当于:你奏是俺们村里的刘德华啊!这话够损,逗得"众皆大笑"。

苏轼贬损嘲讽程颐,可谓"毒舌",其实他天性活泼,爱开玩笑,不见得"恶毒",好朋友也经常遭到他的戏谑,有他在,举座皆欢,有时逗得大家东倒西歪。老诗人张先,就是写出"云破月来花弄影"名句的那位,年届八十五又娶一妾,苏轼写了一首诗调侃一番,"诗人老去莺莺在,公子归来燕燕忙"。张先是文坛前辈,长苏轼四十七岁,但二人是忘年交,苏轼也就不拘常礼、没大没小了。值得一说的是,流传甚广的所谓"一树梨花压海棠"云云,纯粹是民间段子,压根儿与苏轼无关。

苏轼拿朋友开涮，一不留神还弄出一个成语"河东狮吼"。"乌台诗案"苏轼被贬黄州，人生地疏，举目无亲，谁知故友陈慥就在不远的龙丘隐居，给落寞的苏轼以极大的精神抚慰和生活照料。陈慥字季常，跟苏轼原配王弗都是青神人，两家沾亲带故。其父陈希亮乃苏轼凤翔签判任上的顶头上司，两人之间还闹过不愉快，苏轼作《凌虚台记》对领导极尽嘲讽挖苦，但陈不以为忤，照单全收。原是一场误会，彼此隔阂涣然冰释。即便这种亲密的关系，苏轼的戏谑之笔也不放过。一次，苏轼来龙丘拜访陈慥，两人饮酒聊天，找来两名小姑娘唱小曲助兴，陈妻柳氏泛起醋意，但顾忌苏轼面子暂时隐忍了。到了夜里，苏轼与陈慥兴致不减，继续畅聊，谈佛论道，柳氏再也忍不住了，发作起来，在窗外大声喝令他们早点睡觉。于是，苏轼就有了这样的诗句："龙丘居士亦可怜，谈空说有夜不眠。忽闻河东狮子吼，拄杖落手心茫然。"从此，"河东狮吼"成为悍妇的代名词，陈慥惧内的样子也活灵活现。其实，这首诗名为《寄吴德仁兼简陈季常》，挺长，这几句含在其中。我想，这事不能太当真，开玩笑嘛，肯定有夸张的成分，但因出自苏轼手笔，经南宋洪迈《容斋三笔》的记载渲染，就成了流传千载的经典逸事。

林语堂说苏轼"有时候顽皮，有时候庄重，随场合而定"，其实不然，否则他就不是"一肚皮不合时宜"了。同事刘邠晚年须眉脱落，鼻梁塌陷，一次聚会苏轼当众高吟相戏：

"大风起兮眉飞扬,安得猛士兮守鼻梁!"众人哄笑,这个玩笑有点大,弄得刘邠很难堪,当场就要翻脸。苏轼的顽皮不仅在口舌上,还在事上"赖皮"。文同字与可,是著名画家,画竹高手,与苏轼是表兄弟,苏轼画墨竹就是跟文同学的,还总结出一个成语"胸有成竹"。文同画竹水平高,经常有人持绢(作画材料)上门索画。苏轼写信跟表哥要画,理直气壮,不给不行:"专令此人去请,幸毋久秘。不尔,不惟到处乱画,题云:'与可笔',亦当执所惠绝句过状,索二百五十匹也。呵呵。"我专门派人去请你画竹,不要太耽搁呀。否则,我就到处乱画,落款署你的名字,而且拿着你给我写的绝句为证据,索绢二百五十匹,呵呵。原来,文同有一绝句"拟将一段鹅溪绢,扫取寒梢万尺长",苏轼说,画万尺长的竹子,需用绢二百五十匹,这成了"要挟"的条件。在文同面前,苏轼是小弟,跟大哥嬉皮笑脸耍耍赖倒也无伤大雅。

在古代中国文人中,沉郁、豪放、怪诞、狷介等性情各异,然顽皮有趣莫过于苏轼。他受尽磨难,却始终童心未泯,风清日朗,"呵呵"声中,万丈烦忧顷刻烟消云散。

苏轼夜寻张怀民

张怀民是谁?为何东坡先生深更半夜去寻?

且看一篇短文《记承天寺夜游》:"元丰六年十月十二

日,夜,解衣欲睡,月色入户,欣然起行。念无与为乐者,遂至承天寺寻张怀民。怀民亦未寝,相与步于中庭。庭下如积水空明,水中藻、荇交横,盖竹柏影也。何夜无月?何处无竹柏?但少闲人如吾两人者耳。

文中时间、地点、人物、风景、哲理诸元素咸备,情景交融,境界清旷,不足百字却成为脍炙人口、传诵千载的经典名文,非东坡先生不能也。

这个叫张怀民的人,鲜为人知,令我们陌生且好奇。

这天夜里,苏轼脱了衣服准备睡觉,发现月色洒入屋内,这般良辰美景岂能辜负?便又穿好衣服走了出来。转念一想,一个人独乐没啥意思,便走到承天寺找张怀民,正好张怀民也还没睡呢,两人便并肩在庭院里散步,看到月光澄澈如水,竹柏影仿佛藻荇交横。此情此景因为有两个闲人共赏便觉分外美妙。由此可知,张怀民与东坡先生是好朋友,否则,也不便夜半打扰。

前几年网络以"怀民亦未寝"为梗,着实狂欢了一回。说苏轼想让怀民伴游就说人家也没睡,其实,张怀民可能是被东坡先生敲门叫醒的:"怀民兄,还没睡吧?一起散步赏月去啊。"苏轼早已名满天下,谁人不知,能被他喊去夜游赏月,高兴还来不及呢,呵呵。

张怀民住承天寺,是暂居,苏轼元丰三年初到黄州时也是暂居定慧院。所以过了不久,张怀民就搬走了,还在他住所的西南方向建了一座亭子。这个亭子居高可赏长江的胜景：白天舟楫往来不绝，夜晚鱼龙啸吟不止，波涛汹涌，风云开阖；向西眺望武昌的群山，山峦起伏，草木茂盛，还可看到渔夫樵夫的房舍。登临此亭，真令人不亦快哉，因此苏轼为其取名"快哉亭"。

某日，受"乌台诗案"牵连被贬到筠州的苏辙，来黄州看望哥哥，两人同览了江边的快哉亭。苏轼写了词作《水调歌头·黄州快哉亭赠张偓佺》，苏辙写了散文《黄州快哉亭记》。我们不是想知道张怀民是谁吗？这一词一文提供了如下信息：第一，张怀民是河北清河人。而苏家与河北颇有渊源，不仅祖籍栾城，且多人曾在河北（宋为河北路）为官，苏洵文安县主簿（挂名），苏轼定州知州，苏辙大名府推官，苏迈雄州防御推官知河间令，苏过定州通判。第二，张怀民还叫梦得、偓佺。据清人王文诰《苏文忠公诗编注集成总案》云，张梦得，字怀民。偓佺，是古代传说中的仙人，苏轼称其"张偓佺"，或许有赞叹他为神仙之意，"一点浩然气，千里快哉风"。第三，"张君不以谪为患，窃会计之余功，而自放山水之间"。张怀民也是被贬到黄州的，大抵也跟苏轼一样，遭到新党构陷。张怀民的职务是"会计"，即征收钱粮、管理财物一类的小官。第四，这座快哉亭是为苏轼而建，"知君为我新作，窗户湿青红"。苏轼这么说，自然是领张怀民的情，也可见二人是心灵默契的知音，彼此懂得。同为沦落之人，抛却尘怀俗虑，逍遥于自然山水之间，寻求人生至乐。

张怀民在黄州的时间应该并不长，但与苏轼的交往还算密切，在苏轼的文字中也多有记载。有一封给腾达道的信，苏轼末尾也不忘夸一句："张梦得尝见之，佳士佳士！"这是打内心里赞许。应张怀民之请，苏轼书己之作《昆阳城赋》相赠。在张怀民寓所，欣赏了他的藏品宋初大画家郭忠恕的画山水木屋卷，之后作《郭忠恕画赞》。张怀民还赠给苏轼两枚好墨，其阳云"清烟煤法墨"，其阴云"道卿既黑而光"。古代文人以纸墨笔砚为文房四宝，对墨的选择极为讲究，苏轼不仅是大文豪，还是大书家，更是爱墨，他曾经"强夺"弟子黄庭坚的一块妙墨，所以对张怀民送了他两枚"黑而光"的好墨非常满意，写了一篇《书怀民所遗墨》致谢。

还有一件趣事，苏轼《赌书字》有记："张怀民与张昌言围棋，赌仆书字一纸，胜者得此，负者出钱五百足作饭会以饭仆。"张怀民与张昌言二人下围棋，赢者得苏轼书法一幅，输者作饭局（"饭会"）请苏轼吃饭，而且不能敷衍糊弄，规定不能少于五百钱。

这年腊八，张怀民结束了贬谪生活欲返京受命，苏轼为他饯行，喝了一场，写了一词《南歌子·黄州腊八日饮怀民小阁》。他为怀民高兴，有祝福，也有感伤："他时一醉画堂前，莫忘故人憔悴，老江边。"日后待你飞黄腾达了，可别忘了憔悴落寞的故交旧友，怕要终老江边了。

后人读《记承天寺夜游》，每每感叹张怀民本一寂寂无名的小人物，因幸遇苏轼，即如汪伦之幸遇李白，从而千古留名。其实，从二人的交往看，苏轼从张怀民那里得到的更多，一颗伟大的灵魂相伴的不只是明月清风，更有日常的细枝末节，人间烟火。苏轼夜寻张怀民，实际上是在寻找另一个自己。我们也应感谢这个叫张怀民的人，因了苏轼寻到了他，那夜那月，那竹那柏，才变得如此不同寻常，这千古名篇才仿若泉水汩汩涌出。

送苏轼一个小妹

在民间，苏小妹久负盛名，流传着许多她的故事。她伶牙俐齿，聪明机智，才气过人，似乎与蔡文姬、谢道韫、李清照等才女相比也不遑多让，即使和哥哥苏轼斗嘴，也不落下风。

明代小说家冯梦龙《醒世恒言》中有一篇《苏小妹三难新郎》，颇有影响。说眉州苏洵有"两个儿子未为稀罕，又生个女儿，名曰小妹，其聪明绝世无双，真个闻一知二，问十答十"。十岁时随父兄居于京师寓中。一日，苏洵咏绣球花诗才得四句，有客来访，便出了书房见客。苏小妹溜到父亲书房，看到书桌上有诗四句："天巧玲珑玉一丘，迎眸烂漫总清幽。白云疑向枝间出，明月应从此外留。"遂不假思索，续成后四句："瓣瓣折开蝴蝶翅，团团围就水晶球。假饶借得香风送，何羡梅花在陇头。"客人走后,苏洵返回书房,想接着把诗写完,却见八句已足,且词意俱美,知是小女续成,不禁大为赞叹,自此更加宠爱。

苏小妹还经常与哥哥苏轼互相戏谑取笑。如苏轼嘲笑小妹额头凸起:"未出庭前三五步,额头先到画堂前。"苏小妹反唇相讥,调侃哥哥下巴长:"去年一滴相思泪,至今流不到腮边。"

这篇小说主要叙述苏小妹和诗人秦观的爱情故事。所谓"三难新郎",是说二人成婚之夜,苏小妹出了三道题,新郎答对了才可以入洞房。前两题秦观都顺利答出,第三题是个对联,上联是"闭门推出窗前月",秦观被难住了,抓耳挠腮,急得在庭前团团乱转。苏轼见状,有意帮忙,往秦观身旁的一只缸里投了一块小砖片,秦观脑洞大开,有了下联"投石冲开水底天"。于是,秦观被丫鬟拥入香房,佳人才子,珠联璧合,好不称意。

然而,这一切皆为虚构。苏轼并没有妹妹,自然也没有苏小妹这个人。而所谓的苏小妹嫁给秦观更是子虚乌有。

冯梦龙的《三言两拍》作为古代短篇小说集,影响巨大,他塑造的苏小妹形象活灵活现,生动传神,流传甚广。按说,历史小说虽然可以虚构,但基本的史实、人物关系应该遵循真实的原则,不可以编造的。但也难怪冯梦龙,在他之前,有元杂剧《东坡梦》,更早在南宋时期就有《东坡居士佛印禅师语录问答》，苏小妹的故事已经在流传了。

苏小妹是后世文人送给苏轼的一个小妹妹。

而实际上，苏洵与程夫人共有六个子女，男女各半，苏轼有个哥哥苏景先，四五岁时死去，有三个姐姐，两个早夭，活到成年的三姐叫苏八娘，长苏轼一岁。苏轼在给他的乳母任采莲写的墓志铭中，说她"乳亡姊八娘与轼"，提到了这个姐姐。司马光给苏母程夫人写的墓志铭中云："凡生六子，长男景先及三女，皆早夭。幼女有夫人之风，能属文，既嫁而卒。"苏洵在《自尤并叙》中云："女幼而好学，慷慨有过人之节，为文亦往往有可喜。"这两文都说苏八娘好学有才，能写一手好文章，不仅如此，还性情豪爽，干脆利落。这似乎给后世虚拟的苏小妹做了铺垫，从中找到因由。

然而，苏轼这个小姐姐的命运却是一个令人唏嘘的悲剧。苏八娘死后八年，老父亲苏洵仍悲痛自悔，意气难平，写下长篇叙事诗，并序言，讲述了女儿遇人不淑、惨遭死亡的过程。苏八娘十六岁嫁给了舅舅的儿子程之才，本是亲上加亲，却遭到骄狂凶蛮公婆的冷漠，甚至虐待，每次回娘家都在父母面前哭泣。次年，八娘给程家生了个孙子，境况并未因此得到改善，生了病，她的丈夫和公婆都不管不问。苏家只好将女儿接回将养，病情渐渐好转。谁料，程家以其长期不归为由，将孩子强行抢走。八娘气病交加，怒火攻心，三天后即告不治身亡，年方十八岁。由此，苏程两家绝交长达四十余年。

秦观是苏轼的弟子,"苏门四学士"之一,苏八娘死时他才三岁。其妻是潭州宁乡主簿徐成甫的长女徐文美。他的《鹊桥仙·纤云弄巧》中有"两情若是久长时,又岂在朝朝暮暮"的传世名句。这样的风流才子与风华绝代的苏小妹倒是绝配,所以后人乱点鸳鸯谱,也不是没有一点道理。

苏轼没有亲妹妹,但有一个堂妹,是二伯苏涣的幺女,苏轼唤她"小二娘"。二人相差三岁,感情深厚。老年的苏轼在海南岛闻知堂妹去世,悲痛万分,迎风哭号,泪湿衣襟,写了一篇《祭亡妹德化县君文》表达哀思。或许,这个堂妹也有苏小妹的影子。

苏轼作为宋代一个知名公众人物,一个以文字立世的大作家,要了解他的家世并非难事,后世文人为何凭空给苏轼送来一个小妹呢?这个问题饶有兴味,不免令人揣想。苏轼一生上有哥姐,下有弟弟,唯独没有妹妹,这算不算是一种小小的缺憾呢?所以,他和堂妹情深意笃,应该是一种潜在的感情补偿吧。妹妹和姐姐的区别还是蛮大的,妹妹在哥哥面前,可以调皮捣蛋,可以撒泼耍赖,而姐姐对弟弟多谨重慈爱,接近母亲的角色。像苏轼这样诙谐有趣的人,身边怎能缺少一个活泼可爱、才华出众的小妹呢?

于是,苏小妹横空出世,千百年来假亦似真。东坡先生倘若天上有知,我想他一定会仰首呵呵,抚髯欢笑。

顾炎武的商才

顾炎武是明末清初三大思想家之一,"天下兴亡,匹夫有责"这句在中国妇孺皆知的名言,即源自他的著作《日知录》。原文为"保天下者,匹夫之贱与有责焉耳矣",经梁启超先生提炼概括,从此腾博众口。但顾炎武为世人所不知的是,他与传统的文人不同,他还是一个具有商业头脑且能力颇强的经营大才。

中国古代社会一贯重农轻商,商人即使拥有大量财富也没有社会地位,为人所鄙薄,明代即有商人不得穿绸缎的律条。文人清高,恃才傲物,更是瞧不起商人。对金钱好像也有仇似的,讽之为"孔方兄""铜臭""黄白之物"。《世说新语》里那个王夷甫眼睛挂在脑顶上,以致说钱好像脏了口,称为"阿堵物"。但这些文人同样也让人瞧不起,被称为"措大""冬烘先生""腐儒""书呆子",顾炎武说得狠:"一为文人,便不足观。"

顾炎武思想的核心观点是"经世致用"，他对文人的清谈、玄学深恶痛绝，对王阳明的"心学"也嗤之以鼻，认为这是误人、误世的学问。顾炎武一生致力于对天下苍生有用的学问，《天下郡国利病书》《日知录》《军制论》《田功论》《钱法论》等，研究的都是"当世之务"，凡赋税田亩、钱币权量、河槽水运、盐铁地理等，无不是最切实际、最接地气的论说。他痛斥明代亡国就亡在明代理学脱离实际、空疏抽象、虚无缥缈的清谈上了，"今之所谓理学，禅学也！"认为整天坐在屋子里胡思乱想，于现实毫无裨益。

有经济论说的文人儒生已是十分少见，身体力行者、卓有成就者就更稀世罕有。顾炎武这一点，真乃当今文人之楷模。顾家在当时的昆山是名门望族，家有田产八百亩。三十八岁那年（顺治七年），他被迫剃发，"稍稍去鬓发，改容作商贾"，开始做生意，贩卖绸丝布匹药材。后来他弃家北游，把老家的田产全部典卖，带了一千两银子到了山东章丘。这银两不能总带在身上，不方便也不安全，且时间久了，总有花完的时候，便高息借贷给了当地一个地主。这个地主没有按期归还本息，违约了，经过一场官司，地主被判将一千亩田产做抵押，于是，顾炎武在章丘拥有了自己的良田沃土。一千亩啊，顾炎武成了大财主。他可以种田植树，也可养禽牧畜，还可像陶渊明一样采菊东篱，悠然南山。没有了生存压力，顾炎武能够一心做他的学问，还能秘密从事反清活动。可以想见，如果顾炎武没有经济头脑，也没有经营能力，那么，他的银两花完之后，就只有在他乡靠朋友接济活着，或者穷困潦倒，流浪乞讨，冻馁而死，他的人生理想只有远隔蓬山千万重了。

在章丘生活了二十年，顾炎武后来离开山东，到了山西。他与朋友李因笃等二十余人一起，筹措资金，招募农工，在雁北垦荒。他采取的是"股份制"方式，行之有效地管理和分配。他从南方聘来了能工巧匠，引来水车水磨，教会了农民水利灌溉，并和年轻人一道披荆斩棘，筚路蓝缕。有顾炎武这位经济学家的擘画，贫瘠的土地变成了肥沃的良田，蛮荒之地长出了葱茏茂盛的庄稼。顾炎武的垦荒大获成功，"累之千金"，发了大财。当然，富了的并非他一人。他顾念的是天下苍生。他将江南的丝织设备和技术引进西北，在开矿、发展畜牧业和工商业等方面都提出了自己的主张。

在山西他还结识了另一位著名的反清同志、大学者大书法家傅山，两人结下了亲密的友谊。傅山见顾炎武单身一人在外，没人照顾，又没有子嗣，就从中作伐，让顾炎武娶了一个小妾。更重要的是，两人合伙干了一件彪炳中国金融史的大事——创办票号。《清稗类钞》载："相传明季李自成掳巨资败走山西，及死，山西人得其资以设票号。其号中规则极严密，为顾炎武所订，遵行不废，故称雄于商界者二百余年。"梁启超在《清代学术概论》、章太炎在《顾亭林先生轶事》中皆认为票号为顾炎武、傅山所创。谁都知道，有清一代，山西票号掌握着国家的经济命脉。如此说来，顾炎武既会做实业，还懂金融，可称中国近代银行的老祖宗。

顾炎武坚守气节，绝不仕清，所以终其一生只是一介布衣，平头百姓。然而他的胸怀廓大，心系天下，"拯斯人于涂炭，为万世开太平，此吾辈之任也"。他被人称为"通儒"，清代经学之祖。他的"经学"，不是空头讲章，不是纯学术理论，关键是"致用"。先己用，后他用，先利己，后利民，理论和实践相结合。当年读《红楼梦》，公子哥贾宝玉厌恶"仕途经济"，斥之为"禄蠹"，因为林黛玉的欣赏，我也清高地点赞，且这样的读者所在多有。而今看来，一个男人即不"仕途"也不"经济"，镇日在女人堆里厮混，岂不是吃闲饭的废物？我们社会不需要贾宝玉式的"百无一用"的所谓清高书生，恰恰缺少的是顾炎武这样的大才通儒。

康有为之"伪"

有句话叫"人非圣贤，孰能无过"，意思从另一方面理解，就是人若是圣贤肯定就不会有过错。晚清康有为人称"康圣人"，按说该是个在道德上几无瑕疵的人吧，但恰恰是这个在中国历史上的有为之人，却做了诸多"有伪"之事，这既体现了历史的吊诡，也反映了人性的复杂性和多面性。

康有为并非恂恂如也的谦谦君子，而是个踔厉激进、自视甚高、刚愎自用的大胆狂人，比如他对"大同世界"的设想竟然是建议取消家庭，真是异想天开、惊世骇俗。这个敢想敢为的"疯子"，藐视某些道德绳墨肆意妄"伪"也就在情理之中了。此"伪"既有作假之指，也有虚伪之意。康有为铁板钉钉的"伪"撮其荦荦大者大抵有三。

其一，《戊戌奏稿》作伪。戊戌变法后十二年由康的女儿康同薇经过搜集、整理、抄存，将康有为在戊戌年间的奏稿集合，在日本出版，名为《戊戌奏稿》。后来学者将此书与当时清廷内府抄录的《杰士上书汇录》有关康有为的奏折对照，发现了诸多不同，并得出结论，《戊戌奏稿》中的一些奏折并非原来的真折，而是康有为后来根据形势"改篡"甚至"伪作"的。北京大学历史系教授王晓秋曾告诫其学生："你们研究康有为千万不要用《戊戌奏稿》。史学界已经做过考证，康有为的《戊戌奏稿》中，很多东西是他后来写的或者是改过的，不能作为他在戊戌年间思想的依据。"作为当事人，公然作伪，不仅将晴朗的历史天空弄得疑云密布，而且是对天下人的欺骗。所幸，学界从《杰士上书汇录》中找到了证据，不然，历史真成了任人打扮的小姑娘。

其二，私改光绪密诏。戊戌政变发生前，光绪帝给杨锐一封密诏，根本没有提及康有为，康有为却说是皇帝给他的，而且私自添加了内容公开刊布。康的学生梁启超评价他的老师说："有为以好博好异之故，往往不惜抹杀证据或曲解证据，以犯科学家之大忌。此其所短也。"康有为是晚清进士，也算是饱学之士，尽管他作伪的初衷是为了变法救国，但为达目的，罔顾事实，欺世盗名，对历史毫无敬畏之心，绝非正人君子所为。尤其是，后来他打着皇帝密诏救国的旗号，在海外得到大量华人的援助，他晚年在杭州、青岛、上海修筑或购买了三处别墅，过着极尽奢华的生活。据说每年的花销约两万五千银圆，这难免会引起大家对他经济来源的质疑。最要紧的是，他的作伪不仅使他失去了后人的信任，而且对戊戌变法这个重大的历史事件也是一次严重的伤害,消解了它的庄重、严肃和神圣。如果当事人谎话连篇、荒腔走板,那么,他所做的事情还能赢得世人的几分尊敬呢?

其三,道德上的虚伪。康有为可谓近代中国的启蒙家、思想家、教育家,是划破夜空的嚆矢,是穿越林间的响箭,但他却不是先进思想的践行者,其所作所为暴露了他的陈腐和虚伪。比如,在他的著作《实理公法全书·夫妇门》中说:"男为女纲,妇受制于其夫。又一夫可娶数妇,一妇不能配数夫。此更与几何公理不合,无益人道。"这里明确反对纳妾,提倡男女平等。可是,康有为以原配没有生儿子为由,纳了妾。但生了儿子还没完,老先生纳妾上了瘾,从四十九岁到六十二岁十三年间,一共娶了五房小老婆,且都是年轻姑娘,年龄都在十八岁左右,其中还有个日本女子。自己躬行所反对的一切,如他的弟子所云:"他每天戒杀生,而日日食肉;每天谈一夫一妇,而自己却因无子而娶妾;每天说人类平等,而自己却用男仆女奴……"康有为对此有一个荒唐的辩解:"吾好仁者也,主戒杀者也,尝戒杀一月矣,以今世未能行也……大同之世,至仁之世也,可以戒杀矣。"意思是,我所主张的现在都行不通啊,等将来实现大同了再说吧。真是虚伪至极,一张老脸被他自己打得啪啪响!

康有为号长素,因民间敬称孔子为"素王",故长素意指长于素,比孔子强。孔子云:"人而无信,不知其可也。"

可是我们的"康圣人"的种种作伪虚伪，违背了做人立身处世的根本原则，如果说"长于素"，恐怕就是觍着脸说大话罢了。

凡·高的向日葵

荷兰画家凡·高最有名的作品无疑就是《向日葵》了，与《蒙娜丽莎》《最后的晚餐》等一起被列入世界十大名画。1987年，《向日葵》被拍卖数千万美元，创造了当时油画拍卖的最高纪录。然而，这一切荣耀和利益与凡·高本人已无半毛钱关系了，他活着的时候，穷困潦倒，一文不名。

1888年，凡·高离开巴黎来到法国南部小镇阿尔勒，租了一套废弃的房屋，用黄漆修葺一新，将其称为"黄色小屋"。他想在这里建立一个"艺术之家"，邀请一些画家和他一起绘画。他的"向日葵"系列就是这个时候画的，据说他一共画了十一幅，在画到第六幅的时候，画家高更来了。高更是受邀来到"艺术之家"的唯一画家，他并不喜欢凡·高，因为凡·高的弟弟提奥答应替他还债，才勉强赴约。凡·高性格孤僻、古怪，几乎没人喜欢他，弟弟提奥是他唯一的朋友。所以，高更的到来令凡·高极为兴奋，他的"向日葵"也得到高更的夸赞。但两人的美术观分歧严重，经常争吵，高更不堪忍受，有了离开的念头，这令凡·高产生了恐惧和绝望，在某种疯狂的状态下，他用剃刀割下了自己的一只耳朵。但这种自残行为只能让高更害怕，只待了两个月，高更还是离开了阿尔勒。凡·高重新陷入了孤独和谵妄之中，精神病发作，次年外出写生时，用一把手枪自戕，不治身亡，年仅三十七岁。

　　凡·高的"向日葵"系列，花朵少则三五朵，多则十二朵、十五朵等。色彩鲜艳绚丽，色调浓稠饱满，仿佛熊熊燃烧的火焰，炫人眼目，摄人魂魄，细部的籽粒几乎破纸欲出，视觉冲击力极强。其中最有名的那一幅，向日葵是金黄色，背景也用黄色，画面一片明黄耀眼，以黄衬黄，以黄托黄，着色极为大胆怪异，无所顾忌，挑战人们的视神经。向日葵是向阳而开的花，黄色是明亮温暖的色调。凡·高说："我越是年老丑陋，令人讨厌，贫病交加，越要用鲜艳华丽、精心设计的色彩，为自己雪耻。"他还说："我想画上半打的向日葵来装饰我的画室，让纯净的或调和的铬黄，在各种不同的背景上，在各种程度的蓝色底子上……我要给这些画配上最精致的涂成橙黄色的画框，就像哥特式教堂里的彩绘玻璃一样。"

　　凡·高为何如此具有"向日葵情结"？因为，他的人生太寒冷了，需要温暖；太灰暗了，需要光明。他的内心深处渴望着像向日葵一样，向着光明开放，享受太阳的照耀和沐浴。凡·高短暂的一生，作为一个画家，从来没有尝过成功的滋味,没有人认可,甚至从来没有卖出去过一张画。尽管他的弟弟提奥是一个有影响的画商,不遗余力地帮助哥哥推销作品,拉人脉,搞画展,这个条件应该说是得天独厚,但结果每每以惨淡收场,无人喝彩。凡·高对流行的画风不屑一顾,决不妥协,我行我素,一意孤行,被主流画坛无视、排斥也就是很自然的事了。高更甚至嘲笑凡·高的画毫无艺术性,比初学者还差,只是把大堆的颜料堆砌在画板上,令人看起来眼花缭乱。凡·高生活在黑暗、阴冷、压抑、窒息的世界中,唯一的一丝光亮来自弟弟提奥,如果不是提奥多年一以贯之源源不断提供经济援助,没有任何收入的凡·高早就冻馁而死,沦为路边饿殍。凡·高的"向日葵"无疑透露出他灵魂深处的隐秘。

然而,凡·高的"向日葵"一个怪异乖谬之处令我们无法忽略,那就是这些怒放的向日葵都是插在瓶罐里,甚至是剪下来摊在桌子上,而不是生长在原野上,给人的感觉更像是静物写生。专业的观点可能认为,凡·高的手法不是写实,而是印象派和表现主义。但是,凡·高到了阿尔勒之后,背着画板到野外写生是他经常做的事情,甚至因此和高更产生争执,他的《开花的果园》《橄榄树》《麦田中的柏树》等都是画的原野上的景物,那为什么他不画原野上的向日葵?植根于大地上的向日葵才真正富有勃旺的生命力啊。我想,凡·高的向日葵就是凡·高的向日葵,它的吊诡之处在于,它是凡·高命运的一种隐喻,他虽然渴望像向日葵一样向阳而生,让生命在阳光的抚慰下饱满地绽放，但这只是他的一厢情愿，他终究是室内瓶子里的向日葵，没有沃土，没有根基，没有阳光，一幅虚幻的假象罢了。

凡·高的"向日葵"能成为世界名画，自有它独特的艺术价值，而从人生意义上也会给人以深刻的启悟。其实，我们每个人潜意识中也有一个自己的"向日葵"，应该让它把根深扎在土地上，吸取大地的滋养，享受阳光的抚育，开出黄澄澄美丽的花朵，收获籽粒饱满的果实，让生命得以充分释放；莫当瓶中的"向日葵"，即使绚烂也只是短暂的一瞬，是没有内在生命力的幻象。

扼住命运的咽喉

马克思有句话:"对于没有音乐感的耳朵来说,最美的音乐毫无意义。"那么,对于听不到音乐的耳朵呢?人世间的事就是如此神奇,一个耳聋的人居然创造了最美的音乐,成为一位伟大的音乐家。大家都知道,他就是十八九世纪的德国人贝多芬。

贝多芬并非天生耳聋,二十六岁那一年,他突患耳疾,感觉耳朵轰轰作响,听力日渐衰退。耳聋对于一般人来讲是部分世界的关闭,对于一个音乐家来说却是全部世界的关闭,这种打击对一个刚刚步入乐坛的青年是毁灭性的。整整四年,贝多芬忍受着失聪的折磨,隐瞒病情不告诉任何人,其间他也曾萌生自杀的念头,但心中对艺术的执着和信仰留下了他。直到三十岁,他才写信把耳聋的真相告诉了朋友韦格勒:"我过着一种悲惨的生活。两年以来我躲避着一切交际,因为我不可能与人说话:我聋了。要是我干着别的职业,也许还可以;

但在我的行当里,这是可怕的遭遇啊。"刚开始,贝多芬还有一些微弱的听力,在戏院里,需要坐在贴近乐队的地方,才能听到演员说的话,假如座位稍远的话,就听不到乐器和歌唱的高音。四十五岁这一年,贝多芬耳朵完全聋了,和人们的交谈只能在纸上进行。这使他感到绝望,音乐生活也遭致严重的困扰。有一次《菲岱里奥》预奏会,贝多芬要求亲自指挥,但他完全听不见台上的演唱,致使乐队演奏和演员的歌唱发生紊乱,休息一会儿之后,再度进行,更是乱七八糟,无法正常演奏下去。现场有些骚动,贝多芬不安起来,东张西望,想从人们的脸上找到症结所在,然而现场一片难堪的缄默。贝多芬只好拿出纸来请一位好友告诉他发生了什么,朋友于是写道:"恳求您勿再继续,等回去再告诉您理由。"如同一记重锤敲在贝多芬头上,他一跃而起,跳下舞台,一口气跑回家,躺在床榻上好半天不起来。这是他至死难忘的可怕的一幕。

贝多芬耳聋的原因,有多种说法。有的说是遗传,与他母亲得过肺病有些关系;有的说他二十六岁那年患耳咽管炎,由于治疗不善,后来发展成严重的中耳炎;还有一种说法是源于梅毒。

贝多芬多次自述命运的"悲惨":"我时常诅咒我的生命和我的造物主。""有些时候我竟是上帝最可怜的造物。"是啊,除了耳聋这个最大的恶疾,他还患有多种疾病,如腹泻、肺病、胃病、关节炎、黄热病、结膜炎等,虽然声名赫赫,却过着贫病交加、捉襟见肘的生活。甚至一度不能出门,因为他的靴子破了一个洞,而没钱买新的。我们无法想象,他的全部美妙的奏鸣曲收入微薄,而用血泪写成的四重奏,竟然一文钱也拿不到,而且对出版商负有重债。他自己这样写道:"我差不多到了行乞的地步,而我还得装作日常生活并不艰窘的神气。""作品第一零六号的奏鸣曲是在紧急情况下写的。要以工作来换取面包实在是一件苦事。"更让人唏嘘慨叹的是,热情、奔放的伟大音乐家贝多芬终生未娶,没有家庭,没有子嗣,尽管有过爱情,有过婚约,但最终无疾而终。他晚年的时候,一个朋友无意中撞见贝多芬在室内抱着恋人的画像,哭着,高声地自言自语:"你这样的美,这样的伟大,和天使一样!"最为"悲惨"的是,他把失去父亲的侄子视为儿子般善待,只是希望在他临终的时候能替他阖上眼睛,然而,这一点可怜的愿望也没能实现,在他死去的时候替他阖上眼睛的是一双陌生的手!

贝多芬死的时候才五十七岁,是命运扼住了他的咽喉。

但是,贝多芬又何尝不是扼住了命运的咽喉呢?他有一句经典的名言:"我要扼住命运的咽喉,它妄想使我屈服,这绝对办不到。"一个耳聋患者成就了站在人类音乐王国之巅的伟大事业,被世人称为"乐圣",这岂不是挑战了不可能的人间奇迹?他曾无数次抱怨命运的"悲惨""可怜",甚至多次与自杀"间不容发",但他用忍耐、抵抗、使命、创造完成了一场命运的逆袭和华丽的蜕变。

贝多芬没有屈从于命运，也没有低头于权贵，贫病羸弱的躯体支撑着一颗高贵傲岸的灵魂。他曾经与一个王爷反目，留下一张纸条，这样写道："亲王，您之为您，是靠了偶然的出身；我之为我，是靠了我自己。亲王们现在有的是，将来也有的是！至于贝多芬，却只有一个！"还有一次，贝多芬与著名作家歌德一起在归途中，皇家的一队人马路过，他背着手，往人丛中走去，太子对他脱帽，皇后跟他打招呼，而歌德却恭敬地站在路边，深深地弯着腰，帽子拿在手里。贝多芬对歌德这种卑躬屈膝的行为大为不满，毫不客气地训斥了一通。要知道，歌德比贝多芬大二十一岁，属于长辈。

贝多芬在音乐上的辉煌成就自不必多言，有一件事足以生动地诠释一切。1824年5月7日，在维也纳举行《D调弥撒曲》和《第九交响曲》第一次演奏会，盛况空前，当贝多芬出场时，观众欢呼着给予五次热烈的鼓掌，而按照传统的礼仪，皇族出场掌声也只有三次，对于这种逾矩的狂热，警察不得不出面干涉。现场许多观众感动得哭了，贝多芬虽然听不到声音的沸腾，但看到了场景的壮观，也激动地晕了过去，被人抬到朋友家。如此轰动的演出尽管并没有给贝多芬带来多少经济上的利益，他依旧贫困，依旧艰窘，但这曼妙宏丽的场面无疑是一场加冕礼，他已然成为音乐王国至尊的王者。著名作家罗曼·罗兰赞叹道："一个不幸的人，贫穷、残废、孤独，由痛苦造成的人，世界不给他欢乐，他却创造了欢乐来给予世界！"

相信许多人都听过贝多芬的音乐作品，比如《致爱丽丝》《英雄交响曲》《命运交响曲》《欢乐颂》等等，那种既古典又浪漫的乐声，饱含着忧伤、不屈、狂野、奋斗、雄劲、欢乐等多重复杂的情感因素，仿佛一道闪电，一声惊雷，搏击阴云密布的长空，让世界露出光亮，是力和美的完美结合。

一个耳聋的人，却给人类无数双耳朵奉出美妙的乐音以及心灵的飞翔，这是他在同命运的勠力搏斗中赢取的。这是贝多芬的胜利，更是人类的胜利。

林黛玉"芙蓉"解

"千红一窟（哭），万艳同杯（悲）"，《红楼梦》中的女儿们是水做的，也是花做的。"金陵十二钗"可以看作是"金陵十二花"，如，薛宝钗是牡丹，探春是杏花，李纨是梅花，湘云是海棠，等等，这些在十二钗判词和"寿怡红群芳开夜宴"一回中可以看出端倪。那么，林黛玉是什么花呢？书中也很明确："芙蓉"，过去我理所当然认为就是"荷花"，读到第五遍，仔细一看，问题来了，这"芙蓉"是水芙蓉（荷花）还是木芙蓉？

多数读者肯定同意是水芙蓉。荷花"出污泥而不染"，高洁出尘，清雅不俗，与林黛玉的性格品行相吻合。"质本洁来还洁去"，荷花是水上花，是水做的花，林黛玉是水做的女儿。如果说薛宝钗是牡丹，是群芳之冠，那么，就只有高雅的荷花与林黛玉相匹配。木芙蓉入品吗？

且慢！我们先说何谓木芙蓉。木芙蓉是一种灌木或小乔木，又叫木莲、芙蓉花、拒霜花，开在晚秋，花色高洁美丽，因"艳如荷花"而得名。《长物志》云："芙蓉宜植池岸，临水为佳"，因此有"照水芙蓉"之称。李渔在《闲情偶寄·木芙蓉》一文中谓："（木芙蓉）虽居岸上，如在水中，谓之秋莲可，谓之夏莲亦可。"可见水芙蓉与木芙蓉是一对性情相近的姊妹花。五代后蜀皇帝孟昶的妃子花蕊夫人特别喜欢木芙蓉，孟昶为讨美人欢心，在都城成都遍植芙蓉树，"四十里如锦绣"，成都故名"芙蓉城"。后蜀灭亡后，花蕊夫人被掳，因思念孟昶，常偷看私藏的孟昶画像，赵匡胤得知后令其交出，花蕊夫人不从，被杀死。后人因花蕊夫人对爱情忠贞不渝，称芙蓉花为"爱情花"，花蕊夫人被喻为"芙蓉花神"。

再看《红楼梦》第六十三回"寿怡红群芳开夜宴"，众人抽象牙花名签子，薛宝钗抽了一支牡丹，探春抽了一枝杏花，李纨抽了一枝梅花，湘云抽了一枝海棠，轮到林黛玉"默默的想到：'不知还有什么好的被我掣着方好。'一面伸手取了一根，只见上面画着一枝芙蓉，题着'风露清愁'四字，那面一句旧诗，道是：莫怨东风当自嗟。……众人笑说：'这个好极。除了她别人不配做芙蓉。'"这里没有说明"芙蓉"是荷花还是木芙蓉。但有两点消息透露出来，似乎在支持木芙蓉说。1."风露清愁"四字，给人一种风霜白露愁煞人的感觉，而荷花开在盛夏，怎会有"清愁"？只有秋季才有，而木芙蓉恰开在晚秋。而且，黛玉的性情也不是盛夏的热烈，而是秋的婉约，秋的清愁，秋的幽怨，秋的静美。2."莫怨东风当自嗟"，出自欧阳修《明妃曲·再和王介甫》一诗，"红颜胜人多薄命，莫怨东风当自嗟"，是慨叹王昭君红颜薄命的，曹雪芹引此诗，显然意在暗示黛玉的悲剧命运。宋代诗人吕本中有诗曰："小池南畔木芙蓉，雨后霜前著意红。犹胜无言旧桃李，一生开落任东风。"是写木芙蓉的，"东风"一句似与欧阳修的"东风"遥相呼应。

《红楼梦》中另一处描写似乎也在支持木芙蓉说。第七十八回，写贾宝玉追思丫鬟晴雯，撰就《芙蓉女儿诔》，这里明确说明"芙蓉"就是指木芙蓉。"夜月下，命那小丫头捧至芙蓉花前。先行礼毕，将那诔文即挂于芙蓉枝上。""芙蓉花"即木芙蓉，"芙蓉枝上"，荷花为草本植物，只有叶子，哪有树枝？只有木本植物木芙蓉才有。诔文开篇即云："蓉桂竞芳之月，无可奈何之日"，说明芙蓉和桂花都是开在秋季之花。另有"秋艳芙蓉女儿"之句，更是点出此芙蓉是木芙蓉无疑。贾宝玉祭罢，"却是个人影从芙蓉花中走出来，他便大叫：'不好，有鬼，晴雯真是来显魂了！'"原来是林黛玉来了。如果是荷花，黛玉从水中走出来，岂不是真见鬼了？这芙蓉花也只能是陆上木芙蓉。晴雯是黛玉的影子，所以，写晴雯也是在写黛玉。第六十七回林黛玉抽签抽的"芙蓉"与第七十八回贾宝玉写《芙蓉女儿诔》中的"芙蓉"应该都是同一种花，即木芙蓉。那么，木芙蓉能和荷花相媲美吗？它有何品格与林黛玉相匹配？且不说木芙蓉有"爱情花""花神"之传说，只读读贾公子诔文所述："其为质则金玉不足喻其贵，其为性则冰雪不足喻其洁，其为神则星日不足喻其精，其为貌则花月不足喻其色。"芙蓉女儿原本就是林黛玉啊！

第四辑 散记

月亮挂在北面的天空

月亮挂在北面的天空？这怎么可能？我们看到月亮挂在天空的时候都是在南面啊，顶多还有东面或西面，绝对不会是北面。但是，如果我说是在南半球的澳大利亚呢，那就绝对没错了吧。

那年我去澳大利亚旅游，一下飞机，就觉得有哪儿不对劲。哦，晴朗的天空中，太阳居然在头顶的北面闪耀，也就是说我面朝太阳的时候需要身体向北。这是我第一次到达赤道以南的地方，小学的地理课告诉我，这是再正常不过的事情了。可几十年的生活习惯已经固化了，依然感到别扭。好在在澳大利亚活动的几天里，并不需要时时看太阳，也并不影响什么。

有天晚上，在悉尼的海滩漫步，圆圆的明月挂在空中，当然也是北面的天空，清辉流淌，大地笼罩在银色的朦胧里，微风习习，安谧美好。我面朝北方静静地欣赏着异国的月亮，一股思乡的情绪慢慢溢上心头,开始想念远在万里之遥的妻儿。这时发生了一个奇异的景象,我在恍惚走神的状态中,突然发现月亮不知不觉移到了南面!我使劲眨眨眼睛,拍拍脑袋,没错,月亮从北面的天空移到了南面的天空。我知道,我转向了。

转向的原因,来自强大的定式思维和习惯认知。我们的国度在北半球,太阳从东方升起到南悬中天再到西方落下,形成这么一个半圆的轨迹。阳面从来都是南面,山之阳也是指山的南面一侧,房子是坐北朝南,君王是南面称王。《周易》云:"圣人南面而听天下,向明而治。"故阳为贵,阴为贱。"北"字是两人背靠背,打了败仗,背向着敌人逃跑,故曰败北。臣服为北面称臣。所以,中国文化里边,向阳代表着温暖、光明、胜利,背阳代表着阴冷、黑暗、失败。重要的古建筑大多都是坐北朝南,大门向南开。朵朵葵花向太阳,我们已经习惯了面朝南方站立的姿势。

这种思维定式甚至影响到阅读。如阿根廷文学大师博尔赫斯《庭院》一诗里有这样的句子:"夜幕降临／庭院的两三种色彩渐感疲惫。／满月那伟大的真诚／已不再激动那习以为常的苍穹。／庭院,天空之河。／庭院是斜坡／是天空流入屋舍的通道。／无声无息,／永恒在星辰的岔路口等待。／住在这黑暗的友谊中多好／在门道、葡萄藤与蓄水池之间。"我们脑海中浮现出的画面,不用想一定是"满月"挂在南面的天空,那个"庭院"也一定是在"屋舍"的南面。可是，错了。阿根廷和澳大利亚一样也是处于南半球，月亮只能挂在北面的天空，房屋应该是坐南朝北，院子自然是在正屋的北面。但是，我们在阅读的时候，一般不会做这样的思维转换。

思维定式，也称惯性思维，是人类长期的经验或认知产生的定向性的思维方式。它有积极的一面，也有消极的一面，对我们的日常工作生活产生影响。比如，有人做了一个有趣的调查：一个公安局长和一位老人在马路边交谈，跑过来一个小孩。小孩对公安局长说，出事了，你爸和我爸吵起来了。老人问公安局长，这孩子谁呀？公安局长说，我儿子。这个问题是：小孩说的两个爸爸跟这个公安局长是什么关系。据说，一百个人中只有两人回答正确。一说公安局长，人们首先认定是男的，这就是思维定式，影响了人们的基本判断。

有的思维定式甚至能产生致命后果。拿破仑被流放到圣赫勒拿岛，有一位密友深有谋略，给他送来了一副象牙和美玉做成的国际象棋。拿破仑每天自己拿棋跟自己下，聊以打发寂寞孤独的时光，象棋被他摩挲得越加光滑，一直到他死去。后来，这副象棋被几经拍卖倒手，终于有人从棋子的底部发现了一个惊天秘密，原来里边藏着一个帮助拿破仑出逃的缜密计划。可是，拿破仑没有想到这些，他只是简单认为朋友送给他象棋，就是供他消遣的。惯性思维使拿破仑错失了逃出生天的绝佳良机，造成终生遗憾。

明代心学大师王阳明有句名言："破山中贼易，破心中贼难。"思维定式也可谓"心中贼"，我极其顽固的潜意识居然能够将空中的月亮移位，可见改变惯性思维、传统观念是一件多么不容易的事情。恩格斯说："传统是一种巨大的阻力，是历史的惰力。"传统当然有积极的一面，但也有消极的一面，我们要摧毁的是它的"阻力"和"惰力"。历来事物发展的障碍，主要就是陈陈相因的观念、习惯极其顽韧地存在于意识深处的思维定式，"苟日新，日日新，又日新"（《大学》），才能冲脱藩篱和窠臼，轻松前进。

月亮挂在北面的天空，你还以为是错的吗？

家 乡 话

在我的冀南老家至今流传着一个关于家乡话的段子。一个在外地工作的小伙子回到老家，在街头碰见二大爷，二大爷问："多咱回的？"小伙儿用普通话答："昨天下午。"二大爷说："啥？我耳背，走近点说。"小伙儿靠近二大爷又重复一遍："昨天下午。"二大爷挥手一巴掌："多咱？"小伙儿急忙改用家乡话："夜个后晌，夜个后晌。"

其实，小伙儿说普通话没错，错在环境场合不对，换句话说是语境不对。外乡人尚且讲究入乡随俗，到哪山唱哪歌，你回到生你养你的家乡，居然撇腔撩调，不会说老家话了，这不是忘本吗？纯粹找抽啊。

我现在省城工作，说的是普通话，但一旦接到老家电话，立马切换成家乡话模式，中间根本不用过渡。乡音浓浓，乡情浓浓。我对家乡话有一份特别亲近的情结。大学毕业分到邢台一所高校任教，学校老师说话分成两拨，老一点的说家乡话，年轻的说普通话，我在年轻人中成为唯一的例外，只有我说一口家乡话。按说高校老师在课堂上讲课应该用普通话，我也在用普通话还是家乡话之间有些纠结，第一次上了讲台，看到前排坐的几位老乡学生，我的家乡话脱口而出，从此，教学生涯十四年家乡话一以贯之。值得一提的是，家乡话并不影响教学效果，我在课堂上引经据典，常常逗得学生哄堂大笑。

严格说来，我说的家乡话只是乡音，并不是原汁原味的方言土语。真正的家乡话只有回到老家才能听到。比如，膝盖是博拉盖，蹲是谷堆，摔个跟头是摔个骨碌子，小偷是小绺，脾气怪是各料，屁股是腚，呕吐是哕，玉米粥是糊涂，馒头是馍馍，油条是馃子，玉米是玉蜀黍，撒谎是说瞎话，厕所是茅子，嫉妒是眼气，炫耀是谝……小时候写作文，说"老大娘挎着篮子去地里拔野菜"，这是学生腔，按接地气的写法应该是，老大娘扤着篮子去地里薅野菜。记得小时候读过一部小说叫《小砍刀》，作者忘记是谁了，但小说的语言完全是我们那块地方的话，和课本上不一样，叫我感到十分亲切，也十分震惊，我们这儿的土话咋也能写到书里？

那年看电影《天下无贼》，里边的傻根一开腔我就乐了，这小子准是我们那块儿的。后来知道王宝强是南和人，和我们县相邻。一口地道的原汁原味的家乡话，成就了王宝强，想想看，如果傻根用的是普通话，他的质朴、憨厚、纯洁，他的农村打工者的气息和韵味，还有吗？如果天津快板不用天津话，山东快书不用山东话,河南豫剧不用河南话,东北二人转不用东北话,秦腔不用陕西话,那,这些艺术品种也就不复存在了。文学也如此,有京派、海派,有岭南、黑土地,有山药蛋、荷花淀,等等,个个都强调鲜明的地域色彩,而语言是构成地域色彩的最突出的内核。

我们的母语是汉语,家乡话是母语的魂。一方水土养一方人,一方人就有一方人的腔调。"阿拉"是上海人,"俄"是陕西人,"老表"是江西人,"人仔"是广东人,东北人喜欢"唠嗑",四川人爱摆"龙门阵",北京人乐意"侃大山"……"少小离家老大回,乡音无改鬓毛衰。"不管人生漂泊在何处,寄居在哪里,乡音就像深烙在乡愁中的一块胎记,难以磨灭,永生难忘。张学良将军是东北人,一世羁旅天涯,转如飘萍,西安事变后被长期羁押,随着战事在大陆各地辗转,后到台湾,最后终老美国。长达半个世纪的囚禁生活改变了他的许许多多,不变的是一口东北乡音,在夏威夷每每见到大陆拜望他的人都会问:"你是哪疙瘩的?"鲁迅先生生在浙江绍兴,在北京、厦门、上海生活过,有人说他说话"南腔北调",他自嘲说:"我不会说绵软的苏白,不会打响亮的京腔,不入调,不入流,实在是南腔北调。"据他的学生回忆说,大先生在北京教书说的是普通话,但绍兴口音很浓,用今天的话说是"绍普"或"浙普"。现在一些影视作品,根据角色需要说带有地方口音的普通话,我认为这挺好,一不影响观众听懂，二有韵味有特点，三对塑造人物有助益。差异性造就丰富性，地域性造就世界性。

  人的一生居住地可以有无数个，但家乡只有一个。从你牙牙学语起，家乡话就像基因一样融入血脉中，成为生命的一个密电码。

刹　　那

小的时候，一度痴迷刘兰芳的评书《岳飞传》，在紧要关头，常听到一个短语"说时迟，那时快"，每当这个时候，屏住呼吸，心都提到嗓子眼了。"说时迟，那时快"的工夫，一个人的命可能就没了，能不紧张万分？

佛经中有一个说时间的词叫"刹那"，"一弹指六十刹那，一刹那九百生灭"。不得了，这一刹那该有多快！中国人喜欢大概齐，所以，"刹那"引进汉语之后，与"须臾""瞬间""霎时""一眨眼"等差不多一个意思，表示时间极短。

时间是个物理概念，也是一个心理概念。"欢愉嫌时短，寂寞恨更长"，时间没变，是心理的感受不同。"一日不见，如三秋兮""度日如年"等等，这种关于时间的心理表述如恒河沙数。时间成了橡皮筋，押则长松则短。

但是"刹那"，无论物理时间、心理时间都是极为短暂，对于人，对于世界，却极为紧要。人世间，有些事可以慢慢来，明日复明日，也要不了命，大把时间可供挥霍。然而，有些事决定于刹那、瞬间、电光石火，绝对慢不得，一慢，可能脑袋没了，所谓千钧一发是也。

写出名著《罪与罚》《被侮辱和被损害的》等作品的俄罗斯作家陀思妥耶夫斯基，由于参加了反对沙皇黑暗统治的政治活动，被逮捕入狱，判了死刑。这天，他和九名同志一起，被押赴刑场，绑在行刑柱上。狱警用布蒙上他的双眼，他陷入了黑暗之中，心中也一片漆黑绝望，听到士兵拉枪栓的声音，等待死神的降临。"说时迟，那时快"，在这千钧一发之际，一名军官骑一匹快马匆匆赶到，传达沙皇圣谕，罪减一等，改死刑为流放。"刀下留人"，这样的场景虽然有些戏剧性，我们见得多了，但也让人们熟知这"刹那"是多么要紧，多么性命攸关啊。也有相反的例子，清代文学家金圣叹就比较倒霉，在刑场上脑袋刚掉，皇上赦免的命令来了，没赶趟儿。这个时候，是命是尸，全在于一刹那。

如果说上述两例"刹那"是被动地接受命运，那么拿破仑兵败滑铁卢就在于刹那间的主动丧失。拿破仑复出称帝后，率大军攻击反法的英普联军，自引主力冒着大雨泥泞追击英军，命格鲁希元帅领三分之一部队追击普鲁士军队。拿破仑在滑铁卢与英军展开激战，双方势均力敌，尸横遍野。格鲁希却没有找到普鲁士军队的影子，途中，听到了远处传来的隆隆炮声。格鲁希的副手及众属下恳请他做出决断，停止追击普鲁士军队，转而马上支援拿破仑主力部队。这个格鲁希，谨慎胆小，死板僵化，他拿出拿破仑事前命令他追击普军的手谕，面对众属下的恳求，思考了一分钟，刹那做出决定：不能随意更改上司指示，继续追击不知影踪的普军。而普军也听到了炮声，迅速向滑铁卢靠拢，胜利的天平一下子倾斜了。格鲁希刹那的决定，决定了拿破仑的命运，决定了法国的命运，决定了世界的命运，当然，也决定了他自己的命运。

我们平常百姓对生活最美好的向往，就是过好日子。"日子"是生活，也是时间。我们有时也会面临刹那的时刻，比如开车，遇到危险情况必须刹那间做出正确的动作，才能避祸，才能保命，容不得你慢慢考虑。但更多的时候可以优游卒岁，遇到难题有充裕的时间思考、斟酌。在时间的概念里，我们常常忽略了刹那的存在和意义，任其在指缝间匆匆溜走。其实，珍惜时光从一分一秒开始，时间如同财富也是可以积攒的，如此，方能在遇到刹那的时候，生命在电光石火间迸发出璀璨的光芒。

喧闹与幽静

那天我开车去了城市郊外，在僻静处的一块石头上坐下来。四周阒无人影，静悄悄的，唯见田间玉米絮絮在微风中轻轻摆动，不知名的秋虫唧唧有声，天上白云仿若一团团棉絮缓缓飘移。"久在樊笼里，复得返自然。"我喜欢这样的幽静，眼神空茫，啥都不想，脑子里的一些浊物杂质丝丝缕缕抽离而去。这种发呆，看似石化枯坐，却像极了凝神排毒，让人特别享受。

朝城市方向望去，却听到不远处传来呜呜呜呜汽车马达的噪声，这声音不是一声接着一声，而是连成一串、一团、一排，仿佛鼎沸的开水，形成了一个声音的城墙，将喧闹与寂静截然分开。我现在分明是置身于喧闹的城墙之外了。这种发现让我悚然心惊，难不成我每天生活在一个燃沸如煮的大锅里吗？

刚来省城工作的时候，我曾经借住过一段朋友的房子。那房子两居室全部临街，而且这街是一条城市连接高速公路的主干道，每日车水马龙，川流不息。白天还好，到了夜深人静的时候，汽车呼啸而过的声音被格外放大了，嗖——嗖——每过一辆，都像在神经线上碾过，躺在床上，眼睛盯着天花板，根本无法入睡。待好不容易被极度疲倦带入梦乡，吱——一声急骤刺耳的刹车声，让我猝然惊醒，小心脏扑通扑通一阵乱跳，就再也难以成眠。这种喧闹，不仅容易导致神经衰弱，时间久了恐有罹患心脏病之虞。我勉强住了半年，就搬离了这所房子，后来买房时精心挑选了一处远离街道的楼宇。

诗人陶渊明有诗云："结庐在人境，而无车马喧。问君何能尔，心远地自偏。"你看，古人生活里最主要的喧闹也是"车马喧"，只好以精神法聊以自慰了。而今天除了"车马喧"，还有建筑工地的打夯声、水泥搅拌声，公园里大妈跳舞嘭嚓嚓的音乐声、高亢嘹亮的歌声，人声、市声，等等，各种声音共同构成了鼎沸的水分子，咕嘟咕嘟冒泡。即使躲在清静的房间里，杜门闭窗，如果细心谛听，仍然有关抑不住的各种杂音侵扰耳朵。这时最好的办法就是陶渊明教给我们的，"心远地自偏"，内心的安静才是最大的安静。当然，也可暂时逃离都市，跳到声音的城墙之外。

喧闹与幽静都是一种真实的存在状态，互为依存，互为表里，互为比较。但人们更喜欢幽静，视幽静为一种美，没有人把喧闹当成美的。喧闹易使人亢奋，从而浮躁，仿佛一场夏天的急雨，声势浩大，轰轰烈烈，然而经常只是湿湿地皮，难以从根本上润泽大地，深潜其里。而幽静却能使人放松下来，沉下心来，进入一种冥想状态，从而产生智慧，所谓"静能生慧"是也，也仿佛下雨，真正"喂饱"大地的雨大抵都是不声不响的。宋代大文豪欧阳修在其《非非堂记》一文中阐述了"静"的重要："权衡之平物，动则轻重差，其于静也，锱铢不失。水之鉴物，动则不能有睹，其于静也，毫发可辨。在乎人，耳司听，目司视，动则乱于聪明，其于静也，闻见必审。处身者不为外物眩晃而动，则其心静，心静则智识明，是是非非，无所施而不中。"用秤称物，如果动来动去就会出现误差，静下来就会分毫不差；用水当镜子，如果波纹荡漾肯定没法看清，一旦风静水平，人的毫发都可以清清楚楚地映现；同样，人的耳朵管听，眼睛管看，喧闹的状态会扰乱人的视听，在幽静之中所见所闻才会清楚明白。所以，人们不能为外界喧闹而蒙蔽心智，心静才能心明眼亮，对人间是非有准确的省察。这和诸葛孔明"非宁静无以致远"、翁同龢"每临大事有静气"是一个道理。老子云："致虚极，守静笃。"庄子亦云："正则静，静则明。"

深秋时节，我同妻子到一位朋友山里别墅去玩，对喧闹与幽静有了更深切的别样的体味。朋友花了五十万买了约两千亩的山地，筑房建屋，植树种菜，成了名副其实的"山大王"。坐在二层的大露台上，极目远眺，远山如黛，山岚轻笼，山坡绿树茂密葱茏，有微风习习拂面，顿感骋怀惬意，有如神仙。

临近中午时分，我独自一人沿着山路蜿蜒往深处走去，耳边只有潺潺的山泉流水声，树上或悠长或短促的蝉鸣鸟叫声，愈发增添了幽静之感。入夜躺在床上，所有的声音都睡去了，安静得似乎只有呼吸的声息。这种幽静又和城郊截然不同，是完全的彻底的幽静，静得有些让人发慌。却原来，有声音的幽静才是活的幽静，可贵的幽静，没有声音的幽静岂不是死寂？幽静和喧闹是矛盾的对立面，如果没有了喧闹，幽静也就不复存在了。譬如月球上洪荒大漠的幽静还是幽静吗？如此住了两宿，"羁鸟恋旧林，池鱼思故渊"，我的"旧林""故渊"是鼎沸如煮的城里。我忽然觉得那建筑工地的打夯声、水泥搅拌声，公园里大妈跳舞嘭嚓嚓的音乐声、高亢嘹亮的歌声，人声、市声，等等，才是热气腾腾的人间生活。人是社会人，如果离群索居，自我隔绝，短时可修身养性，久而久之就会蜕变成自然人，这时候的静恐不能生慧，只能促生不谙世事的傻瓜。

正如钱锺书说的"围城"，城外的人想进来，城里的人想出去，那道声音的城墙亦如此，无论是在城里城外，还是在心里心外，都截然存在着喧闹和幽静两种环境。身居闹市也能在内心筑起一道幽静的风景，同样，身处偏远也可能内心喧闹不止。喧闹和幽静，是外部的客观的存在，也是内部的主观的臆造。即便只说外部环境，能够在两者间根据心灵的需要自如转换，居于一种更安然自在的状态，方是智者。一味喧闹，或者一味幽静，这世界恐怕就显得索然无趣。

满 窗 明 月

人在旅途,夜晚走在陌生城市的街头,最打疼我们眼睛的一定是一窗一窗的灯光。那温暖、柔和的光亮,不禁会勾起游子思乡思亲的情愫,照得内心的孑然孤独无处躲藏。同样,在外久了,顶着星光回家,走到楼下,会不由自主地抬头朝属于自己的那一扇窗望去,若有一灯荧然,不啻明月的清辉立时栖满心里的每一个角落。

这种感觉恐怕人人都会有吧。

窗是家的象征。《说文解字》云:"在墙曰牖,在屋曰囱。窗,或从穴。"远古时期,人们筑房造屋,在墙上或屋顶上凿出一洞,以透光和空气,还可让烧饭的烟冒出。白天看袅袅炊烟,晚上看荧荧灯光,在田里耕作的人就知道归宿在何处。虽然对一处房屋或一个家来说,门的重要性远远大于窗,没窗或许可以将就,没门是万万不行的。但门更多的是物质属性,而窗却更多的是精神属性,寄寓了人们诸多情感和审美的内在要素。

小时候，家在农村，窗户是木头做的，由窗框、窗棂组成。窗棂也不讲究，简单的方格状。夏天钉上浅绿色的窗纱，冬天则糊上粗糙廉价的麻纸。这种麻纸上面疙里疙瘩，透光性差，白天屋里也暗乎乎的。天麻麻亮的时候，经常被鸡鸣或麻雀叽叽喳喳的叫声吵醒，又不愿意起来，就盯着窗户看，那些纸上的疙瘩竟被看出了诸般人或动物的形状，就像看天上的云彩一样，白云苍狗，天马行空，有趣好玩。遇到凛冽的寒风在树梢上狂啸，薄薄的窗纸呼哒呼哒地响，反而觉得室内暖和，睡得更香；有时窗纸突然就被吹破了，冷风顺势从破口处灌入，如果恰巧遇上下雪，雪花拥挤着飞舞，能把人冻得上下牙打架。这时没有更好的办法，只好找些旧棉衣棉裤塞到窗格，待风儿消歇了，再重新糊上窗纸。

因为窗纸薄而脆，故留下一句歇后语，事情即如窗户纸——一捅就破，或者说只差捅破那层窗户纸了。那时在农村流行听新房，一帮嘎小子簇拥在窗根底下，不仅听，还要偷窥，用手指蘸些唾沫将窗户纸捅破一个小口子，将一只"贼眼"镶嵌在窗纸上。

讲究一点的人家将窗户做成了艺术品。那一年我去山西乔家大院和王家大院，不禁为各种窗棂所吸引，造型各异，式样繁多，不仅仅是方格形的，还有菱形、圆形、卍形、扇形、瓶形等等我叫不出来名的形状，还雕刻着蝙蝠石榴、葫芦仙桃等寓意美好吉祥的物事。普通人家喜欢在过年或结婚时贴窗花，即在窗户上贴上各式各样的剪纸，或飞禽走兽，或神话人物，或五谷丰登，或福禄喜寿，红彤彤，喜洋洋，一个物质的窗户成了透视人们心灵的窗口。山西有一首民歌《剪窗花》，这样唱道："银剪剪嚓嚓嚓，巧手手呀剪窗花。莫看女儿不大大，你说剪啥就剪啥。啊儿哟，祖祖辈辈多少年，解开多少愁疙瘩。不管风雪有多大，窗棂棂上照样开红花。"物质生活固然重要，可艺术的生活同样不可或缺，精神的抚慰让一切都漾出了生命的机趣，与过年贴窗花一样，一条红头绳就足以令喜儿欢欢喜喜过个年。

窗户是人们在室内与外部世界建立联系的连接点，即使足不出户，一年四季的细微变化，春草绿了，秋叶黄了，风雨雷电，雪花纷飞，都能在窗前依次展现。窗户更像是一个画框，涂抹描绘出各种色彩各种意象的图画。古人早就发现了这一点，如杜甫："窗含西岭千秋雪，门泊东吴万里船。"张耒："梦觉隔窗残月尽，五更春鸟满山啼。"李清照："窗前谁种芭蕉树，阴满中庭。"白居易："清风两窗竹，白露一庭松。"等等。现代诗人卞之琳也有名句："明月装饰了你的窗子，你装饰了别人的梦。"清代戏曲家李渔在《闲情偶寄》中说"开窗莫妙于取景"，其实，窗外的景色是固定的，如何看景，更在于取景者的心情。譬如秋末的残荷，破败寥落之相何美之有？乐观的人却找到了听雨之乐。"隔窗听雨"成了古诗词中最多见最丰饶的意象。而东西南北四面的窗，本是普普通通的方位，却被诗人赋予了迥然有别的特殊况味，如南窗寄傲，北窗下卧，西窗剪烛，东窗嘛，哈，——东窗事发！窗户也有诸多雅称，如茜窗、绿窗、竹窗、纸窗、玉窗、金窗、幽窗、轩窗等等，这些好听的名字无不盈满了诗人温润美好的意趣。

窗外的风景不仅是风景，是美，有时还是信念、意志和生命。美国作家欧·亨利的小说《最后一片叶子》就讲述了这样的故事。青年女画家琼珊患了肺炎，病得厉害，而且对活着已失去了信心。她躺在床上望着窗对面墙上的常春藤，秋风中叶子一片一片落下，她认为最后一片叶子落下的时候，她也要随之而去了。但奇迹发生了，经过几天的风吹雨打，那最后一片叶子依然贴着墙挂在藤枝上，绿中泛黄，不曾凋落。琼珊以为这是天意，信心大增，身体竟好了一半。后来得知，那片叶子是老画家贝尔曼在闻知此事后在夜雨中画在墙上的，他却因此患了肺炎死去。这时的窗，更像一面镜子，映照出来的是人性善的底色和力量。

我现在的居室，南窗北窗通透，不再是狭小的纸窗，而是宽大的落地玻璃窗。北窗外是一条河，河对岸是公园，花红柳绿，碧波荡漾，四季皆为风景。南窗外不仅可观赏小区庭院的绿草如茵、枝叶扶疏，更喜欢明月破窗而入的清幽感觉，一如李白诗句"满窗明月天风静"所述的意境。明月装饰了窗子，窗子也装饰了人生的诗和梦。

情到深处父亦慈

父母亲在生活中大抵有一个固化的角色定位，叫严父慈母，我们向别人称自己的父母即为"家严家慈"。慈母有孟郊的诗《游子吟》为证："慈母手中线，游子身上衣。临行密密缝，意恐迟迟归。"严父的形象以《红楼梦》中的贾政为最，不仅是严格，简直是严酷了，一顿板子密密抽，将贾宝玉打得皮开肉绽，奄奄一息，差点一命归西。严父慈母的定位，有天然的性别差异，更有社会的"人设"因素，虽然偶有相异者，但主流大体如此。男人嘛，儿女情长，难免英雄气短，修身齐家治国平天下才是屹立于世的本钱。

但事情不能僵死着看，人性的繁复丰富总有旁逸斜出的情况发生，让这个世界生动有趣起来。鲁迅先生诗云："无情未必真豪杰，怜子如何不丈夫？知否兴风狂啸者，回眸时看小於菟。"（《答客诮》）这里拿老虎作比，於菟是虎的别称。明代解缙有诗写虎："虎为百兽尊，谁敢触其怒。唯有父子情，一步一回顾。"鲁迅的诗意应该源于此。至刚至猛如老虎，对待小老虎也是柔情似水，缱绻有加。"一步一回顾"，垂怜深爱之态，传神阿堵。鲁迅是一把有名的硬骨头，老来得子，却对儿子海婴有几分溺爱。一次，鲁迅和许广平生气，发了小孩脾气，躺在冰凉的阳台上，这时，海婴过来也躺在了父亲身边。鲁迅见状再也撑不住了，起来骂了句"小臭屁"，把海婴拉起来，心中不快顿时烟消云散。《战国策》有一篇《触龙说赵太后》，老臣触龙劝谏太后时托其安排自己的小儿子为宫中侍卫，太后说："丈夫亦爱怜其少子乎？"触龙说："甚于妇人。"鲁迅和触龙有一个共同点，老父少子。或许，人老了，神经变得脆弱了，柔软了，心底感情那根琴弦容易被轻轻拨动。

也不尽然。父亲的至爱情柔是情到深处的自然流露，好像与年龄没有多大关系。唐代大诗人李白一生浪迹天涯，萍踪不定，给人的感觉是，这人只爱山河不爱家。事实上自从他二十五岁"仗剑去国，辞亲远游"，就把自己交付给锦绣山河，居家的时间恐怕寥寥可数。他没有留下一首写父母的诗句，写儿女妻子的也不过区区两三首而已。当然那个时候大都志于四海，不像现在一些男人甘愿在家当奶爸。不过，李白一首《寄东鲁二稚子》还是深深打动了我们，此诗较长，只引录后半段："娇女字平阳，折花倚桃边。折花不见我，泪下如流泉。小儿名伯禽，与姊亦齐肩。双行桃树下，抚背复谁怜？念此失次第，肝肠日忧煎。裂素写远意，因之汶阳川。"从诗中我们知道李白的女儿名叫平阳，儿子名叫伯禽，李白离家已经有三年没有见过他们了。此诗表达了李白对一双小儿女的强烈思念，想象他们在桃树边想念父亲的样子，不禁方寸大乱，内心忧煎，一个充满柔情的慈父形象跳跃而出，让我们对这个不负责任的父亲有了几分原谅。纵使豪气干云、心雄万夫的大丈夫，在儿女亲情面前也会百炼钢化为绕指柔。唐代另一位诗人韦应物有一首《送杨氏女》，是写送女儿出嫁时的情景，有这样的句子："永日方戚戚，出行复悠悠。女子今有行，大江溯轻舟。尔辈苦无恃，抚念益慈柔。幼为长所育，两别泣不休。"女儿嫁给了杨姓丈夫，故称杨氏女。韦应物妻子早逝，两个女儿从小丧母，故称"无恃"，小女儿是大女儿抚育带大的，所以告别之时两人啼哭不止。这时当父亲的愀然心痛，益加"慈柔"，泣数行下。韦应物是一个感情细腻真挚的诗人，他的妻子去世后他亲自撰写碑文，对女儿表现出的"慈柔"深情令人感动。

父亲与子女间的关系，最好的境界按照作家汪曾祺的说法是"没大没小""多年父子成兄弟"。这个理念充满了平等、民主、和谐的现代意识，也满溢着浓浓的人情味，是对因袭几千年的"父为子纲"封建陈腐观念的彻底颠覆。但是我想，即便是21世纪现代化的今天，能够做到汪曾祺所谓"没大没小""多年父子成兄弟"的也并不多见。"慈柔"的父亲或许并不稀缺，但此时的慈父也仍然是另一种意义上的"严父"——严肃、庄重、正常。而还有另外一种父亲，既是慈父也是"谐父"，诙谐风趣，让家人儿女感到轻松快乐，田园诗人陶渊明和大文豪苏东坡即为此中显例。陶渊明有首诗《责子》，读来十分有趣："白发被两鬓，肌肤不复实。虽有五男儿，总不好纸笔。阿舒已二八，懒惰故无匹。阿宣行志学，而不爱文术。雍端年十三，不识六与七。通子垂九龄，但觅梨与栗。天运苟如此，且进杯中物。"陶渊明有五个儿子，在这首诗中被老爹逐个一通数落：老大十六岁懒惰无人能比；老二近十五岁本该是"志学"的年龄却不爱读书习文；老三老四是双胞胎，都十三岁了，连六和七都不认识，六加七等于十三，意思是都弄不清自己多大了；老五快九岁了，只知道吃，天天找寻梨子和栗子。咳咳，这都是命啊，不管了，还是喝酒去吧。有人说，陶渊明贪杯嗜饮，所以他的几个孩子智商都不高。其实，并非如此，如果孩子真的蠢笨，当爹的怎能写诗予以嘲笑？还是宋人黄庭坚懂得陶渊明真意，他在《书陶渊明责子诗后》云："观渊明之诗，想见其人岂弟（恺悌）慈祥戏谑可观也。"陶渊明并没有板起面孔詈骂斥责孩子，而是怀着一颗慈爱之心，故意夸大孩子们的缺点，一边絮絮叨叨数落，一边无奈摇头叹气。"慈祥戏谑"之谓字字击中靶心。苏东坡有首诗《洗儿戏作》："人皆养子望聪明，我被聪明误一生。惟愿孩儿愚且鲁，无灾无难到公卿。"这依然是一首"慈祥戏谑"之作，没有哪个父亲真的愿意孩子"愚且鲁"的，苏东坡感慨自己因聪明而致多舛的一生，对新生儿给予别样的祝福，一片慈爱深情全在诗句里头了。

我在高校任教时曾多次讲授鲁迅《我们现在怎样做父亲》一文，核心是"爱"："用无我的爱，自己牺牲于后起新人"。有一段金句我都能背下来："自己背着因袭的重担，肩住了黑暗的闸门，放他们到宽阔光明的地方去；此后幸福的度日，合理的做人。"鲁迅这篇文章写于1919年，距今已一百余年。社会形态、思想观念都发生了巨大变化，但读之依然心有戚戚焉。于今看来，无论做严父还是慈父，是庄父还是谐父，只是表达表现的方式不同，核心永远是"爱"，这是人的天性，更是责任。不过，方式也是观念的体现，现代社会大家更喜欢平等、和谐、民主的父子关系，恐无人喜欢贾政那样动辄疾言厉色棍棒伺候的严父吧。

一 把 土

故事发生在20世纪70年代,那时我大约八岁。

那天下午,我背着箩头去地里割草,其实也带有半游逛的性质,就这样到了村西靠近公路的一片开阔地。只见那里搭了一顶帐篷,有数十个箱子散落在地上,我曾听人说过有外地养蜂人来这里养蜂,便起了好奇心,兴头十足地走了过去。

此时,太阳西斜,地平线上起了淡淡的红霞,有微风轻轻吹拂。养蜂的是两个男人,一个四五十岁,一个二十多岁,像是父子俩或者叔侄俩。年轻人正在收蜂,一身防护服,遮得严严实实,头顶大檐帽子,下垂着像窗纱一样的面罩。那些蜜蜂嗡嗡嘤嘤,打着蛋儿在蜂箱上面蠕动,还有的从远处飞回来,钻进箱子里。我警惕地站远一点儿,生怕被蜜蜂蜇一家伙。我曾被蜜蜂蜇过,皮肤红肿,又疼又痒了好几天。那个年长者已经脱了防护服,在帐篷外面给炉子生火,收拾着要做晚饭了。

我们冀南平原一带,乡野上从春到夏开满鲜花。春天有油菜花、枣花、桃花、杏花、梨花，夏天有各种瓜果的花、庄稼的花、大片大片的苜蓿花，等等。常有南方人来此养蜂，过上一阵就走了，不知去了哪里。本地人很少养蜂，所以见到养蜂人那些奇怪的衣服、那些箱子，就有些稀罕。我知道蜜蜂是带蜜的，曾经捉过一只蜜蜂，小心翼翼地将其尾部的针拔掉，挤出蜜汁，用舌头舔了，真是比糖都甜。这些养蜂人养这么多蜜蜂，得酿出多少蜜啊。

养蜂人见我一个小孩站在一边怯生生地看他们，也不搭话，径自忙着。年长者在炉子上面坐上锅，添上水，往里边放了一把大米，看样子要熬粥。

这时，又走过来一个男人。这人有三十来岁，穿着白衬衫，白白净净的，浓眉大眼，很英俊，有几分电影明星赵丹的模样，按现在的话说，很帅。他也和我一样，背着箩头，筐里边有青草。我不认识他，我猜他可能是邻村的，长得这么洋气，倒不像一个农民。这人嘴唇很薄，据说嘴唇薄的人能说。他果然能说，像熟人一样和养蜂人拉家常，问他们是哪里人，为啥到我们这个地界养蜂。不知道养蜂人能否听懂他的问话，反正养蜂人说的话，太侉了，我一句都听不懂，简直和外国话差不多。"薄嘴唇"听不懂养蜂人的话，自然认为养蜂人也听不懂自己的话，突然就笑眯眯地说："你妈个×。"说完还冲我眨眨眼。我吃了一惊，"薄嘴唇"怎么骂人啊？人家没招你惹你的。我急忙往养蜂人的脸上瞧去，还好，并无异样，看来真是互相听不懂对方的话。

既然无法交流,就无话。

年轻人还在不远处往一堆箱子里收蜂,年长者返身进了帐篷,可能是取什么东西。天色有些暗淡了,我准备回家。此时却发生了一件不可思议的事情。"薄嘴唇"趁人不注意,迅速在地上抓了一把土掀起锅盖扔进正咕嘟的锅里!我一下傻眼了,想走却脚下钉子一样钉在地里,腿拔不开。"薄嘴唇"又笑眯眯地冲我眨眨眼,背起箩头大摇大摆地走了。

我紧张地朝帐篷外的年轻人望去,他背向这面忙碌着,对这边发生的事情浑然不觉。年长者也还待在帐篷里没有出来。事情的发生只是一瞬间,我却觉得有一万年那么久,时间在这一刻停止了。我有些害怕,有些迷惑,有些难过,我不明白"薄嘴唇"为啥要这么做,锅里放了土,那粥还能喝吗?会不会很牙碜?我要不要告诉养蜂人?可他们听不懂我的话呀。

年长者从帐篷里出来了,手里拎着一张案板和一棵葱。他如果仔细瞧,肯定会发现我的慌张和涨红的脸,但他仍然没有理会,自顾自忙起来。我松了一口气,也赶紧脚底抹油,溜之大吉。

晚霞映红西边天际的时候,我回到了家中,将筐里的草摊在场院,坐在门前的碾盘上回想刚才发生的事。两个养蜂人吃饭的时候,一定会发现不对劲,那么肯定会怀疑是我这个小男孩干的,一我正是调皮捣蛋的年龄,二我是最后一个离开的,三那个"薄嘴唇"是个大男人,没道理无端发这样的孬嚎。如果我当场向养蜂人"举报",说出真相,肯定就不会遭受怀疑了。可是,当时我心虚得厉害,好像就是我干的,哪里有勇气"举报"啊。

多年之后,每当想起这事,我就会觉得那个漂亮的"薄嘴唇"男人无比丑陋,他将一把土扔进人家煮饭的锅里,同时牵累于在场的我,好像我是他的同谋。这世界上总会有这样的人存在,以无端作恶寻求快感,损人为乐,人性的卑劣一遇机会像白蛇喝了雄黄酒,便会显露原形。

这一把土,扔进锅里,也扔到我的心里。

语 文 课

十岁那年冬天,我和母亲随父亲开始在县城生活,我转学到北牌小学上四年级。

班里一半是本地的孩子,一半是县直单位的干部子弟,从穿衣打扮就能看出截然分明的两类。那些干部子弟,无论男孩女孩都很洋气,外罩的确良裤子,里边穿毛衣毛裤,有的还将一条雪白的口罩吊在背后。我虽然属于干部子弟,但来自农村,和那些本地孩子一样土里土气,一身粗布衣裳,套着棉袄棉裤,臃肿得像狗熊,棉袄不附身,对襟朝前撅撅着。我初次转学到县城,眼拙胆怯,更显得呆头呆脑。

班主任兼语文课老师姓郑,本地人,个子瘦高颀长,白净脸,脾气不太好,说"干啥"总说成"嘎",他一拧眉说哪个同学"嘎",那个同学立马就木在那里了,像老鼠见了猫。几次见郑老师说"嘎",尽管不是说我,我也慌慌的,害怕。但是郑老师课讲得真好,很投入,神采飞扬、活灵活现的,有时讲着讲着还哭了，弄得底下唏嘘一片。

这天是语文课，郑老师布置了一篇作文让大家写。我有点儿蒙，啥是作文啊，我在村里上学从来没学过，也没写过啊。但我不敢跟老师说我不会，我怕老师眉毛一拧说"嘎"。那就瞎写吧。题目是什么，如今我已想不起来了，但写完之后我在末尾留的几句话仍然记得清清楚楚："老师，我不会写作文，写得不知对不对，请您指正。"下课的时候，我满心忐忑地把作文本交到了讲台上。

再上语文课的时候，郑老师抱着一摞作文本上了讲台，说，这次作文写得最好的，他顿了顿，眼光瞟向了我，手一指：就是这个新来的同学。唰地一下，教室所有的目光都朝我投来，我有些猝不及防，完全没有想到，脑袋嗡的一声，一张脸立时涨得发烫，呆愣愣地手足无措。接下来，老师开始念我的作文，我的身体不停地颤抖，手心里汗津津的。老师念完了，说，还有呢，最后把我留下的几句话也念了，引起哄堂大笑。

而今想来，这算是我第一次公开"发表"文章吧，尽管读者只有四五十人。那几句留言，颇像投稿时给编辑的客套话呢。不管怎样，从此我喜欢上了语文课，同学们也喜欢下课后主动找我玩了。我依然眼气城里孩子的洋气，但家里条件不好也没办法，至少语文成绩好让我打消了乡巴佬进城的自卑感。

其实，我第一次写作文就撞了头彩是有原因的。虽然我以前一直在农村长大,但"阅读"并不比城里孩子少。父亲是教师出身,后来在县文教局工作,每次回家他都会带一摞子报纸回去,还有一些杂志,这些当然不是让我看,是给母亲糊墙、糊窗户、打袼褙用的。可我天生是与文字有缘的,见了这些报刊,上面还有照片和图画,就看着玩,久而久之竟学到了不少东西。我和母亲去县城父亲那儿或赶集的时候,一定会去新华书店买几本连环画,记得有《闪闪的红星》《小英雄雨来》《鸡毛信》《小兵张嘎》等等,自己看完了,还要给村里的小伙伴们边看边讲,甭提有多神气了。所以,虽然是第一次写作文,也能够比葫芦画瓢对付一气的。

后来语文课一直是我的最爱。朗读课文、解词+造句、分析段落大意、总结主题思想,这些环节对于有些同学来说枯燥乏味,我却总是津津有味。尤其是作文每被老师念一次,那一天就成了我快乐的节日。我还喜欢朗读,朗读是语文课的最大特点,没有朗读哪来的"琅琅读书声"?直到今天偶尔走到学校外面,听到教室里传出的整齐洪亮的读书声,依然感觉十分亲切,那声音带着稚气,充满朝气,如银瓶乍破,如珠落玉盘,如翠鸟初啼,不是天籁胜似天籁,是人间最美妙的乐音。

有一次语文课令我终生难忘。课本里有一课是《东郭先生》,这个故事大家都熟悉,讲的是战国时期有一个东郭先生,很迂腐,救了一只被猎人追杀的狼,结果狼反而要吃了他,他让路过的一位老农评理,最后老农设计打死了那只狼。

郑老师按照正常的课程要求讲完了课，别的同学下课了，他把我和另外几名语文好的同学带到了他的办公室，神秘地告诉我们说，他把《东郭先生》排成了节目，一个短剧，叫我们几个分别饰演其中的几个角色，秘密排练，一个星期后在语文课上演给全班同学看。郑老师分派了角色，把东郭先生给了我，让我们分别抄了台词，讲了怎么演，叮嘱大家保密。大家都很兴奋，有一种电影里地下工作者的感觉。之后一放了学，我们几个就跑到一个没人的地方偷偷排练。一周后的语文课，终于在班里响了一个"大炸弹"，把全班同学都"炸"晕了，天啊，语文课还可以这样上，太有意思了啊！

　　几十年过去了，每当想起小学时候的语文课，想起那个瘦高个、白净脸、总爱把"干啥"说成"嘎"的郑老师，想起那次有趣的《东郭先生》表演课，心中总会盈满温馨。人的一生，有许多事情都是机缘巧合，有时一句话、一个人、一堂课，都有可能是点燃生命、照亮旅程的火种，值得一生去回忆，去珍惜。

在 高 处

生在平原农村,视野之中都是平展展、直阔阔,少有起伏高低。所谓的高处无非是屋顶、树上、墙头和砖窑。似乎人都喜欢高处,幼时被大人举高高,乐得咯咯笑,再大些,上房、爬树、攀墙头、登窑顶是乐此不疲的游戏。身在高处,好像也高大起来,俯瞰人们在下面来来往往,心里有一种莫名的快意。

长大了,走出平原,真正的高处是山,层峦叠嶂,连绵起伏,一山更比一山高。许多山名叫摩天岭,意思是高得可以够着天了。我爬过不少山,站在高高的山岗上,极目远眺,游目骋怀,不由得生出"会当凌绝顶,一览众山小"和"欲与天公试比高"的豪气。

比登山更高的就是坐飞机了,这也是一个普通人在高处的极限,扶摇直上,犹如庄子笔下的鲲鹏。透过舷窗往下看,高山如土丘,楼房像火柴盒,汽车变成甲壳虫,所谓"人如蝼蚁"就不是比喻了，而是视野中真实的情景。飞机升到云层之上，就只能看见如雪如棉的云海了。

平视、仰视和俯视给人带来的心理感受是完全不同的，同时也会影响人们的观察和思考，井底之蛙与鸿鹄远翥是两个视界，也是两个世界。荀子曰："吾尝跂而望矣，不如登高之博见也。"俗语亦云"站得高看得远"，这也是人人喜欢在高处的原因。

闲暇之时，我喜欢去城郊一个林密人稀的公园散步，那种隐去喧嚣的幽静安谧令人心神愉悦。但还不够，我更愿意到一个跳脱平面的高处，于是，西郊的小山成了我经常光顾的地方。站在山上东望，目力所及一览无余，毫无阻碍，城市样貌尽收眼底，道路、楼房、河流、湖泊都装在眼眶内，心胸顿然廓大起来，那些积郁于心的浊气、不快似乎通过眼睛一丝一丝释放殆尽，感到万分畅快。这种登高远望成了我日常治郁释怀的有效方式。

然而这种在高处的美妙感受，居然也有了反转，给我带来莫大的困扰。

事情好像是从办公室搬到新大楼十三层开始的。窗户面南，我坐在座位上扭脸看向窗外，天空辽阔，白云悠悠，远近有层层叠叠的楼房以及郁郁葱葱的树木。挺好。但是，当我走向窗前往楼下看时，视觉中的事物变得怪异变形，走动的人似乎只有脑袋和两条迈动的腿，身躯和头重叠在一起，我突然感到头晕目眩，双腿发软，而且整座楼似乎要向地面倾倒，我赶紧离开了窗子。

从那天起，我不敢在窗前站立，也不敢乘外挂观光电梯，即使坐也是面朝里。此时头晕、腿软还算是好的，要命的是有一种要跳下去的冲动。我知道，我患了恐高症。

从喜高到恐高，这莫非是上苍给人制定的抑制机制和平衡机制？物极必反，乐极生悲，矛盾的对立统一是事物的自然法则。

据英国一项调查显示，现代都市人中有91%都曾出现过恐高症状。

在外旅行，最怕的是坐索道缆车，但凡可能我都选择徒步。一次，我们一家五口去嶂石岩景区游玩，山高壁峭，巉岩嵯峨，再加上带着三岁的孙子，不可能攀爬，只好坐缆车。刚开始倒还好，缆车贴着山坡慢慢爬升，树丛荆棘就在脚下，然而，随后缆车越升越高，距离地面越来越远，完全悬在空中，脚下是万丈沟壑。儿子儿媳说说笑笑，指点江山，不时拿手机拍照，妻子逗着孙子，指点着空中的白云和飞鸟，一派怡然自得。我却将眼光收回到缆车内，紧盯着地板，双手使劲扣住座椅。缆车在空中滑行，上不着天下不着地，名副其实的"悬"着，心就更悬着。挨到下了缆车，发现手心里全是汗！

人类恐高之患自古皆有，即使是文人墨客登临高处，也不全如杜甫那样豪情万丈。李肇《国史补》载："韩愈游华山，穷极幽险，心悸目眩，不能下，发狂号哭，投书与家人别。华阴令百计取之，方能下。"作为一个大诗人，登临华山之巅，非但没有意气风发，反而怕得要死，严重失态，不仅号啕大哭，而且还写下遗书。华阴县令想尽了办法才把他从山上弄下来。不必笑话韩愈，苏轼也曾在悬崖边两腿打战（股栗），像韩愈一样，居高哪有什么胆魄，只有胆寒。

李白面对高耸入云的蜀道感叹说"噫吁嚱，危乎高哉"。这里边隐含一个道理，高处固然有绝妙风光，同时也有危险相伴，一币两面。苏轼谓"高处不胜寒"也是对身在高处之人的警醒之语。

慢慢走，欣赏啊

阿尔卑斯山山谷有一条公路，两侧风景优美，路旁立有一块牌子，上面写着："慢慢走，欣赏啊！"

这是一条暖心的提示语，也颇耐人寻味。

我不清楚立牌子的地方是否在意大利境内，却想起了一则意大利的趣闻：某城市规定，行人在街上走路不得太快，否则有警察罚款，因为脚步匆忙会引起周遭人心慌不安，以为发生了事情。另据说在德国，人们坐在酒馆里，一杯啤酒可以细品慢啜两三个小时。人们将这些称为"慢生活"，即以悠闲、从容的心态品味生活、享受生活。

而我们熟悉和习惯的却是另一种情形。同样是旅行，有人不无调侃地总结出行程"三部曲"：上车睡觉，下车尿尿，景点拍照。尤其是跟团旅行，时间卡得死死的，步履匆匆，走马观花，浮光掠影，走到哪儿紧着拍照，以示"到此一游"，俺来过。至于风景美在哪里，妙在何处，也只能说个大概齐。那种人与风物景观心灵的交会，物我两谐，形神贯通，都被"匆匆"二字稀释了，而这些只有"慢慢"才可以抵达。

现代社会压力倍增，内卷日甚，快节奏成为常态，这体现在我们日常生活的方方面面。譬如说，一些用语常被缩略简化，如将"生日快乐"说成"生快"，好像多说俩字都是耽误工夫，但如果不是特定语境，会让人觉得丈二和尚摸不着头脑。譬如，有些短视频设置"倍速"功能，一般有1.0、1.5、2.0三等，如果以2.0倍速听之，叽哩哇啦，勉强能知道个意思，而人的语气、声调、表情等细微的东西全被忽闪掉了，甚至滑稽可笑。其实短视频才不过几分钟，"倍速"就是与那些耐心缺乏者的合谋。世上大多的事情不是赛跑，快了就好，"萝卜快了不洗泥""欲速则不达"等都是对"快"的否定嘛。缩简、倍速、速成，一味求快的背后实际上是浮躁心理在作祟。

著名评论家雷达曾写过一篇《缩略时代》，他在文中写道："贾平凹有一部著名的长篇曾用了《浮躁》的题目，意在隐括时代，在那时，尚不失为一种智慧的概括，可是现在还用'浮躁'已不够了。我终于想到了两个字，叫作'缩略'——缩者，把原先应有的长度、时间、空间压缩；略者，省略、简化之意。称我们的时代为'缩略时代'，更为准确。"不管是《浮躁》的作者贾平凹还是这篇文章的作者雷达，都意在对浮躁之病进行针砭，而这种浮躁之气尤其是文化浮躁犹如顽疾难以根治，不同的时候有不同的表征。

  读书的投机取巧。一次闲聊，一个年轻朋友告诉我，他一年读三十多本书，我表示欣慰，夸赞他读书不少。但详细一问，却令我大失所望。原来，他是跟着一个著名作家所谓"有声阅读"读书的，这位作家有个庞大的推广阅读计划，利用这个节目，精选并提纲挈领地拆解书籍，每周一本名著。乖乖，三十多本就是这样读的呀，这就算读了名著了？充其量只是略知个皮毛罢了，名著的语言魅力、气韵精髓依靠这种方式是无法汲取的。应该说这位作家是好意，但这种走捷径、抄近道的省略式读书方法，实在是一种误导，这比浏览、翻阅的快读方式更为糟糕。这个节目粉丝甚夥，作家的名号和浮躁的心理达成了默契。我曾花了两个月的时间读了托尔斯泰百万余字的巨著《战争与和平》，有人惊叹说，百万字，太长了，这得需要多大的耐心啊，看看同名电影不就得了？这种以看改编的影视代替读原著是又一种投机取巧的方式。

  创作的急于求成。一夜成名，一日爆红，一鸣惊人，实在太诱人了，恨不得省略过程，直抵目标。而这创作的过程是十分寂寞枯索的，人生难耐是寂寞啊。有人倘若一星期不在报刊上露脸就好像被世界遗忘了，以频频的曝光刷存在感，只在一个层次上批量生产，却难有质的突破。有的影视作品为抢滩占地、追逐票房而粗制滥造，漏洞百出。有人一年之中四处采风，八方游走，仿佛无根的浮萍，时间久了心也浮了，气也躁了，写出的东西必是浮皮潦草，采风成旅行，作品成游记。凡此种种，踏不下心来，扎不下根来，耐不住寂寞，怎能创作出精品力作？最近我读了作家出版社编辑韩星的一篇文章《一生一部代表作》，颇受触动。以电视剧《大宅门》闻名的郭宝昌，拒绝出版社再版《大宅门》剧本，他心心念念的是创作同名长篇小说。"16岁动笔，54岁完稿，38年三写三毁，阅尽世情冷暖。80岁增删，83岁定稿，67年终偿夙愿，一生一部代表作。"立志要写出"垫棺作枕"之作的陈忠实，一生也只有《白鹿原》一部长篇。大家所熟知的《红楼梦》，"字字看来皆是血，十年辛苦不寻常"，是用心血和生命写就的经典。俗话说"十年磨一剑"，在这漫长的时光里，如蒲松龄在《聊斋志异》序中所言："子夜荧荧，灯昏欲蕊；萧斋瑟瑟，案冷疑冰。"这真的需要巨大的耐心与坚韧的意志。

浮躁之气的形成，根子还在于急功近利、竞争压力、内心焦虑、欲望诱惑等等。清人金圣叹尝谓："贪游名山者，须耐仄路；贪食熊蹯者，须耐慢火；贪看月华者，须耐深夜；贪见美人者，须耐梳头。"欲实现目标，须有耐心，而要有耐心，则需慢下来、静下来、沉下来，消除躁气，久久为功。贾平凹有一个比方打得好，用碗接瀑布之水，终不可得，太急嘛。

"慢慢走，欣赏啊！"我想，不妨将这块牌子挂在心上，则一定会领略到不一样的风景，不一样的美。

灰尘中披拣金粒

我估摸，读过《太上感应篇》的人当寥若晨星。也是啊，这么一件老古董应是被尘封于蛛网密布的旧屋，自然鲜有人光顾。即使它曾经晶莹如玉，也灰头土脸，湮没不彰了。

我初闻《太上感应篇》，是读了茅盾小说《子夜》。作品里有一个老地主吴老太爷，来到上海，十里洋场的一切令他眼花缭乱、心慌气短，一本《太上感应篇》天天抱在怀里，作为精神支柱来抵御外面的世界。老头最终受不了种种刺激，一命呜呼。《子夜》中，吴老太爷和《太上感应篇》具有浓郁的象征意味，腐朽、僵化、没落，一起被时代激流涤荡。

再次与《太上感应篇》相遇，是读《红楼梦》。被谑称"二木头"的贾府小姐迎春懦弱怕事，与世无争，手边的书就是这部。依迎春的年龄，应该和黛玉一样看《牡丹亭》《西厢记》一类的青春之书才对，却与吴老太爷这个老朽有相同的读兴，这无疑加深了我对此书的坏印象。

从此,《太上感应篇》被抛到爪哇国,压根没想着读上一读。倘若我捧一本在手,一定会笑我自己:你没事吧?

一个偶然的机会,我又与之劈头相撞,没想到所谓的"书",全文才一千二百多字,不禁好奇,很快就读了一遍。看完之后,大为惊奇,竟然与以前所想象的大相径庭!虽不敢说其字字珠玑、句句闪光;虽然开篇所云"祸福无门,唯人自召;善恶之报,如影随形",明显存在因果报应观念;通篇也不乏糟粕混杂其间;然而其劝善向好的核心意旨毋庸置疑,且有不少金粒熠熠生辉。看来,预设立场、人云亦云实为读书之大忌。

"太上",是指太上老君,道家至尊。"感应",即天人感应。关于《太上感应篇》的作者,众说纷纭,成书年代也莫衷一是,但大约成于北宋末,兴于南宋初。宋理宗题字"诸恶莫作,众善奉行"刊于卷首,并赐禁钱百万刊印,使得此书广为传播,至明清已臻巅峰,在民间广有影响,被誉为"古今第一善书"。作为道旨来讲,行善积德的最高境界是得道成仙。"欲求天仙者,当立一千三百善,欲求地仙者,当立三百善。"这个求仙途径,与那些符箓、服丹、练气、诵经等玄虚的手段迥异,而是善行善举,现实而接地气。文中列举了二十六条善行和一百七十条恶行,包括社会道德、家庭伦理以及草木鸟兽等诸方面,作为人们趋善避恶的行为指南。

文中有些劝善的言辞,如"忠孝友悌,正己化人;矜孤恤寡，敬老怀幼""济人之急，救人之危""受辱不怨，受宠若惊""施恩不求报，与人不追悔""不履邪径，不欺暗室"等等，虽然观点无误，却也并不新鲜。但有些话说得很具体，触及人性细微之处，稍加思之，令人悚然汗出。比如"不彰人短，不炫己长"，日常生活中反过来把"不"字去掉的人是否比比皆是？再如"形人之丑，讦人之私"，私底下、饭桌上喊喊喳喳议论别人的丑闻、隐私，且津津乐道者，是否所在多有？"纵暴杀伤""决水放火"这样的极端恶行固然稀有，但如下的阴暗心理行为还是并不鲜见："见他荣贵，愿他流贬；见他富有，愿他破散；见他色美，起心私之；负他货财，愿他身死；欲求不遂，便生咒恨；见他失便，便说他过；见他体相不具而笑之，见他才能可称而抑之。"所谓"愿"，是说这种恶可能只在心里，但心生了念往往会化为行动，恶念便会变为恶行。此文涉及人生的方方面面，像一盏探照灯，将角角落落的人性之恶照得无处遁形，不由得让人反躬自省，"对照检查"，我们自己内心深处是否也隐藏着这般龌龊的恶念？

　　《太上感应篇》另外的特别可贵之处，在于其具有较强的现实意义，即尊重万物生命，崇尚与自然和谐共生。如"昆虫草木，犹不可伤"；再如"射飞逐走，发蛰惊栖；填穴覆巢，伤胎破卵""无故杀龟打蛇""用药杀树"等，射杀飞禽，追捉走兽，掘挖蛰虫，惊走栖鸟，填埋动物的洞穴，弄翻鸟儿的鸟窝，毁伤怀孕的兽，打破鸟儿的蛋……这些对动植物的破坏伤害行为，不管是出自成人还是儿童，都是不可宽恕的恶行，必将受到惩罚。

当然，《太上感应篇》也有虚妄迷信的地方，如神灵福祸说；又如"晦腊歌舞，朔旦号怒"，月底年底不能唱歌跳舞，初一早晨不能号哭发怒；"唾流星，指虹霓"，不能对着流星吐唾沫，不能手指彩虹。我小时候，大人就训诫说以手指绛（彩虹）烂指头，大抵源于此。

俞平伯曾祖、清末学者俞樾评曰："此篇虽道家之书，实不悖乎儒家之旨。"作为道家的一部经典，作者不详的《太上感应篇》虽远逊于李耳的《道德经》，却不可忽视它曾经在历史和民间产生的巨大影响，认真读一读，"去其糟粕，取其精华"，刮垢磨光，可令其重新焕发光彩，裨补于世道人心。

中　国　红

这是秋天最美的时节，蓝天如洗，白云悠悠，田野里黄澄澄的稻谷笑弯了腰，葡萄架上缀满了紫色的玛瑙，无边的绿树青草在怡人的秋风中摇曳。与朵朵红花相映，有一抹红在乡村、城镇的街头铺展，如天上火烧的云彩，那是一面面五星红旗组成的赫赫列阵，在房顶，在门楼，在灯杆，在孩子们的手中，飘扬，飞舞。哦，这是国庆红，更是中国红。

在中国，无红不欢，无红不喜，无红不庆。

赤橙黄绿青蓝紫加上黑白，九种颜色，构成了这世界的丰富多彩、瑰奇美丽。在这些颜色中，红居首。尽管萝卜青菜各有所爱，姚黄魏紫各有所好，人们都有自己钟爱的色彩，然而，恐怕无人厌弃排斥红色。中国人喜红有一种骨子里的天然，几千年流淌在基因里，称红色为精神符号和象征大抵也不为过。

和四岁的孙子下军棋，棋子有红字和黑字，让他挑，每次他都毫不犹豫选择红字。我问他为啥，他说："我是红军，你是黑军。"我哈哈大笑，其实，小小幼童并不懂得啥是红军，是本能地喜欢红色，以为红军就可以赢。红色鲜亮、醒目，带有暖意，天然招人喜欢。

意为红色的汉字另有赤、朱、丹、绛、绯等，最早甲骨文为"赤"，会意字，从大（人）从火，人在烤火，也即指火的颜色。"赤日炎炎似火烧。"在原初先民看来，红彤彤的太阳、红彤彤的火，都拥有驱除寒冷与黑暗的神奇力量，代表着光明和温暖，由此播下崇红之因，甚至将中国称作"赤县"。"红"字出现较晚，大约在战国时期，形声字，字中有丝，与丝织品有关，《说文解字》谓："红，帛赤白色。"是把帛染成红白掺杂的粉红色或桃红色。早期文献多用"赤"，大约从唐代始"红"成为红色的统称，唐诗可证，如"日出江花红胜火""红豆生南国""霜叶红于二月花"等。周朝开启了以红为贵的传统，此前的夏朝以黑为贵，商朝以白为贵。《礼记》载："礼楹，天子丹，诸侯黝垩，大夫苍，士黄之。"意思是，房子的廊柱遵循礼制，天子用红色，诸侯用黑白色，大夫用青色，一般的读书人用土黄色，颜色有了明确的等级尊卑。《诗经·七月》有句"我朱孔阳，为公子裳"，也佐证了红色的尊贵。明朝皇帝姓朱，红色更受尊崇，红墙红柱红门成了皇宫的特享专用，富丽堂皇，庄严煊赫。清朝延续了这个传统。

古人将青、黄、赤、白、黑五色称为正色,其他颜色为间色,也即杂色。春秋时期齐桓公喜穿紫衣,令孔子不满,"恶紫之夺朱也",如同淫邪的郑声扰乱了雅乐,故紫不能乱红,邪不能代正。

以红为贵,成为一个集体无意识积淀于民族心理深处,同时,红色被赋予喜庆、吉祥、欢乐、红火、热烈等美好的含义,更加民间化、世俗化、生活化。人们将结婚称作红事,在传统的婚礼中,新娘要着红衣,穿红鞋,披蒙头红,迈火盆,房间要贴红喜字,点燃红蜡烛,新郎也要红袍加身。男女合卺意味着将孕育诞生新的生命,当然是人生的大喜事。过新年要贴红对联,粘剪纸红窗花,挂红灯笼,红色的鞭炮纸屑撒了一地,在寒冷萧瑟的时节,触目的红色散发着暖意,激发着热情,寄寓着希望。《白毛女》中贫穷农民杨白劳,过年没钱给闺女喜儿买花戴,只扯了二尺红头绳,欢欢喜喜扎起来。这头上灼目的一抹红,令卑微中有了高贵,困窘中有了欢悦,黯淡中有了明亮。

回想少时,记忆中也有多帧底片被红色漂洗:爱看的电影是《闪闪的红星》,"红星闪闪放光彩,红星灿灿暖胸怀",潘冬子珍藏着父亲留下的红星帽徽,成为黑夜里不灭的信念之光;爱看的戏是京剧《红灯记》,那盏本是铁路扳道岔工人用的号志灯,让人着迷,放射出神奇璀璨的光芒;爱看的小说是《红旗谱》《红岩》《红日》,英雄主义的豪迈壮烈燃烧着少年炽热的心；爱读的诗词是《毛泽东诗词选》，"看万山红遍，层林尽染""红旗漫卷西风""红雨随心翻作浪，青山着意化为桥"……大气磅礴，瑰丽无比。

中国古典小说最伟大的一部叫《红楼梦》，红色是这部作品的主色调。有研究者统计，作品中写到的红色竟有十七种之多：碧玉红、大红、粉红、海棠红、绛红、茜红、石榴红、桃红、水红、酡红、猩红、杏子红、胭脂、杨妃色、银红、硬红、朱红。一种颜色，明暗深浅不同，色差有异，竟有如此的细微之别，繁复绚丽。小说主人公贾宝玉和林黛玉前世分别为赤瑕官神瑛侍者和绛珠草，宝玉的住所叫"绛芸轩""怡红院"，书中所写服饰、建筑、器物、草木等哪里又少得了红色呢？红学家周汝昌著《红楼夺目红》，谓："雪芹是有红则喜（怡红），失红则悼；与红相依为命。"

至此，竟也不经意间关涉了红色的历史渊源、社会习俗、现代意蕴、文化传统等，诸多因素加持，红想不"红"都不行啊。红中国，中国红。在这样一个风清气朗的秋日，我忽然想到了石榴，鲜红的花朵灼如旭日，灿若云霞；石榴籽仿佛颗颗红宝石，赤色如火，晶莹玲珑，团团环抱，"千房同膜，千子如一"。这是一个红色的果实，适佳节品尝，甘如凝蜜，滋味绵长。

惊　　艳

　　如果你在人丛中蓦然看到一个绝色美女,是否会有怦然心动、神魂一荡、被惊着了的感觉?有一个词可拿来形容,叫作"惊艳"。与此相类似,如果看见一个像古代嫫母、无盐这般的丑女,也会被惊着,——不过不是惊艳,而是惊吓。丑的繁体字"醜",里边有"鬼",能不受到惊吓吗?极美和极丑予人的心理机制大体仿佛。

　　实际上,在现实生活里能让人惊艳的美女还真不多见。也是,如果常见,就不会惊着了。所谓"惊鸿一瞥""惊为天人",那一定是稀有的神仙品级。如宋玉《登徒子好色赋》所云:"增之一分则太长,减之一分则太短,著粉则太白,施朱则太赤。"如曹植《洛神赋》所云:"翩若惊鸿,婉若游龙。"这样的极品美女大抵只存乎文人的想象和文学作品中。

　　"惊艳"一词出自金圣叹批本《西厢记》,第一本第一折就名之《惊艳》。张生在普救寺邂逅崔莺莺,一见之下就惊了,傻了:"颠不刺的见了万千,似这般可喜娘的宠儿罕曾见。则着人眼花缭乱口难言,魂灵儿飞在半天。"金圣叹评点道:"写张生惊见双文,目定魂摄,不能遽语。"双文即莺莺。张生为莺莺的美貌感到惊奇和震撼,"我谁想这里遇神仙",眼花了,魂飞了,说不出话来了,端的一见倾心,一见钟情。张生崔莺莺的故事,源于唐代诗人元稹的传奇小说《莺莺传》,其中写道,崔氏令女儿莺莺出来见张生,"久之乃至。常服睟容,不加新饰,垂鬟接黛,双脸销红而已。颜色艳异,光辉动人。张惊,为之礼"。你看,张生一见莺莺"艳异",乃"惊",这大抵是"惊艳"的原版。

崔莺莺之美令张生惊艳犹嫌不够,也可能是情人眼里出西施呢,还得接下来惊着僧众才有说服力。且看:"大师年纪老,高座上也凝眺。举名的班首真呆佬,将法聪头做磬敲。""点烛的头陀可恼,烧香的行者堪焦。烛影红摇,香霭云飘,贪看莺莺,烛灭香消。"好家伙,这个画面太有趣、太好玩了。看来,美艳自带电流,噼噼啪啪直接击倒一片,七荤八素,七颠八倒,目迷神夺,意乱魂摇。崔莺莺长啥样,这般令众人为之倾倒?作品有直接描写:"你看檀口点樱桃,粉鼻倚琼瑶,淡白梨花面,轻盈杨柳腰。妖娆,满面儿堆着俏;苗条,一团儿真是娇。"口、鼻、脸、腰、肤色、神情、身材都写到了。古代文学写美女之美,大多都陷入这般程式化套路,诸如樱桃口、杨柳腰啊,沉鱼落雁、闭月羞花云云,倒不见得有什么稀奇。记得有一个相声讽刺"樱桃小口",说那么一张小嘴吃炸酱面,滋溜一声,面条进去了,酱全留腮帮子上了。

《金瓶梅》第八回写潘金莲毒死武大郎之后请僧人作法事,这些僧人见到潘金莲,也惊着了。这个"惊艳"的桥段与《西厢记》差不多。"那众和尚见了武大这个老婆,一个个都昏迷了佛性禅心,一个个多关不住心猿意马,都七颠八倒,酥成一块。但见:班首轻狂,念佛号不知颠倒;维摩昏乱,诵经言岂顾高低。烧香行者,推倒花瓶;秉烛头陀,错拿香盒。宣盟表白,大宋国称作大唐;忏罪阇梨,武大郎念为大父。长老心忙,打鼓错拿徒弟手;沙弥心荡,磬槌打破老僧头。从前苦行一时休,万个金刚降不住。"这段描述比《西厢记》更详细,更生动,更夸张,也更多市井俗气。《水浒传》第四十五回写潘巧云请和尚为亡夫做功德,也有类似的描述。

文学作品中,这种以描述旁观者的"惊艳"反应来侧面描写女子美貌的手段并不鲜见,金圣叹称之为"烘云托月"法,比正面描写效果更佳。因为正面描写容貌一般是静态的,而且穷尽美词终会有所局限,而"惊艳"却是动态的、鲜活的,有趣的,给人以无限的想象空间。中国文学史上最为经典、最为人熟知的"惊艳"描写是汉代乐府民歌《陌上桑》。诗中写美女罗敷提着篮子到城南采桑,对她有正面描画:"头上倭堕髻,耳中明月珠。缃绮为下裙,紫绮为上襦。"有发型、耳坠,还有紫上袄、黄下裙,并未写具体形貌。但通过众人奇妙有趣的反应托出了一个绝世美女的形象。"行者见罗敷,下担捋髭须。少年见罗敷,脱帽著帩头。耕者忘其犁,锄者忘其锄。来归相怨怒,但坐观罗敷。"一个女子得有多么好看,才能造就如此吸睛的轰动效应啊。更绝的是"五马立踟蹰",连牲畜见了罗敷都停住脚步,徘徊不前了。

"惊艳",是一种刻画人物的文学手法,虽不免带有夸张意味,却也是源自生活。人们喜欢美,美和好总是绾结在一起。如果日常能见到罗敷、莺莺这样让人惊艳的女子,自然一如彩虹突降,给庸常的生活平添了一抹绚丽。然而,也有潘金莲、潘巧云之流令人惊艳的美貌,却包藏着丑恶的灵魂,美而不好。所以,倘若果真遇有惊艳之时,不妨停留几秒钟,然后走开,该干嘛干嘛去。

驾　驭

小时候，第一次坐汽车，就喜欢上了司机这个行当。你看人家那派儿：戴着白手套，鼻梁上架着墨镜，身板端直，目视前方，多神气！尤其是手握方向盘，不时摆弄一下操作杆，车子快慢、拐弯、刹车全在一人掌握中。乘客一口一口师傅叫着，莫不毕恭毕敬。那时就给自己立下人生志向：长大了要当一名司机。

没想到，这个志向还真实现了，而且如今已是有十几年驾龄的老司机了。我喜欢开车，喜欢那种驾驶的乐趣，就像骑着一匹骏马在草原驰骋，把空气冲成了疾风，把风景犁成了画廊，手脚并用，心车合一，快乐抵达诗与远方。

其实，司机就是以前的车夫，只不过所驭不同，一是机器、一是牲口罢了。小时候在农村，见那赶马车的坐在车辕上，一手扯缰绳，一手持鞭子，喊声"驾"，牲口（马牛骡子驴）就往前走，喊声"吁"，牲口就驻足停下。"驾"和

"吁"是基本的口令，后来演变出一个词"驾驭"。

"驾驭"，可就没有吆喝牲口、赶赶马车那么简单了。

周朝官学要学"六艺"，"养国子以道，乃教之六艺"（《周礼》）。即掌握六种本领：礼、乐、射、御、书、数。其中的"御"（驭）就是驾车，足够高大上吧。而且这御是"五御"，五种技术：鸣和鸾，逐水曲，过君表，舞交衢，逐禽左。啥意思？就是说行车时"和""鸾"两种铃铛响声相应，疾驰于弯曲的水边不掉沟里，经过天子表位有礼仪，在道路交错处驱驰自如，打猎时能追逐禽兽于左边射获。乖乖，这种贵族的驾车技艺是否比现在考个驾照难得多？

所以，我小时候对司机的敬重多么具有先见之明。历史的经验值得注意，永远对"御"不可小觑，否则要栽大跟头。这里边大有学问，耐人寻味。

春秋时期，赵国实际开国者赵襄子曾留下"学御"的佳话（《韩非子·喻老》）。他虚心向老司机王子期学驾车技术。学了一阵，赵襄子觉得差不多了，就跟老王比赛。连换了三次马，三次全败。赵襄子抱怨说，你没把全部御术教给我。老王说，我是兜了底了，是您用错了。老王接着跟赵同学上课：驾驭最重要的是，马体与车统一，人心与马协调，这样才能跑得快跑得远。而您呢，落后了想追上我，领先了又怕我追上。在道路上比赛，不是先就是后，您把心思全集中在我身上，又如何与马协调一致呢？这就是您失败的原因。这老王不简单，不仅教了赵襄子技术，还教了心术，而后者才是取胜的关键。

　　在骑兵出现之前打仗的主要兵器就是战车，拥有战车多少标志着国力的强弱，故有"万乘之国"和"千乘之国"之别。战车的基本标配是上有三人，中间为御手，左为射手，右为持兵戈的武士。你不要以为御手只是赶车的，其实非常重要，如果车阵有一辆出现问题，比如跑偏了、侧翻了，那就乱套了，就要吃败仗。某种程度上，可以说，驾驭好一辆战车，庶几等于驾驭了整场战局。

　　赵襄子以御手为师，纡尊降贵认真学御，道理也就在这里。相反的例子也有，坐车的人哪里肯屈尊学赶车，也就不把司机放在眼里，遂导致严重的后果。

　　有一个大家熟悉的成语叫"各自为政"，出自《左传》。郑宋两国对垒，交战前，为鼓舞士气，宋军主帅华元宰羊犒赏士兵，但这香喷喷的羊肉没给御手羊斟。看着别人大快朵颐，羊斟内心充满怨恨。次日开战，华元坐在羊斟驾驶的车上，羊斟对他说："畴昔之羊，子为政；今日之事，我为政。"意思是昨天分羊肉的事你说了算，今天的事我说了算，说毕径直驾车驶往郑军大营，两人生生被擒。还没开打，主帅就做了俘虏，不用说自然是宋军大败。谁能想到，一碗羊肉造成"各自为政"，一个司机决定了战役的走向。

　　华元轻忽御手被俘，运气还算是好的，而张楚王陈胜竟被自己的司机杀死，算是悲催至极。《史记》载："腊月，陈王之汝阴，还至下城父，其御庄贾杀以降秦。"文字很短，说得却明白，御手有名有姓。司机一般都是领导的亲信心腹，庄贾为何要杀陈胜？司马迁没交代，但从文章的语境可以揣测，陈胜称王之后，狂妄自大，薄情寡义，为渊驱鱼，为丛驱雀，弄得众叛亲离，连探望他的当年"苟富贵，无相忘"一起耕田的老伙计都毫不留情地杀掉，那么他对司机的态度也就可想而知了。如果华元是轻忽，那么陈胜可能就是欺侮了，如此被杀也不意外。

羊斟和庄贾这两个御手固然应当谴责，《左传》即斥羊斟"以其私憾，败国殄民"，然而华元和陈胜之误尤值得反思。他们虽贵为主帅、大王，有御手为其服务，却没有意识到自己其实也是御手，更高层面的御手，所以究其误在于，既没有驾驭好属下御手，更丧失了对整体对全局的驾驭。

"驾驭"一词的本意是驾车，引申义则为掌控。汽车社会，人人皆司机，尊重他人等于尊重自己。故此，不仅要踏踏实实"学御"，熟练驾驭座驾，更要掌控好方向盘，不迷失，不偏离，驾驭好自己的人生。

镜　中　人

　　不管是居家还是旅行，无论男女，是丑是俊，晨起之后，大都会做一件事情：照镜子。剃须、洗脸、梳妆、打扮，一一在镜前完成。这大抵是每个人日常生活的一道流程。当然，女人尤其是美女或者帅哥与镜子缠绵的时间会久些。

　　我照镜子始于何时？已全然忘记，但对镜子最初的记忆却很清晰。大哥大嫂结婚的时候我才两岁，从记事起就记得他们屋里有一个梳妆台，上方墙壁挂着两面方镜，背面是张美人照，浓眉大眼，妩媚俏丽，后来才知道是电影明星谢芳。而今几十年过去，那两面镜子依然完好无损。现在想来，婚房中的镜子固然增添了一丝温馨时尚的气息，但对于年幼的我来说，印象之深刻倒源于镜子的背面。

　　我与镜子的热恋始于青春时节。上大学后，开始逐步进入从农村娃到城里人的"蝉蜕"，这过程哪里少得了镜子呢。但又不好意思当众揽镜自照，就买了一块掌心大小的圆镜偷偷塞在宿舍铺下,趁无人之时拿出来凝眸细瞧。我看镜子,镜子也看我。有一段时间脸上长满了粉刺,噱称青春美丽豆,当看到镜中人这副尊容,既忧伤又无奈,有时不免迁怒于小镜子,恨不得摔掉。但一日不照如隔三秋,每个少年爱上的第一个人其实是自己。

世间为何要有镜子?因为人的眼睛再明亮睿智,也无法看到自己的脸,不知道自己长啥样。眼睛用来认识世界,镜子用来认识自己。人类的第一面镜子其实是水,临水映面,又将水盛到铜器里照人,称作鉴,后有了铜镜、玻璃镜。传说,镜子是黄帝的妃子嫫母发明的。嫫母是中国四大丑女之一,额如纺锤,鼻子扁塌,体型肥胖,面黑似漆。一天她挖石板,见一块石片在太阳下闪闪发光,持手里一瞧,吓了一跳,石片映照出了一副丑陋的容貌。她不甘心,怪石片不平,就磨,再照,丑依旧,遂悄悄将石片藏了起来。唐代郑谷《闲题》诗云:"举世何人肯自知,须逢精鉴定妍媸。若教嫫母临明镜,也道不劳红粉施。"耐人寻味的是,镜子由丑人所创,原初就赋予了隐喻的意义,所映照的就不止是容颜了,正如黄帝评说嫫母,只要内心纯正,貌丑又何妨?

朋友老齐是位收藏家,他家里有两面铜镜,皆圆形,没有手柄,背面有钮可穿绳悬挂。一面是鎏金青铜,一面是白铜,皆比盘子还要大,正面平展光滑,但乌突突的,照出来影影绰绰。金属时间长了氧化生锈,需要经常刮垢磨光。《金瓶梅》

就写到潘金莲和孟玉楼在家门口磨镜子的情节，磨镜和磨刀一样都是那时的行当。这两面铜镜不知铸于何时，背面有篆字铭文，有"千秋万岁""天下"等字样，估计应在秦以前。铜镜在商周时期就已经有了。《战国策》有一段著名的记载："邹忌修八尺有余，而形貌昳丽。朝服衣冠，窥镜，谓其妻曰：'我孰与城北徐公美？'"自明末玻璃镜引入中国，之前古人用的一直是铜镜。这两铜镜背面除了铭文，都有精美的图案，其中白铜镜子背面还是松鹤浮雕，极为珍贵。我双手持镜，感觉沉甸甸的颇有分量。可以想象，古代女子在镜前梳妆，这镜子稍大一些就只能放置桌上，或挂在墙上，不可能拿在手中，实在是太沉了。我想起了"破镜重圆"的典故：南朝末期，兵荒马乱，太子舍人徐德言与妻子"乃破一镜，人执其半"，以为信物。若干年后，二人果然因此重聚，人镜俱圆，相伴终老。我所疑惑的是，铜镜如此坚固，将其破为两半，若非削铁如泥的利器莫办，他们是咋弄的？

　　人们通过镜子自我观照，认识自己的真实面目。但这里边却有诸般复杂的情态与况味，并非一照了之的简单，一面镜子也照出了纷繁的人生。《笑林》记述：夫持镜回家，妻拿起来自照，大惊，急忙唤来母亲："不好啦，老公又找了一个老婆带回来了！"母亲也照了照说："咦？连亲家母也领回来了！"虽是笑谈，其实我们真的认识镜中人吗？是否也常有颠顶和陌生之感？甚至有时在镜前自照，对它的纤毫毕现竟会感到无处躲避的难堪。唐代诗人刘禹锡对此有深刻的洞察,他写有《昏镜词》,诗前有段小序颇堪玩味。一个镜子工匠在店铺陈列了十面镜子,打开匣子一看,一面光洁明亮,其余九面皆朦胧模糊。有人不解,工匠笑着说,不是我做不来都是明镜,商人哪有不想卖出去的道理,只是买者都是买与自己容貌相宜的镜子,那太清晰的就难以掩盖脸上的瑕疵,所以买模糊的倒十有八九。于是,"瑕疵既不见,妍态随意生。一日四五照,自言美倾城"。刘禹锡所记颇类寓言,堪为人生的真实写照。曹魏大将夏侯惇一次作战被流矢射伤左眼,而他是个特别在意仪表的人,喜欢照镜子,而每次看到那只伤眼,就火气冲天,将镜子掼到地上。我想如果他的镜子是刘禹锡所谓的"昏镜",模模糊糊看不出伤眼,就不会生气。

镜子当为女子特别钟爱的物品,女为悦己者容,其实也为自悦容,哪个女人不想把自己装扮得漂漂亮亮的呢?即使征战沙场十余年的花木兰,一旦归家,脱掉战时袍,换上女衣裳,"当窗理云鬓,对镜贴花黄"。爱美之心人皆有之,镜中没有丑人。唐代崔国辅《丽人曲》诗云:"红颜称绝代,欲并真无侣。独有镜中人,由来自相许。"绝代佳人,无人可匹,只有镜子里的那位还不错。哈,这美女超级自恋呀。这和才子李敖"要想佩服谁,我就照镜子"有异曲同工之妙。明代陈继儒也有一诗《赠杨姬》:"少妇颜如花,妒心无乃竞。忽对镜中人,扑碎妆台镜。"这美少妇是个妒妇,看到镜中人这么好看，妒心顿生，气得把梳妆台上的镜子扑碎了，这是自恋的另一种表现。林黛玉也自然喜欢镜子，她恐镜上蒙尘，故用"锦袱"搭着，加个罩。她"走至镜台揭起锦袱一照，只见腮上通红，自羡压倒桃花"。美呀美，但实际上她已是病态初萌。然而，流光容易把人抛，红颜终会老去，人寂寞，镜子亦寂寞，故王国维如此叹惋："最是人间留不住，朱颜辞镜花辞树。"

《红楼梦》又名曰《风月宝鉴》，宝鉴，宝镜也。书中镜子是一个含蕴深远的意象，多有描述，既真实又虚幻，既日常又奇崛。宝黛爱情是一场无望的悲剧，《枉凝眉》云二人"一个是水中月，一个是镜中花"，镜花水月，看似美丽，终是虚妄，故只能枉自嗟呀，空劳牵挂。甄宝玉是贾宝玉的镜像投射，如袭人所说："那是你梦迷了，你揉眼细瞧，是镜子里照的你影儿。"真真假假，亦真亦假。贾瑞相思王熙凤，被捉弄后病体恹恹，这时跛足道人带来一面镜子——"两面皆可照人，镜把上面錾着'风月宝鉴'四字"，"这物出自太虚幻境空灵殿上，警幻仙子所制，专治邪思妄动之症，有济世保生之功"。镜子背面是一个骷髅，正面是凤姐勾魂的召唤。背面吓人却可保命，正面销魂却可丧命。这镜子的两面恰恰象征着人生的残酷与欢欲、真相与幻相。苏东坡说人生如梦，《红楼梦》可谓人生如镜。

关于镜子，李世民的认知别有洞天："以铜为镜，可以正衣冠；以古为镜，可以知兴替；以人为镜，可以明得失。"世间万物皆可为镜，我见青山多妩媚，料青山见我应如是，相互映照，无处不在。时常引鉴，可正，可知，可明，镜中人不管妍媸定会元气淋漓、容光焕发。

后　　记

这本书是我的一个意外收获。

有一天，收到舒敏女士的一条微信，说一直有个想法，想约我一本散文集，精选一些偏向杂文的散文。舒敏是陕西师范大学出版总社的编辑，也是一位作家，我俩结识缘于我的一篇文章《散文，别太像散文》。此文先是以《散文河里没规矩》为题发表于《中华读书报》，因版面所限删削较多，后以原题全文发表于《文学自由谈》。没想到，此文这几年忽然大火起来，被各类媒体、社交账号大量转载。我想，究其因，一、观点比较大胆新颖，对散文文体完全持开放态度，提倡打破陈规戒律，反对自我束缚，引起大多读者的共鸣；二、"散文河里没规矩"是我引用的一位名作家的话，一些公众号转载时改题为《散文河里没规矩》，并以这位名作家为作者，从而博取流量。以讹传讹，甚至《光明日报》旗下的《文摘报》也如此转载，后又做了更正。当然也有些转载则以我为作者。这样，一篇文章两个署名，也引起了人们的关注。著名散文评论家王兆胜兄特微信询问，说他被搞糊涂了。舒敏读到了这篇文章，大为激赏，通过朋友方英文兄找到了我。作为作家和资深编辑，她对一些自媒体罔顾事实、张冠李戴以赚流量的做法撰文予以批评，仗义执言，以正视听。由此我称她为"关中女侠"。

舒敏何以如此垂赏《散文，别太像散文》？读过她不少文章之后，我明白了。她也是一个追求洒脱自由的写作者，她的作品幽默、犀利、不拘一格，具有鲜明的杂文化色彩，这在女作家中殊不多见。所以，她在我的作品中或许找到了精神向度与审美趣味的契合之处。

按照舒敏说的"偏向杂文的散文"，我在整理遴选过程中，发现这样的作品数量竟也不少。其实，散文是一个宽泛的包容性极强的概念，杂文又何尝不是？它绝不仅仅是所谓"匕首投枪"那样简单。杂文可以冷嘲热讽，也可以温柔敦厚，可以是批判的，也可以是审美的，但它不同于一般散文的关键之处是要有观点，有思想，这应该是它的"硬核"。所谓"偏向杂文的散文"，不管是杂文化的散文，抑或散文的杂文化，皆大抵如此。

在我列出书稿的目录后，发现其中有相当数量的篇目都被各种报刊转载过，如《读者》《作家文摘》《文摘报》《青年文摘》以及"学习强国"等，一些作品被散文甚至是杂文的年选选入。其中《聪明的两面》一文被中国作家网转载后，在

"大家都在看"阅读量高居全网第一,后被卞毓方先生主编的文集《人间有所寄》收入。《喧闹与幽静》和《大地的滋味》分别被当作武汉市与聊城市中考语文试题。这给了我很大的信心。对于散文写作,一般而言,长文显然更有分量,内涵要更为丰富,我五千字以上的作品也写过不少,然而,倒是这些短文在读者中影响似乎更大些。我想其中的缘由可能有三:第一,选题的大众性、日常性;第二,观点的新颖和独特性;第三,电子时代,大众更喜欢短文、短视频,阅读长文则需要巨大的耐心。我有一篇万字散文《人性的幽暗》,被某公众号转发后我发到朋友圈,有朋友留言:文章虽好,就是太长。当然,散文的篇幅长短是由题材和内容决定的,与作品的优劣无关。

在编选这本书的过程中,我蓦然憬悟,作为一名资深报人与副刊编辑出身的作家,我骨子里实际上对精短散文有所偏爱,而写出新意、追求别致则一直是我努力的方向。舒敏的这一创意深契我心,给我提供了一次"偏向杂文的散文"集中亮相的机会,因此,我深表谢忱!同时也感谢陕西师范大学出版总社的慨然玉成!

借用唐代诗人朱庆馀的一句诗:"妆罢低声问夫婿,画眉深浅入时无?"敬请读者朋友批评指正。

刘江滨

2024年9月16日于石家庄雪泥堂